JAUME I EL CONQUERIDOR (SEGONA PART)

LA REINA HONGARESA

Albert Salvadó

Per les meves absències, que en ella són presències,
Pel meu titubeig, que en ella és rumb constant,
Pels meus oblits, que en ella són records,
Per tots els meus moments, que en ella són eternitats,
Pels meus instants de buidor, que en ella són plenitud d'amor...
Per a ella, només per a ella, amb tot el meu amor i tota la meva gratitud.
Per a Mª Creu, la meva Reina Lleidatana.

ISBN: 978-99920-1-922-1
Dipòsit legal: AND.196-2012

©Albert Salvadó ®
www.albertsalvado.com

Diseny portada: Sarabia Photo

ÍNDEX

CONQUESTES DE JAUME I

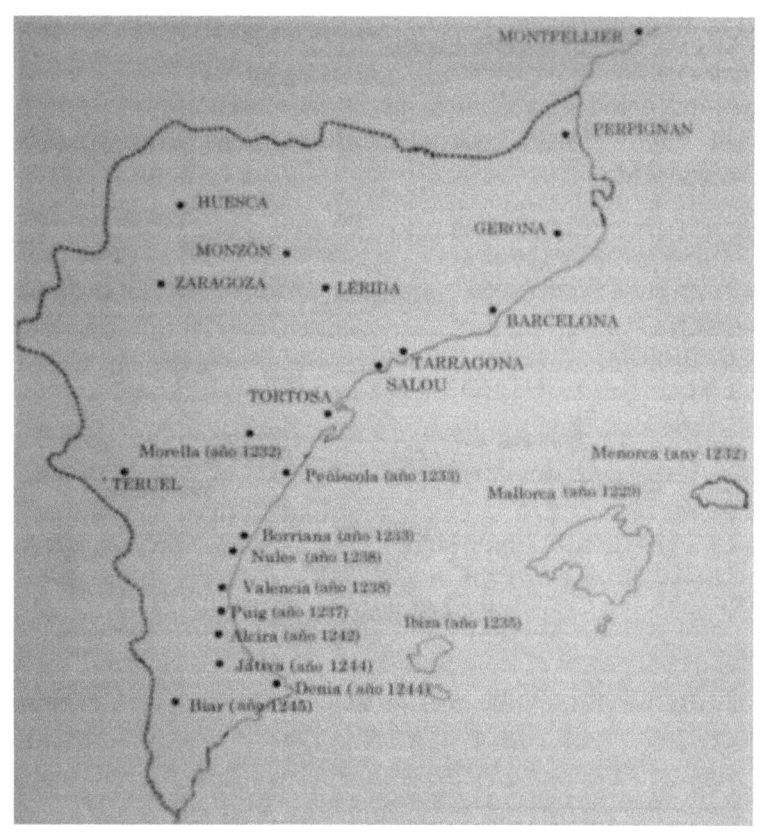

PRINCIPALS PERSONATGES HISTÒRICS

Abohehie: Xeic de Mallorca

Abu Said: Senyor de València. Va ser qui va nomenar el seu successor Jaume I per al regne de València.

Alfons IX de Lleó: 1170-1230. Casat amb Berenguera

Aurembiaix, comtessa d'Urgell: 1200-1231. Amant de Jaume I. Esposa de Pere de Portugal.

Balasc d'Alagó: mort el 1239. Majordom de la casa de Barcelona. Conquerí Morella.

Berenguer de Palou: Bisbe de Barcelona. Mort el 1241

Berenguer d'Erill: Bisbe de Lleida.

Berenguera de Castella: Esposa d'Alfons IX de Lleó. Morta 1244.

Bernat Santa Eugènia: Procedent de Berga. Governador de Mallorca. Participà a la conquesta de Menorca i al setge de València. Mort el 1269

Celestí IV: Papa. Successor de Gregori IX. Mort el 1241

Elionor de Castella: 1203-1251. Primera esposa de Jaume I. Filla d'Alfons VIII de Castella.

Espàreg: Arquebisbe de Tarragona

Ferran d'Aragó: Abat de Montaragó. Oncle de Jaume I

Ferran III de Castella i Lleó: 1199-1252. Fill d'Alfons IX de Castella.

Gregori IX: Papa. Successor d'Honori III. Mort el 1241

Guerau de Cabrera: 1158-1265. Vescomte de Girona, d'Àger i de Cabrera. Usurpador del comtat d'Urgell.

Guillem Bernat d'Entença: Àrbitre de les disputes entre Jaume i el seu fill Alfons. Conseller reial

Guillem de Cervera: 1156-1244. Conseller reial de Jaume I. Senyor de Juneda i Castelldans. Padrastre d'Aurembiaix.

Guillem de Montcada: Senyor de Tortosa i baró de Fraga. Fill de Ramon de Montcada (mort a Mallorca). Participà a la conquesta de Mallorca i de València.

Guillem de Mont-rodon: 1170-1230. Gran Mestre de L'ordre del Temple d'Aragó i Catalunya. Va tenir cura de Jaume durant la seva infantesa.

Innocenci IV: Papa. Successor de Celestí IV. Mort el 1254

Mosse ben Nahman: Rabí, metge i cabalista de Girona. Fundador d'una escola on es seguien els ensenyaments de Ishaq el Cec.

Pere Cornell: Majordom del regne d'Aragó (1236). Cunyat dc Pcrc Ahonćs i ncbot d'Eixemèn Cornell.

Pere Ferrandes d'Açagra: 1192-1246. Senyor d'Albarrassí. Governador d'Aragó, des de l'Ebre fins a Castella.

Pere Maça: Senyor de Sangarrén. Participà a la conquesta de Mallorca. Mort el 1245

Pere Martell: Comit de galeres. Expert en el mar. Va guiar Jaume en l'expedició de Mallorca

Ramon de Penyafort: Sant. Fou que introduí la Inquisició a Catalunya per ordre del papa Gregori IX

Ramon de Plegamans: Cavaller ric i comerciant de Barcelona. Conseller reial. Va ser qui aconseguí diners i construí els vaixells per anar a Mallorca

Roderic Liçana: Senyor de Liçana. Va acompanyar el rei en gairebé tota la campanya de València. Mort el 1246

Sanç de Roselló: mort el 1233. Oncle de Ferran d'Aragó, oncle-avi de Jaume I. Regent del regne durant la minoria de Jaume.

Vidal de Canyelles: bisbe d'Osca. Ajudà el rei Jaume amb les seves memòries.

Zayan Ibn Mardanis: Darrer senyor de València. Va destronar Abu Said i va rendir la ciutat al rei Jaume, després de patir una gran desfeta a Santa Maria del Puig.

ELS FILLS DEL REI JAUME I

Fills legítims:

Amb Elionor de Castella:
 Alfons d'Aragó (1222)
AmbViolant d'Hongria:
 Violant (1236)
 Constança (1238)
 Sança (1239)
 Pere (1240)
 Jaume (1243)
 Isabel (1245)
 Sanç (1247)
 Ferran (1248)

Principals fills il·legítims:

Amb Blanca d'Antillon:
 Ferran Sanchis, baró de Castre (1240)
Amb Berenguera Fernandes:
 Pere Fernandes, baró d'Híxar (1245)
Amb Elvira Sarroca:
 Jaume Sarroca, bisbe d'Osca (1248)
Amb Teresa Gil de Vidaura:
 Jaume de Xèrica (1255)
 Pere d'Ayerbe (1258)

MATAR UN REI

El canonge Josep es va mirar el bisbe i, després, va fixar els seus ulls al manuscrit que tenia a les mans. Seva era la lletra, però no el contingut.

—No, no, no —negava el bisbe d'Osca, Vidal de Canyelles, i sacsejava amb tanta força el cap que els seus moviments amenaçaven de fer caure aquella testa gran i trencar-li el coll que, tot i ser ample, no tenia les carns fortes—. No, no, no —repetia després d'un curt silenci amb la veu profunda que emprava per llençar els seus sermons i espantar els seus fidels amb les tenebres de l'infern—. No ho podem permetre.

—Però, senyor bisbe, és el rei que ho vol —seguia el pobre canonge amb el mateix argument i el seu cos petit, amb la cara de guineu, encara s'encongia més davant del volum del bisbe, engrandit per les vestidures.

—Una cosa és allò que el rei Jaume vol i una altra, de ben diferent, allò que convé al regne —respongué el bisbe, i va alçar la mà enfundada en el guant vermell, on l'anell destacava poderosament—. Com creus que s'ho prendran els nobles quan llegeixin aquestes pàgines? Verge Santíssima! En salva ben pocs!

—Si és el que va passar, per què li hem d'impedir? Penso que és una bona lliçó —va gosar dir el canonge.

—Una bona lliçó? —aixecà una cella el bisbe—. I tu què en saps, de tot el que ha passat? I què me'n dius de l'Església? Com quedem nosaltres? Posa els bisbes i els arquebisbes, als abats i els mestres de les ordres al mateix nivell que els nobles. I quan parla de l'Apostòlic? Diu bestieses —negà de nou amb el cap—. Això sí que no! Darrerament no fa altra cosa que bogeries i aquesta és una més de les absurdes decisions que duran el regne a la ruïna, si no aconseguim aturar-lo.

—Què voleu dir? —s'espantà el canonge. El to que havia emprat el bisbe per pronunciar les darreres paraules no li havia fet el pes.

—No pateixis, que no penso fer-li cap mal. La llei de Déu ens ho prohibeix —somrigué Vidal de Canyelles. Ai! Aquell pobre canonge tenia massa imaginació i veia fantasmes pertot arreu—. Quan dic aturar-lo, vull dir impedir que aquest escrit surti a la llum tal com està.

—Però és sincer —digué el canonge—. Ell mateix reconeix les seves errades. Fins i tot, no s'està d'explicar les seves relacions pecaminoses.

—I ho explica com si fossin heroïcitats! —es desesperà el bisbe—. No és cap bon exemple i... què dirà l'Apostòlic? Què diran a Roma? Això de mossegar els pits… Serà un cop terrible per la reina. És comprensiva i amable i Déu li ha concedit una bona dosi de paciència, però com reaccionarà quan llegeixi aquestes coses? Serà la riota de tota la cort. I què me'n dius, d'aquesta bajanada de l'escola dels sons...? On s'ha vist! A més, no cita el nom de qui li va ensenyar tot això. Per què?

—Jo també li ho he preguntat i ell m'ha respost que va donar la seva paraula que mai no esmentaria aquest nom —respongué el canonge, però el bisbe se'l va mirar amb un posat de no creure'l.

—Ni parlar-ne. Encara es podria prendre per un miracle o per una inspiració divina. En una persona com ell? —negà de nou el bisbe amb forts cops de cap—. S'ha de suprimir.

El canonge es va quedar en silenci. Suprimir, deia el bisbe. Suprimir… què? Ell havia escoltat el relat de llavis del rei i era coherent. Ni hi mancava res ni hi sobrava res, segons el seu punt de vista. Va abaixar els ulls i va repassar pel damunt els fulls, va aixecar la mirada per fixar-la en Vidal de Canyelles, va prémer els llavis i, després d'uns moments, féu:

—Com?

—Doncs, eliminant-ho. Ho treus i ja està —encongí les espatlles el bisbe i aixecà les mans amb els palmells enlaire.

—Llavors la història perd el seu sentit.

—Això no és història, sinó… sinó… el relat d'uns fets —callà un instant el bisbe, com si hagués trobat l'argument que feia estona que cercava—. Això mateix. Els fets del rei Jaume. I un rei, el que ha de fer és justificar les seves accions. Comprens? —va demanar i, en veure que el canonge feia un posat de babau, explicà —: Un rei justifica els seus actes per tal que la història sàpiga les raons que el van conduir a fer el que ha fet.

—I no és això el que ell fa? —s'estranyà Josep.

—No! —cridà el bisbe—. Ell va molt més enllà i explica intimitats que no ha de conèixer ningú. Només fets. Això és el que cal, perquè la història és el recull dels fets, no pas dels pensaments ni dels sentiments. Ha de ser objectiva i freda, però el rei Jaume ens està donant la seva versió dels fets, allò que ell pensa que va passar.

—Tanmateix, va passar.

—Ja ho sé que va passar! —es desesperà de nou el bisbe. Aquell babau tenia un cap molt dur i calia donar-li tots els detalls, amb ets i uts—. Però, potser no ben bé com ell ho explica. El rei va camí dels quaranta. Encara és jove i té força descendència. Hem de vetllar per ell. Ho entens?

—Ho entendrà ell? —titubejà el canonge.

—No ha d'entendre res —somrigué el bisbe amb benevolència, per no perdre la paciència—. Li has d'explicar que són les seves memòries i que unes memòries mai no han de sortir a la llum fins que el seu autor és mort. És el seu testament per a les generacions futures. A més, això només compren una part de la seva vida —va senyalar el manuscrit—. Encara no està acabat.

—Ell diu que són els graons que el van conduir fins al tron i que tots plegats hauríem de prendre consciència de l'ensenyament que hi ha al darrere. *Virtus unita fortior*. La unió fa la força. M'ho ha dit mil vegades i això és el que ell vol que els nobles entenguin —s'aturà un instant—. Els nobles i tothom, fins i tot el poble planer.

Diu que tothom ha de conèixer allò que va passar i prendre'n bona nota per tal que no torni a repetir-se.

—Si ho diu amb aquestes paraules, ja m'està bé, però si per donar una lliçó es carrega els comtes, vescomtes, barons, senyors i tot aquell que gaudeix del poder, doncs... —aixecà les celles i tombà lleugerament la testa cap a un costat—. M'entens?

—Penso que sí, senyor bisbe —afirmà el canonge, encara que no gaire convençut—. Tanmateix, com li ho dic, a ell? No li puc dir que suprimirem una part dels seus escrits —es posà neguitós—. Diria que ja tornem a influir en les seves decisions, que volem manar més que ell. Ja sabeu com s'enfada quan li porten la contrària. Penso, fins i tot, que em mataria en un d'aquests atacs d'ira que té —s'esgarrifà—. Hi havia moments, quan em dictava, que la cara se li enrogia de ràbia i havíem d'aturar-nos perquè el cap li feia mal.

Els mals de cap del rei... Tothom n'estava al corrent. I els atacs de ràbia... Molts els havien patit. Fins i tot un bisbe. En pròpia carn! Quantes barbaritats havien tingut lloc en els darrers anys? Tanmateix, aquell escrit era la gota que feia vessar el got i ell ho havia d'impedir a tot preu.

—A veure si m'entens bé. Si ell encara és viu, i Déu vulgui que per molts anys, no li cal escriure el que vol dir, perquè ho pot dir. M'explico amb claredat? —va fer el bisbe—. Ara ha d'acabar de redactar tot el que ha passat des de la conquesta de Mallorca i de València, perquè d'aquí extraurà un nou ensenyament. Quan Nostre Senyor el cridi al seu costat, que Déu no vulgui que sigui aviat, ja no el tindrem i, llavors, serà quan necessitarem dels seus escrits. Per recordar-lo, per recollir la seva experiència i per saber el que va passar de debò —explicà el bisbe, va clavar els seus ulls en els del canonge i preguntà—: Veus per on vaig?

—Sí, senyor bisbe —afirmà el canonge, amb el cap—. Penso que us he entès perfectament.

—Molt bé —afirmà el bisbe, també amb el cap. Llavors canvià de to—. Doncs ara torna i parla amb ell. Però, fes-ho amb subtilesa, que ell no s'hi pugui negar. I, sobretot, procura que només hi hagi fets. Totes aquestes idees sobre la noblesa, els bisbes, les seves amants… no són massa edificants per a la gent del poble. No ho entendrien i encara hauríem de posar-hi pau, perquè la gent ignorant de seguida s'esvera. Entesos?

—Entesos, senyor bisbe. Es farà tal com vós voleu.

El canonge es llevà i començà a recollir els fulls del manuscrit.

—Millor els deixes aquí.

—Senyor bisbe…

—Sí, home, sí. És millor que me'ls quedi jo. Així els podrem estudiar i corregir-los —somrigué el bisbe.

—I què li dic, a ell?

—Un rei no pot esperar que un llibre dictat per la seva boca quedi tal com raja. Què en pensaria la gent, de trobar una redacció tan poc acurada? —preguntà el bisbe amb estranyesa.

—Ell reconeix i accepta que no és gaire instruït —digué el canonge amb expressió d'evidència—. Per això explica que no va tenir temps per formar-se gaire en les lletres.

—No és la idea que el poble té d'ell i no la podem malmetre. Com se l'escoltarien, si ja comença dient que és tan ignorant com ells mateixos? —obrí els braços el bisbe—. Per tant, ens el quedem per acabar de redactar-ho amb paraules entenedores.

—I si em demana quan el tindreu acabat?

—És difícil de dir —respirà fons el bisbe, i féu un silenci—. Si l'hagués redactat en llatí, la cosa seria diferent, però en fer-ho en català...

—Ell vol que sigui escrit en la llengua del poble. Ferran de Castella també ha emprat el castellà i...

—No em sembla pas malament —el tallà el bisbe—. No hi estic en contra del dret del poble a conèixer la història, però de vegades no és convenient explicar-li-ho tot. A més, aquestes llengües noves no tenen la riquesa del llatí i costen més de corregir. Per això és difícil de dir quan estarà a punt. Això és el que li has de fer arribar. Ell ho entendrà de seguida, si ets prou convincent i empres les paraules justes.

—Així ho comunicaré al rei.

El canonge Josep va sortir de la sala i el bisbe es va quedar pensarós i contemplà els fulls que hi havia damunt de la taula. Allò era pitjor del que pensava.

«La sinceritat, quan és excessiva, deixa de ser una virtut i esdevé un arma terrible, més que no pas un defecte», pensava. «I un arma en mans del poble pot provocar revoltes. La història és bona, sempre que ensenyi coses, perquè és la font de l'experiència. Tanmateix, cadascú ha de tenir accés a la part que li correspon i no anà més enllà del que és convenient per a la pau i per a la seguretat de tots plegats. El rei és el rei, naturalment!, però si no té consciència dels perills, bé se l'ha d'ajudar i protegir».

«Jaume és un gran conqueridor. Però, també és massa vehement, massa... impulsiu, massa... sincer», afegí a les seves reflexions. També hauria volgut afegir que era un bon rei, perquè havia estat un gran rei, però els darrers anys… Mare de Déu! Ningú no podia negar que durant tota la seva joventut va haver de lluitar per tal d'aconseguir la unió de totes les terres d'Aragó i de Catalunya. Tot i així, va haver un moment que va canviar. Què havia passat? Ningú no s'ho explicava.

Va abandonar el seu despatx i es dirigí a la petita capella personal. Allà s'agenollà i resà.

—Oh, Déu! Senyor Totpoderós! Il·lumineu el vostre servent i indiqueu-li el camí —va fer en veu alta.

Després tancà els ulls i recordà els anys que havien passat. Quan va ser que Jaume va canviar? Quan s'havia iniciat aquella disbauxa? I va repassar mentalment els grans episodis de la història del regne.

Com pot un gran rei esdevenir foll? Decisions a corre-cuita, absurds testaments que modificaven altres testaments, actes brutals, aventures sense cap mena de sentit… No era d'estranyar que algú pensés que era millor que desaparegués. Mare de Déu! Tot plegat s'havia embolicat fins al punt que ningú no tenia les idees clares.

La major part dels rumors apuntaven a un únic punt. Matar un rei! Aquella era la decisió que començava a prendre forma entre nobles i prelats. No seria el primer cop que la història recollia un acte tan ignominiós. Però… i llavors…? Qui pujaria al tron? Alfons…? I de quin regne? D'Aragó, de Catalunya, de València, de Mallorca…? O, tal vegada, de tots? I, si era així, ho permetria la reina? No! Evidentment que no! I esclataria una revolta que esdevindria guerra civil entre els partidaris de cadascun dels fills del rei Jaume. On quedaria, llavors, l'imperi?

Jaume no era un bon rei, havia de confessar. Però ell era conscient que no sempre havia estat així. En altres temps havia sabut escoltar els consells i, encara que no els seguís, les seves decisions eren assenyades. En moltes ocasions s'havia enfrontat als nobles i... a l'Església, però, si el bisbe era sincer, prou vegades li havia de donar la raó. Els interessos personals, la cobdícia i l'afany de lucre havien estat la senyera de molts dels que l'acompanyaven. Tanmateix, en els darrers anys...

—Senyor, què és el que ho va fer canviar tot? —demanà de nou en veu alta.

Es va aixecar i tornà al seu despatx per seure's a la taula i prendre l'escrit. L'havia de llegir amb calma.

Hores després, cansat, abandonà la lectura i tancà les parpelles. Allà, en aquell escrit, havia de trobar la resposta. Un home, foll o no, es confessa quan recorda la seva vida i, encara que no ho vulgui, explica secrets que mai no pronunciaria. Només cal saber llegir entre línies, o sota les paraules, si era necessari.

Durant els dies següents va repassar amb molta cura cada pàgina, cada paràgraf, cada frase, cada paraula. Cercant què? No ho sabia ben bé. Només sabia que havien de trobar una solució. I ràpida!

Replegà els fulls i se'ls endugué. Pel moment els tancaria en un cofre, perquè abans de començar a revisar-los havia de meditar amb calma. Dubtava si havia de parlar amb el bisbe de Barcelona i el de Lleida i amb l'arquebisbe de Tarragona, perquè algun d'ells no se sentiria massa content amb el tracte rebut. Potser ja ho sabien, pensà. Aquestes notícies volen, i si ja es comentava que algú volia acabar amb el rei perquè la situació era insostenible, el drama es podia desfermar en qualsevol moment.

1.- UNA NOVA REINA

Eren les darreries del mes d'agost de l'any 1229 de Nostre Senyor. Des del finestral del palau de Tarragona es distingien les veles de dos vaixells que es dirigien cap al sud, cap al port de Salou. Ja feia tres mesos que les forces s'aplegaven en aquella ciutat per preparar el viatge i el rei Jaume s'estava a l'antiga ciutat romana, ben emmurallada i protegida, tot esperant que passessin els últims dies abans de posar-se al front de la flota.

Li plaïa aquella ciutat. Era alegre i rica i havia heretat tota la força dels antics romans, malgrat que, des d'aleshores, havia passat per moltes mans. Espàreg, l'arquebisbe de Tarragona, li havia ofert unes riques dependències al seu palau. Volia que la seva estada fos agradable i volia quedar bé, perquè havia donat força diners per aquella campanya i mirava amb molta cura la seva inversió.

Tanmateix, el tarannà de Jaume no estava en consonància amb el bullici dels carrers. Feia unes hores que havia arribat el seu oncle Ferran, l'abat de Montaragó. Venia per tractar temes importants. Com sempre.

Des que van signar la pau, Ferran havia esdevingut un bon col·laborador i un bon conseller. Enrere quedaven els temps de lluita i ara els enfrontaments entre ambdós es limitaven a diferències en la forma de veure la política del país. L'abat s'havia engreixat encara més i caminava amb alguna dificultat. Menjava massa, però és que les temptacions de la taula podien més que la seva voluntat. Com deia ell, algun pecat important hem de cometre, si volem que Déu ens atorgui un bon perdó. En aquest aspecte era completament diferent d'Espàreg, prim i espiritual. No obstant això, la natura havia invertit els termes i, ara, l'arquebisbe de Tarragona, havia pres el relleu del seu oncle en matèria de cobdícia, perquè mentre que l'abat de Montaragó havia sabut trobar el seu lloc, a Espàreg se li havia despertat el desig d'engrandir unes propietats que, segons deia, pertanyien a Déu. Per aquesta raó contribuïa tan generosament a l'expedició que es preparava per embarcar cap a Ses Illes. El seu interès era tan gran que, gràcies a ell, el Papa havia declarat creuada una missió que només perseguia establir la seguretat de les rutes del mar i obrir les aigües al comerç de Barcelona, que començava a disputar la supremacia de Lleida.

Ja portaven una bona estona parlant. Els nobles d'Aragó, li havia dit l'abat, encara no acabaven d'encaixar del tot que Jaume prengués certes decisions sense consultar-los i se sentien menyspreats, perquè Mallorca havia passat per davant de València en els afers del rei. «Per què la conquesta d'unes illes enmig del mar era més important que les terres riques i fèrtils del regne sarraí?», no paraven de queixar-se. Barcelona havia viscut fins aleshores del seu comerç amb els països del nord. Bé podia esperar una mica més. Però no era aquest, el motiu que cada cop posava més nerviós Jaume.

—T'has de casar —li repetí l'abat—. Un rei no pot estar sense una reina. Fa quatre mesos que Roma s'ha pronunciat i Elionor ja no és la teva esposa.

—Però tinc un hereter. No cal anar tan de pressa.

—No n'hi ha prou —negà l'abat.

—Doncs per a Roma sí, que n'hi ha hagut prou. No van parar fins que vaig signar el meu testament. Aragó i Catalunya seran per al meu fill Alfons. Així està escrit, malgrat que jo havia donat paraula a Alfons de Lleó, a la seva esposa Berenguera i a Ferran de Castella. No sé què més volien? —contestà Jaume, sec.

—Ja saps com és l'Apostòlic. Ho vol tot ben lligat.

—Poc es deu refiar de Déu, si, a més d'un jurament, necessita d'un document —somrigué el rei amb tristor.

—Si a tu t'arribés alguna cosa…

—Com ara què? —el tallà Jaume, que no deixava de contemplar el Mediterrani—. Que un sicari s'amagui a l'altra riba del riu i em dispari una fletxa? O, tal vegada, un altre verí? —es tombà i mirà el seu oncle.

—Ja et vaig dir que no hi vaig tenir res a veure amb aquell assassí. També vols que t'ho posi per escrit?

21

—No cal. Jo no necessito escrits per creure en una paraula. A més, el comte Sanç és mort i pot carregar amb les culpes de tothom.

—Dubtes de mi?

—No t'ofenguis, però la vida em fa dubtar de tothom. No fa ni uns mesos, quan vaig arribar a Tarragona, em vaig trobar que els nobles havien convocat unes corts per parlar de Mallorca. Ja ho tenien tot amanit, i prou sabien que jo ja hi pensava, en aquest afer. Però a ells no els calia res més. Atacarien l'illa. Així de senzill —va negar amb el cap—. Això em passa per ser massa generós i haver concedit el monopoli del comerç marítim a Barcelona. No ens podem expandir, diuen. Lleida negocia amb València i obté bons guanys; Tarragona també; Girona i els comtats del nord poden vendre les seves mercaderies a França, a Itàlia i a tot Europa; però nosaltres... Tot són queixes.

—T'ho van comunicar i no van fer res a esquenes teves. Fins i tot es van esperar fins les corts de Barcelona, quan els ho vas demanar —digué l'abat.

—I tant que van esperar! —féu Jaume, i tornà cap a la taula—. No els quedava altre remei. No sabien qui triar perquè els conduís i es barallaven entre ells... A més, les corts de Barcelona van tenir lloc quinze dies després. Això és esperar?

—Bé! No desviem la qüestió —reconduí la conversa l'abat—. Alfons de Lleó està disposat a donar-te una filla seva per esposa. Crec que és la candidata idònia perquè...

—N'hi havia una altra de millor —el va tallar Jaume.

—Però no podia ser.

—Per què? Aurembiaix tenia prou categoria per ser reina, però, ves per on!, no convenia als nobles de l'Urgell. I s'han estimat més obligar-la a casar-se amb Pere de Portugal i dependre d'ell —respongué Jaume, visiblement molest—. Ja els havia donat paraula que no em casaria amb ella i, fins i tot, havia signat un contracte de concubinatge. Pel que veig la paraula del rei no té cap valor.

—Tanmateix, un cop has obtingut la separació d'Elionor, la situació canviava i tu podies casar-te amb ella. Si haguéssiu tingut descendència, els vostres fills haurien accedit al comtat i això seria tant com dir que et pertanyia a tu. Ho has d'entendre.

—L'única cosa que entenc és que els nobles volen manar per damunt del rei. L'única cosa que entenc és que sempre haig d'acabar cedint —negà Jaume, amb una rialla de pocs amics.

—Sempre és millor que el poder estigui repartit. En cas contrari tothom dependria d'un sol cap, i això no és bo.

—Fes arribar aquest missatge a Gregori, que sembla que s'ho ha pres molt a la valenta, això de ser el pontífex de Roma —somrigué Jaume—. A veure quina n'és, la resposta?

—No és el mateix —respongué Ferran—. Els assumptes de Déu van per un altre camí i...

—No? —s'estranyà Jaume—. Com enyoro els temps que, segons la història, la religió es mantenia a un costat i el poder a l'altre! Prou en sabien els romans! —mogué el cap a dreta i esquerra—. Guillem de Mont-rodon sempre ho deia. No en teniu prou de decidir els afers de Déu, sinó que voleu manar sobre el món sencer. I millor faríeu de dedicar-vos a la salvació espiritual de tots nosaltres.

—Jo només sóc un humil servidor.

—Sí, home sí! —féu Jaume—. Com quan volies ser el rei d'Aragó i de Catalunya! I després et conformaves només amb l'Aragó, quan vas pactar amb el de Montcada. Però havies de ser rei. De totes totes. Oi que sí? —es mirà el seu oncle i aixecà una cella.

—Déu sap que som pecadors i Ell fa que el temps ens ensenyi i l'experiència ens digui allò que és bo i allò que no ho és —contestà l'abat—. Ja et vaig demanar perdó i tu me'l vas concedir. Però, si encara no estàs convençut, ho tornaré a fer.

Jaume es va quedar en silenci. Havien lluitat en altres temps i era cert que li havia demanat perdó, com també era cert que, des d'aleshores, havia romàs al seu costat i li havia ofert bons consells. No hauria d'haver dit allò, però és que els darrers esdeveniments no donaven massa peu a l'alegria. Nuno Sanxes, fill del seu oncle el comte Sanç, feia i desfeia al Rosselló, amb el coneixement i la benedicció del rei de França; senyors de l'Aragó havien trencat la treva amb els sarraïns i entraven a València sense demanar permís; i els comerciants, els homes rics i els nobles de Catalunya volien conquerir Mallorca. Cadascú per un costat i ell havia hagut de prendre una decisió. Com sempre que els nobles es bellugaven. Però s'havia trobat que, si anava al Rosselló, ningú no estaria content, si es dirigia a València, els nobles catalans li retraurien que no els havia ajudat i si decidia embarcar-se en l'aventura de Mallorca, els aragonesos se sentirien ofesos. Un bon pastís! Oh, Salomó, rei savi! Com t'ho manegaries tu?

Finalment havia decidit que Mallorca era la millor opció, perquè l'economia general havia d'estar per damunt dels interessos personals. Si aconseguia unes rutes segures, la pirateria dels sarraïns s'acabaria i els comerciants podrien tractar amb tot el nord d'Àfrica i fer arribar els seus productes a l'altre costat del Mediterrani. De manera que va establir el nou impost de bovatge i va començar a fer bossa. Era una bona pensada, això de cobrar per cada parella de bous. N'hi havia molts i eren força rendibles, per la qual cosa ningú que en posseís no es podia negar i argumentar que no tenia diners.

Sí, era la millor decisió, sempre i quan pogués endarrerir aquell afer uns mesos, els que necessitava per restablir les arques de la corona. I així es va acordar. Aquell endarreriment havia permès que s'acabés el conflicte a l'Urgell, que encara portava cua des que ell l'havia recuperat per a Aurembiaix. Bé! No és que el problema s'hagués resolt, sinó que la solució, al final, va ser la pitjor que podia esperar i havia perdut el comtat i una dona que valia el seu pes en or. Ambdós havien passat a mans de Portugal. No era com per estar massa feliç.

—Et demano disculpes —va dir Jaume—. No et volia ofendre.

L'abat va fer que sí, amb un sol cop amb el cap. Ja n'hi havia prou. Coneixia molt bé el seu nebot i sabia que ho deia de cor. Era noble i valent, capaç de reconèixer una errada i, encara més difícil, capaç de demanar perdó amb sinceritat.

—Saps què en penso? —preguntà Jaume, de sobte, i Ferran negà, també amb el cap—. Parleu tot el dia de l'esperit, però mai no oblideu la carn.

—A què treu cap això, ara? No t'entenc.

—No? —féu el rei—. Doncs t'haig de dir que sou tan humans que l'arquebisbe de Tarragona, l'Espàreg, ha invertit diners en la conquesta de Mallorca a canvi d'una part del botí i el bisbe de Barcelona, el teu amic Berenguer de Palou, vindrà amb cent cavallers. I tampoc han volgut restar fora del repartiment ni el bisbe de Girona, que hi ha afegit trenta cavallers, ni l'abat de Sant Feliu de Guíxols, que en porta cinc més. Tots ells volen ficar un peu a l'illa i endur-se un bocí. Però, si més no, la meitat de tots els territoris conquerits seran per a la corona.

—Som humans —es disculpà Ferran.

Mare de Déu! Com havia canviat aquell home! Ara Jaume el recordava de quan es van conèixer a Montaragó i com va voler dominar-lo durant uns quants anys. Sort que Espàreg el va fer reflexionar i tota aquella història no va acabar amb un bany de sang, malgrat que molts van morir. I alguns d'ells, molt estimats.

—Tens raó. Et demano disculpes de nou.

Ferran va somriure. Jaume també havia canviat, i força. No era el marrec escanyolit que havia entrat a Montaragó de la mà d'Eixemén Cornell. Al contrari, era alt i fort i el seu cap sobresortia pel damunt de tots els nobles. Aviat compliria vint-i-cinc anys i es comportava com un monarca expert. Sabia el perill que representaven uns nobles acostumats a fer i desfer a la seva conveniència, després d'anys i panys de viure amb total llibertat, i aconseguia mantenir-se en un delicat equilibri, perquè havia entès que ell era l'única garantia d'unió de totes aquelles terres. Però havia hagut de pagar un bon preu, perquè no li havia quedat altre remei que triar el difícil camí de la soledat i no podia confiar plenament en ningú.

—Què fem amb la proposta d'Alfons de Lleó? —preguntà Ferran. Aquell afer ja s'estava allargant massa i el rei no donava cap resposta concreta.

—Digues-li que sí —respongué Jaume. No se sentia amb ànims per discutir—. Em casaré amb la filla que vulgui ell mateix.

—És...

—No vull ni saber-ne el nom —el tallà—. Ja me'l comunicaràs quan torni de Mallorca. Així, fins i tot, us ho podreu rumiar amb més calma —somrigué divertit. Un pensament acabava de creuar pel seu cap—. Només et demano que la trieu amb la lliçó ben apresa.

—Què vols dir? —s'estranyà l'abat.

—Una que sàpiga bé com s'han de fer els nens —respongué Jaume amb un estrany somriure als llavis, que l'abat no va entendre—. Hi ha coses que més val no deixar-les en mans de la natura —aclarí el rei.

I la seva memòria li va portar la imatge d'Elionor. Tan delicada, tan femenina i... tan bleda! Ara, després de la separació, s'havia retirat al monestir de Las Huelgas. Allà seria feliç. Cap més mascle no la tornaria a tocar i es passaria el dia brodant i parlant. Al llit era freda com una nit d'hivern a la plana de Lleida. «Això no, això altre tampoc, aquí no em toquis, no em demanis això, no ho puc fer,...». Déu meu! Tot eren negatives, per part seva, mentre que les altres, totes!, responien amb entusiasme i es llençaven de cap a la pila.

Bé! Si Castella li havia donat una dona com aquella, potser Lleó li oferia alguna altra cosa. Si més no, el nom d'aquell regne era més suggeridor. Un lleó ataca, mentre que un castell serveix per amagar-se i defensar-se. I ell s'estimava més una lleona al llit que no pas una ovella. Eren més divertides. Jaume somrigué amb aquesta reflexió.

Aurembiaix, Aurembiaix... Aquella sí que era una dona de cap a peus. Res no li feia front. I havia xuclat dels seus pits com amb cap altra. Els tenia ferms i durs. I aquells mugrons... Quins mugrons! No s'apartava, no! Al contrari, li agradava. Pere, el rei de Portugal, era un feble. «Vols dir que l'acontentarà?», pensà Jaume. No hauria d'haver cedit, perquè ella sí que hauria estat una bona reina! I és clar que sí! Tenia força i coratge i s'entenien d'allò més bé. Dins del llit i fora. Llàstima que no l'hagués deixada embarassada. Segur que d'aquell ventre hauria sortit un altre lleó.

—Ho prepararé tot per al teu retorn —digué l'abat.

—Entesos.

Ferran s'aixecà. La conversa s'havia acabat. Havia procurat temperar el mal humor del rei i no li havia donat la raó en tot, malgrat que estava d'acord amb ell en una bona colla de coses. Els nobles volien seguir manant i encara no s'havien adonat que Jaume no es deixaria dominar fàcilment. Mal paper li tocava jugar!

Un cop fora, es dirigí cap al despatx d'Espàreg per acomiadar-se'n. Volia tornar a Montaragó el més aviat possible. Els propers dies estaria molt atrafegat i més valia aprofitar aquella petita submissió del rei i negociar amb Alfons de Lleó abans no s'ho repensés, perquè l'aliança convenia. El regne de Lleó era fort i poderós i ficar-hi un peu sempre és interessant. Quant a Castella, les relacions entre el rei Ferran i el rei Jaume eren molt cordials. Magnífiques, diria. Ferran era intel·ligent i havia entès la situació quan Jaume li va dir que el seu matrimoni no anava enlloc. Ja es van entendre de seguida el dia que Jaume va prendre per muller Elionor. I Jaume havia estat prou intel·ligent de parlar amb el seu amic abans d'encetar un procés de separació que havia resultat molt més llarg i molt més difícil del que, en un principi, havien imaginat, perquè Roma no es va plegar de seguida. Davant de l'argument de la consanguinitat oferia dispensa, que el rei no va voler acceptar de cap de les maneres. I ell, l'abat, l'entenia perfectament. Elionor no era ni bona muller casada ni bona reina. Però, curiosament, quan es va plantejar la campanya de Mallorca i Jaume va venir a Tarragona amb una bona part de l'exèrcit, tot va canviar. Ara hi havia arguments per tornar a considerar la postura del tribunal eclesiàstic. Sobretot perquè el rei havia amenaçat, sense dir-ho clar, la integritat d'Espàreg.

Ai, la política! És un món massa embolicat i sempre has d'estar a l'aguait del més petit dels detalls.

2.- CAP A MALLORCA

El dia s'havia aixecat grisós i més aviat trist. Durant tot el matí els cavallers, els escuders, els almogàvers i els peons havien anat pujant a les vint-i-cinc naus i a les dotze galeres, mentre que les provisions, els ginys de guerra, les mules i els cavalls eren carregats a les divuit tarides que serien arrossegades pels vaixells i la resta de soldats es feien un lloc a les embarcacions més petites, fins a un total de cent cinquanta. Una flota poderosa que havia construït Ramon de Plegamans, el ric empresari que havia convençut altres comerciants de Barcelona, Tarragona i Tortosa per a què hi participessin. Un home de gran experiència i bon seny. I és clar que tampoc s'hi va haver d'escarrassar gaire per convèncer els seus col·legues. Tothom tenia present que dominar les rutes del mar és dominar l'economia, i això són diners. Els comerciants i els nobles, mentre omplissin la bossa, ho entenien tot.

Salou, des de feia dies i dies, havia canviat de manera vertiginosa. Les tendes a prop de la platja havien fet créixer momentàniament una població costanera de dimensions més aviat reduïdes i l'havien transformada en ciutat plena de bullici, on els soldats feien vertaders estralls, mentre els habitants havien d'amagar les seves dones i les seves filles. Uns mesos són una eternitat per a uns homes que són fora de casa i que han de cobrir les seves necessitats. No tan sols les de menjar. També era cert que feien despesa i que el vi corria com l'aigua quan estaven fora de servei, cosa que era agradable als comerciants del poble. Tanmateix, per més que vigilessin, d'aquí uns mesos la població s'incrementaria i més d'un, dels nous infants, poc s'assemblaria al cap de família i poc sabrien de qui havia heretat els trets del seu rostre ni el color dels seus ulls.

Ara tot era a punt per fer-se a la mar i la platja tornava a quedar deserta, però bruta per les deixalles de tants homes i tants animals. Sembla mentida el que poden fer els soldats! Més que no pas els mateixos animals. Ja gairebé no quedaven tendes, però s'hi podien endevinar els carrers improvisats i el lloc on s'havia alçat un campament. Només calia seguir el rastre de la brutícia i completar les poques tendes que encara quedaven en peu, les dels peons que no viatjarien a Mallorca, les dels que havien vingut per ajudar i enllestir algunes tasques menors, que d'aquí poc també desapareixerien i Salou tornaria a la seva rutina

31

habitual, mentre el vent i les onades acabarien per esborrar el record de la seva presència.

A mar, l'enrenou era d'allò més. Des de la punta del cap de Salou es podien escoltar els crits dels oficials, les ordres que s'enlairaven i que la brisa arrossegava fins a terra. Tothom corria amunt i avall i ningú no restava quiet.

Havien establert que la primera nau, la de Bovet, aniria sota les ordres de Guillem de Montcada i que la de Carrós tancaria l'expedició. Jaume viatjava a la galera Montpeller. Era el primer cop que el rei navegava i se sentia tan inquiet com l'espectador que espera el desenllaç d'una obra apassionant. Travessar tot un mar era una nova aventura que li recordava, salvant les distàncies, quan s'escapava de l'habitació del castell de Montsó i corria enmig de la foscor de la nit cap a la cripta per desafiar els morts. Tot era novetat. Les immenses aigües semblaven no tenir fi i l'horitzó amagava secrets que ell volia desvetllar. El cor li anava de pressa per causa de l'excitació i passejava la mirada per tots els vaixells que omplien la costa.

A una ordre, les veles es van desplegar i el vent les va inflar fins que es van posar tenses. Una per una, totes les naus enfilaren cap a l'est. L'estol era magnífic i tots els habitants de Salou s'havien atansat per gaudir de l'espectacle i havien deixat un poble desert.

—No sé com ho tindran —va comentar un pescador, a la platja, tot mirant el cel—. El vent comença a bufar de llevant i els núvols van esvalotats.

—Sí —va fer un altre—. Mar endins ho tindran magre. Ja és prou que no hagin esperat.

Dos dies com a molt, li havia dit Pere Martell, l'home que coneixia el mar i havia visitat Mallorca. Dos dies i veurien les costes de Ses Illes. I Jaume ja somiava amb aquell moment. Havien estat mesos de preparació i aquella nova empresa era completament diferent dels setges que fins aleshores havia dut a terme. A les tarides anaven els cavalls i els ginys de guerra que havia ordenat construir: diversos trabuquets, dos almanjanecs i tres fonèvols. Amb això ja en tindrien prou per desfer tots els destorbs que poguessin trobar.

De mica en mica, la gent que els acomiadava des de la costa esdevingueren cada cop més i més petits, punts i, finalment, res. El vent bufava amb força i portaven una bona marxa.

El rei es va abocar a la borda d'estribord i va mirar cap al sud. Tot era aigua. Allà, lluny, es trobava el regne de Tunísia, l'antiga Cartago, on els almohades havien creat una nova dinastia i s'havien independitzat. Ells, segons les notícies, també somiaven amb aquelles illes, cau de pirates i punt neuràlgic per al comerç del Mediterrani. No era per causalitat que, al llarg de la història, tothom les havia pretès, com passava amb Sicília, Còrsega o Xipre.

La costa ja era lluny i, de sobte, seguint les prediccions dels pescadors de la platja, el vent agafà més embranzida i les ones començaren a picar de valent contra el casc, fent que els vaixells es belluguessin i s'inclinessin perillosament. Els animals de les tarides es posaren neguitosos i els homes que no estaven acostumats a la mar s'espantaren i giraren els ulls cap a la costa de Salou.

—Senyor, hem rebut senyals de la Bovet —s'atansà Pere Martell fins al rei.

—Què diuen? —demanà Jaume.

—El vent cada cop és pitjor i pregunten si no seria millor retornar a terra ferma i esperar el bon moment.

Jaume guardà silenci i contemplà els homes que s'estaven a coberta. Molts d'ells resaven i una bona colla tremolaven. Ell també resava. No pot ser que, després de tant d'enrenou, Déu decidís posar-li entrebancs. Abans de sortir havia escoltat missa, havia combregat i havia pregat. Mirà el cel. Mesos i mesos per preparar aquell viatge i, ara, el vent volia barrar-li el camí. «No és Déu més poderós que el vent?», es demanà.

—Què passarà amb aquests, si torno enrere? —demanà, i Pere Martell va prémer els llavis i bellugà el cap a un costat i a l'altre—. Molts d'aquests se n'aniran a casa seva —afirmà el rei. I no era cap predicció, sinó una realitat com un temple. Només calia mirar-los. Semblaven vells caducs, fulles al vent, nens desvalguts, com quan ell va aprendre el significat de la lletra u. «Déu, ajuda'm!», va cridar al seu interior.

—És probable, senyor —féu Pere Martell.

—Què en penses? Arribarem o ens enfonsarem?

—El mar és imprevisible, senyor.

—Llavors haurem de confiar en Déu.

—Portem massa pes i, si continuem, ens enfonsarem.

—Llenceu tot allò que no haguem de menester. Guardeu només l'aigua que necessitem per arribar-hi. Allà, ja en trobarem.

—Però, senyor...

—No! —repetí, i girà cua per anar-se cap a proa i allà s'hi quedà, amb els ulls fixes a l'horitzó. Com li havia ensenyat Lluís d'Estemariu, un cavaller medita les seves decisions, però, un cop les ha pres, no retrocedeix, perquè la vergonya no forma part del seu bagatge.

Van ser unes hores difícils. Malgrat que van alleugerir les embarcacions, els homes seguien tremolant i mormolaven, els animals es removien inquiets i el vent seguia bufant cada cop amb més força, fins al punt que una de les tarides s'escorà massa i un almanjanec va ser a punt de deixar-se anar i caure a l'aigua.

Finalment, quan ja atrapaven la nit, el vent es calmà i les naus recuperaren la posició vertical, mentre els homes respiraven alleugerits i els animals deixaven de remugar.

Jaume va donar gràcies a Déu. Allò només havia estat una prova per saber si la decisió era ferma. Així ho va pensar i així ho va creure.

*** ***

Havien escollit Pollença per arribar-hi, perquè Pere Martell, que coneixia aquelles contrades, els havia parlat que era el lloc més adient. Penya-segats alternats amb petites cales i petites platges que els permetrien desembarcar sense cap entrebanc. I quan van poder contemplar aquelles costes es van adonar que no els havia enganyat.

Era el capvespre i ningú no els devia esperar. De manera que una barca s'apropà a la petita platja i tres homes desembarcaren. No hi havia ningú. Llavors desplegaren una manta i encengueren una llanterna que van ficar protegida amb la manta, de tal manera que només es podia veure el llum des de les naus, però no des de terra ferma. Això permetria els homes desembarcar i dirigir-se cap a aquell indret sense cap mena de perill.

Tanmateix, quan ja pensaven que tot era a punt, la llanterna desaparegué. Què havia passat? Guillem de Montcada va observar la costa. Les ombres ja eren més poderoses que la llum, però si aclucava els ulls encara podia distingir petits moviments damunt dels penya-segats, retallats per la blavor fosca d'un cel que caminava cap al negre.

—Maleïts siguin! —féu, i es tombà cap a Jaume, que havia abandonat la Montpeller i s'havia desplaçat a la Bovet—. Segur que algun vaixell pirata ens ha vist, els ha avisat i ens hi esperaven.

—I ara què fem? —va demanar Pelegrí d'Atrocill, que els acompanyava—. Si desembarquem, ens caçaran des de dalt del penya-segat i, si no desembarquem, no ens queda prou aigua i els cavalls moriran —hauria volgut afegir que aquella situació era culpa del rei, però se n'hi va estar. Ell prou que hauria retornat a Salou quan el vent es va aixecar i hauria esperat que les condicions milloressin, enlloc de llençar bona part de l'aigua al mar.

—M'han parlat d'una petita illa cap al sud-oest, tot just resseguint la costa, on hi ha un pou d'aigua dolça. La Dragonera, li diuen. No ens serà difícil d'arribar-hi — contestà Guillem.

—Doncs no perdem el temps —ordenà Jaume i es dirigí cap a la barca per tornar a la Montpeller.

El viatge va ser ràpid, a fosques, però hi van arribar. Ningú no habitava aquell tros de terra i van poder desembarcar sense problemes. I també van trobar el pou.

Més calmats, van poder discutir allò que havien de fer.

—Demà al matí, amb les primeres llums de l'albada, saltarem a Mallorca —va fer Jaume.

—Segur que ens hi esperen —va dir Pelegrí d'Atrocill.

—Serien molt babaus, si no ho fessin —somrigué Ramon de Montcada.

Tots eren a la Montpeller. Dins de la cabina, el bisbe Berenguer de Palou, vestit amb l'armadura, seia al costat de l'abat de sant Feliu de Guíxols, mentre que Ramon Berenguer s'estava entre Guillem i Nuno Sanxes. Pelegrí d'Atrocill s'havia estimat més romandre dempeus, igual que Pere Pomar, Guillem de Mediona, Eixemèn d'Urrea i Pere Cornell. El bisbe de Girona no havia vingut.

—Primer faré que desembarquin els meus homes. D'aquesta manera podré establir un cap de platja i protegir els que vindran darrere —digué Guillem de Montcada.

—És una tasca molt delicada i penso que l'hauríem de confiar als almogàvers que han vingut amb mi —replicà Pere Cornell—. Ells estan acostumats a lluitar contra els sarraïns.

—No cal que anem amb tanta cura —intervingué Nuno Sanxes—. Podem desembarcar plegats. Així farem més força.

I altres veus s'hi afegiren.

Jaume els havia contemplat i havia escoltat les discussions sense badar boca. Què valents que eren tots plegats! Tothom volia ser el primer de ficar el peu a l'illa. I se'ls mirà, un per un. Allò li recordava el setge de Peníscola, on tothom també discutia i ningú no es posava d'acord. I, evidentment, no permetria que aquell desastre es tornés a repetir.

—La meitat de les terres conquerides són per a mi —digué amb veu ferma, i tothom callà i se l'escoltà—. De manera que seré jo, el primer de desembarcar.

—No pot ser, senyor —s'aixecà el bisbe de Barcelona —. Vós heu de quedar-vos a la reraguarda, perquè, si us arribés alguna cosa, qui ens dirigiria?

—I és clar, senyor! —digué Nuno Sanxes.

—Hem de vetllar per vós —s'hi afegí Pere Cornell.

—Us agraeixo la vostra preocupació per la meva persona i no aniré més enllà de la platja fins que no us hi hagueu enfrontat als sarraïns, però jo seré el primer de posar-hi un peu a l'illa. Queda clar?

Ningú no va replicar, perquè, de fet, era la millor solució i la fi de totes les discussions. Malgrat que ningú no ho va dir, tothom havia pensat que l'honor de ficar-hi el primer peu porta aparellat l'honor de ser el primer de triar la seva part del botí.

Les primeres llums de l'albada van desvetllar un cel clar i seré. Tothom ja era al seu lloc i les naus van salpar immediatament per recórrer la petita distància que els separava de Mallorca.

Segurament els sarraïns, en veure que es dirigien cap al sud-oest, havien cregut que anaven cap a Eivissa i no s'havien preocupat gaire d'ells, perquè van poder desembarcar sense cap més problema i el rei, tal com havia dit, va ser el primer de trepitjar aquella terra.

Els cavalls van remugar inquiets, però es van sentir més tranquils quan les seves potes es pogueren mantenir fermes i segures. De mica en mica, la platja s'omplí d'homes i animals i els peons estiraren les cordes per fer arribar fins la sorra els ginys de guerra. Després, mentre els cavallers s'endinsaven i establien els punts de defensa, van desembarcar les provisions i, tot just quan eren a les acaballes, van aparèixer els primers sarraïns. Eren uns centenars i anaven a peu.

—No els deixeu escapar! —cridà Guillem de Montcada.

Un grup de cavallers els va perseguir. El temps era vital i la sorpresa esdevenia un avantatge que no podien menysprear.

Jaume s'hi va voler afegir, però tothom s'hi oposà. L'havien de protegir. A ell, aquelles paraules li van sonar a temps passats. També, a Saragossa, l'havien de protegir i el van mantenir presoner durant més d'un any. Tanmateix, ara ja havia après el significat de la paraula protecció. Volien un rei, però, evidentment, no desitjaven que el rei fos lleó. De tota manera, una cosa és el que volen els nobles i una altra de ben diferent és la intenció d'un monarca.

Va esperar que els homes de Guillem de Montcada s'haguessin allunyat i, llavors, va veure un altre grup de sarraïns que s'atansava pel nord. Sense rumiar-s'ho dos cops, donà l'ordre i pujà al cavall. Ell també hi participaria.

Dues hores després, els nobles li retreien la seva gosadia, però ningú no podia negar que ell, amb els seus homes, havia mort vuitanta enemics i havia tornat sa i estalvi. Quedava clar, per tant, que Jaume també en diria la seva.

*** ***

El desembarcament va ser un èxit. Ja eren a l'illa i ningú no els faria fora fàcilment. Havien disposat que una part dels homes es quedaria als vaixells i seguiria la costa mentre ells s'endinsaven. Ara tot Mallorca coneixia les seves intencions i els enfrontaments serien més durs.

Amb ells duien un jueu, de nom Bahihel, que parlava la llengua d'aquelles terres i que va ser l'encarregat de comunicar-se amb els presoners i assabentar-se que el valí Abu Yahyà, governador d'aquelles terres, l'esperava amb un exèrcit de cinc mil homes un xic més a l'est.

La batalla s'inicià a primeres hores del matí i, aquest cop, Jaume es va quedar a reraguarda. Ja no calia demostrar res i ara podia manar tranquil·lament les tropes sense haver d'exposar la seva vida.

Des d'un petit turó, va veure com sarraïns i cristians es barrejaven entre ells i la pols s'enlairava al mateix temps que els crits, mentre anaven caient cossos que eren trepitjats pels cavalls.

Només iniciar-se la batalla, un cavaller la va abandonar i va venir cap a on era ell. Anava amb la mà a la boca i sagnava. Jaume va esperar fins que arribés i va descobrir que es tractava de Guillem de Mediona.

—Què us ha passat? —preguntà el rei.

—Aquests maleïts empren qualsevulla cosa per atacar —respongué el cavaller. Havia perdut dues dents —. M'han atrapat amb un bon cop de pedra a la boca.

—I per això abandoneu la batalla? —va demanar Jaume, i el va mirar amb duresa—. No és amb les dents que heu de mossegar, sinó amb l'espasa, que heu de tallar —digué, i va posar la mà al puny de la seva.

Guillem de Mediona es va sentir avergonyit. Poc podia replicar a un rei que s'havia enfrontat als sarraïns a la platja i havia sortit victoriós. De manera que girà cua i se'n tornà.

Tot i així, la situació va canviar de mica en mica. Els nobles atacaven sense ordre ni concert. Tots volien ser els vencedors i es feien la guitza entre ells mateixos, fins al punt que els sarraïns els van envoltar i la balança es decantà del seu costat. Llavors el rei, esgarrifat davant l'imminent desastre, va treure l'espasa i cridà ben alt:

—Vergonya!

I va esperonar el seu cavall per refer les forces i posar ordre en el desconcert.

La seva arribada representà un nou equilibri de forces i el seu coratge es convertí en la senyera que tothom va seguir i en l'espill on tothom s'hi va emmirallar. Donava ordres sense parar, bellugava els homes d'un costat a l'altre, protegia els flancs i la seva mirada estava pendent del més petit dels detalls, mentre la seva espasa es mesurava amb les dels enemics que gosaven arribar fins a ell.

A mitja tarda, malgrat que els sarraïns eren superiors en nombre, la victòria era total. Els homes de Pere Pomar, d'Eixemèn d'Urrea, de Pere Cornell, de Guillem i Ramon de Montcada i de Guillem de Mediona havien fet retrocedir els sarraïns després d'infringir-los un sever càstig i Abu Yahyà havia caigut presoner, mentre que mil cinc-cents cadàvers dels enemics omplien els camps. Tanmateix, tothom tenia ben clar que sense la intervenció del rei, res d'allò no hauria passat.

Quan tot va acabar i la pols va tornar a caure al terra, Jaume va ordenar que iniciessin el recompte de les seves baixes, que no es podien ni comparar amb les dels sarraïns. Se sentia cansat i atordit i es va retirar a la seva tenda, que havien plantat en un petit turó. Allà es va treure el casc i el gonió i s'assegué.

Una estona després, un oficial va arribar amb una notícia que omplí de tristor el cor del rei. Entre els morts, havia de comptar dos cadàvers que eren una gran pèrdua. Guillem i Ramon de Montcada no havien sobreviscut, els seus cossos havien quedat confosos entre tots els altres i la seva sang s'havia barrejat amb la dels cadàvers que els envoltaven.

—Déu meu! —va fer Jaume, quan el bisbe de Barcelona pronunciava les darreres paraules, davant la tomba d'aquells dos valents, i va acotar el cap per enlairar una pregària.

S'havia enfrontat a Guillem de Montcada i havia tastat el seu valor. D'això ja feia alguns anys. Ell era el seu senescal, el general del seu exèrcit i un home experimentat i molt valuós. Una gran pèrdua.

—La seva part del botí, malgrat que ni ell ni Ramon seran amb nosaltres quan haguem acabat, serà per a la seva casa i per als seus descendents —ordenà, i ningú no s'hi oposà.

*** ***

La ciutat de Mallorca va representar un setge important. El rei sarraí, el xeic Abohehie, s'havia tancat darrere de les muralles i no es deixaria vèncer amb facilitat.

Allà van parar un almanjanec i van descobrir que els ginys dels sarraïns no allargaven tant com els seus. Era una qüestió de temps i la balança es començaria a decantar. Ben Aabet, un sarraí de l'illa se'ls aplegà i els va dur civada, cabrits, gallines i raïm. Per a ell era prou clar que la fi del domini pirata havia arribat i volia triar el bon costat per quan arribés la desfeta total. Altres, gent senzilla, en veure el gest del sarraí, també se li aplegaren.

Finalment, el xeic Abohehie, després de suportar la pluja de pedres i prendre consciència que el cristià no es retiraria ni s'aturaria fins que hagués entrat a ciutat, va enviar els seus missatgers.

43

—El nostre senyor no vol cap mal al rei Jaume —digué l'home que parlava en nom del senyor de Mallorca—. Mai no l'ha volgut i mai no li ha fet cap mal.

—Mallorca és un cau de pirates i els nostres vaixells pateixen els seus atacs indiscriminats —s'avançà Nuno Sanxes—. A això li'n dieu no voler cap mal al nostre rei?

—El meu senyor, el xeic Abohehie, us donarà les quintes de tota l'illa i us garanteix que mai més cap vaixell pirata no tornarà a atacar un dels vostres —va dir el missatger.

—No! —s'aixecà Berenguer de Palou, el bisbe de Barcelona—. No podem creure en la paraula d'un pirata, perquè l'experiència demostra que mai no és sincera.

—El meu senyor no és cap pirata, però enteneu que és difícil mantenir-los quiets, perquè viuen al mar i només venen per menjar —replicà el missatger.

—No! —s'hi afegí Nuno Sanxes, i la seva veu va ser corejada per altres.

Jaume es va mirar els seus nobles. A qui volien enganyar? Les quintes que oferia Abohehie anirien a parar a les seves mans i els seus nobles no en tastarien res. Per contra, si conquerien l'illa, hi hauria repartiment. Aquesta era la llei i per això no volien pactar.

Què havia de fer?, es demanava ell. Si els nobles s'havien embarcat en aquella aventura era per obtenir alguna cosa i la seguretat dels vaixells dels comerciants no era prou. «Ja hi tornem a ser!», va pensar. La política i els seus embolics. Verge Santa! No es podia oposar a tots els nobles, els bisbes i els abats, perquè quan els demanés de nou que se li apleguessin, quina en seria la resposta? I prou sabia que el pas següent seria València i que poc la podria conquerir tot sol.

—Els meus consellers no en tenen prou —va fer—. Digues-li el teu senyor que no acceptaré altra cosa que no sigui la rendició incondicional.

I va acomiadar el missatger, que va tornà immediatament a la ciutat de Mallorca.

*** ***

Tres mesos després tot seguia igual. L'almanjanec no parava de llençar pedres, però el xeic no es rendia. Llavors, el bisbe Berenguer, acompanyat de dos nobles més, va anar a veure el rei.

—Senyor, ja fa tres mesos que dura el setge i no hi veiem el final.

—Sou vós i Nuno Sanxes que em vau dir que no havia d'acceptar les quintes —respongué Jaume—. Ho voleu tot i jo he escoltat les vostres paraules. Què més voleu?

—Teniu raó, senyor. Però ara pensem que el desgast és massa fort i que, tal vegada, seria millor arribar a un acord per tal que els nostres homes deixin de patir i de morir. Déu ja ha vist que nosaltres hem complert amb el nostre deure i que els sarraïns han après la lliçó.

—Ah, sí? —somrigué Jaume. Ara els preocupava la vida dels seus homes, quan, fins al present, només els preocupava el botí que en traurien—. I què proposeu? —demanà.

El bisbe Berenguer s'aclarí la veu, es mirà els altres nobles, que no tenien la més petita intenció de parlar per ell, i digué:

—Si vós accedíssiu a repartir les quintes, la meitat per a vós i la meitat per a nosaltres, criem que podríem acabar amb aquest setge i ningú més no moriria.

Jaume es va aixecar de la cadira i es va atansar als nobles. Els va mirar un per un, als ulls. El bisbe, tot i que havia lluitat a Terra Santa, no estava acostumat a setges llargs. Ni llargs ni curts! Només tenia experiència en enfrontaments ràpids i, potser, es pensava que conquerir una illa és arribar amb la creu aixecada i que el llamp de Déu faci la resta. Quant als altres nobles que l'acompanyaven, no hi eren ni Nuno Sanxes ni Pelegrí d'Atrocill ni Pere Cornell ni cap dels que tenien experiència en una guerra de setges, on la paciència és tan important com la pròpia força.

—Sou vós, precisament, el que em vau impedir d'acceptar aquest acord i jo, ara, no renunciaré a cap dels meus privilegis per atorgar la tranquil·litat a la vostra consciència torturada pels cadàvers que enterrem —respongué. Els va tornar a mirar, un per un, i afegí—: Hem vingut a enllestir una feina i l'enllestirem.

I va sortir de la tenda. Havien volgut més i ara els semblava massa. Com canvia l'ésser humà!

*** ***

A finals del mes de desembre, quan semblava que l'any nou els atraparia asseguts davant les muralles de Mallorca, el missatger va tornar amb una altra proposta.

—La vida del meu senyor, el xeic Abohehie, serà respectada i protegida, així com la vida de les seves esposes i dels seus fills —va dir. Ara ja no parlava de quintes.

46

—La vostra vida serà respectada i les vostres dones i els vostres fills i els vostres costums i la vostra creença —afirmà el rei, anant més enllà del que li havia demanat el missatger, que va tornar a ciutat ben content i feliç.

Allò, malgrat totes les concessions, era la rendició gairebé incondicional. S'havia acabat un setge que el bisbe de Barcelona no feia altra cosa que criticar. Tanmateix, el rostre de Berenguer de Palou va canviar radicalment i, fins i tot, va oblidar completament les paraules que havia pronunciat, perquè ara pensava en la part que li pertocaria en el repartiment. Un altre problema que havien de solucionar i que va presentar més dificultats del que havien previst. Com tot el que havia passat en aquella aventura.

Ningú no volia quedar al marge i, encara que no estava sotmesa tota l'illa, perquè molts sarraïns havien fugit a les muntanyes i s'havien fet forts, ja somiaven amb les terres que serien seves.

Aquí, el rei va assistir a interminables discussions entre nobles i prelats. Els bisbes feien pinya per un costat i els comtes i barons, desconfiats, es barallaven entre ells mateixos. Jaume, cansat d'escoltar-los, els deixava fer i no volia embolicar-se. La meitat era seva i, de l'altra, que fessin allò que volguessin. Ja li comunicarien el resultat quan haguessin acabat.

3.- EL RETORN

Va ser un any llarg, difícil i farcit d'entrebancs. Les discussions entre els nobles i els prelats es van allargar i allargar. Mai no es posaven d'acord. Sempre hi havia algú que no estava satisfet amb la seva part. Fins i tot, quan ja semblava que tot s'havia acabat, el cavaller Uc Fullaquer, mestre de l'Ordre de l'Hospital, va anar a veure el rei.

—Senyor, he lluitat al vostre costat com el més valent de tots i, ara, em trobo amb les mans buides —es queixà.

Era cert. Uc Fullaquer havia lluitat amb coratge i tenia dret a la seva part, que aniria a petar a mans dels cavallers hospitalaris. Jaume havia volgut mantenir-se al marge d'aquelles discussions, però la queixa d'Uc era massa important i hauria d'intervenir-hi, encara que no li fes el pes.

No va ser una discussió agradable. Ningú no es volia desfer d'una part del seu botí. I les paraules pujaren de to. Entre els més vehements s'hi comptaven Nuno Sanxes i el bisbe de Barcelona, Berenguer de Palou. Com podien donar a Uc Fullaquer una alqueria sense trencar les seves terres? El repartiment ja era fet i ara no encetarien un nou enfrontament. En aquest afer, el bisbe de Barcelona i el senyor de Rosselló estaven plenament d'acord i aquí sí que no hi havia discussió.

Jaume se'ls va mirar. Berenguer de Palou havia rebut vuit-centes setanta-cinc cavalleries i vuit molins i el comte de Rosselló no havia quedat per sota. I deien que no podien desprendre's de res, perquè seria tant com trencar una unitat. Tanmateix, el rei només veia una altra unitat, la de la mà que es tanca i no vol tornar a obrir-se de cap de les maneres.

Finalment, després d'escoltar els seus arguments i de procurar raonar amb ells, Jaume va veure que només feien passes enrere i que les discussions s'encetaven de nou. Llavors, va decidir:

—No us hi amoïneu. El cavaller Uc Fullaquer ha lluitat amb valor i mereix una recompensa. Tindrà la seva alqueria, que jo li hi donaré de les meves terres —digué, i va abandonar la sala.

A aquell esdeveniment va seguir un temps de pau. Jaume va poder descansar i es dedicà a recórrer els carrers d'una ciutat esplèndida. Mallorca era rica, amb grans edificis, animades places i gent amable. En una de les seves sortides va descobrir un rostre que s'amagava darrera d'un vel que li cobria la boca i el nas, però que no ocultava del tot la bellesa que s'hi endevinava.

Tenia uns ulls grans i negres, profunds i misteriosos com la nit més fosca, brillants com dues estrelles i vius. Jaume se la mirà i ella acotà el cap i desaparegué dins d'una botiga plena de gerres de fang.

El rei descavalcà i els seus soldats van fer el mateix per protegir-lo. Llavors entrà a la botiga i s'interessà per una àmfora ben treballada i ben decorada. L'home, que mig parlava llatí, després de dedicar-li cinc reverències, li va explicar que era una peça única, però els ulls del rei ni se la miraven, sinó que cercaven per tots els racons d'aquella estança farcida d'objectes el vertader motiu del seu interès.

De sobte, mentre el comerciant seguia parlant i parlant, va tornar a veure aquells ulls. La noia mig s'amagava darrera d'unes poselles i el mirava des de la foscor. Jaume va prendre una gerra i es va dirigir cap a ella.

—I aquesta gerra, quan val?

La noia va abaixar el cap avergonyida i no va dir res.

—No entén la vostra llengua, senyor —li va dir el comerciant.

—Quin és el seu nom?

—Zaira, senyor. És filla d'un cosí meu —informà el comerciant, que ja havia descobert quina era la mercaderia que cercava el rei.

Jaume va prendre la bossa que duia sota la roba, al pit, i li va donar una peça d'or.

—Em quedaré l'àmfora —va dir.

—Oh, senyor! Sou infinitament generós —se li il·luminà la mirada al comerciant, que va fer el gest de prendre-la, però Jaume l'enretirà.

—Sempre que ella me la dugui al castell —afegí, i va fer sonar la bossa per tal que ell comerciant fes el seu càlcul.

—Parlaré amb el meu cosí —somrigué el comerciant, mentre es fregava les mans—. En aquesta vida tot es pot arranjar.

Jaume obrí la bossa i li donà una altra moneda.

—La resta la tindràs quan rebi la mercaderia —va fer, i sortí de la botiga.

Aquella mateixa tarda, Zaira es va presentar a palau. L'acompanyava el mercader, però el rei li va dir que era ella, que li havia de donar l'àmfora i no hi va haver discussió.

Quan es van quedar sols, Jaume s'atansà a Zaira, que seguia mantenint el cap baix. Llavors li enretirà el vel i va poder contemplar a perfecció d'aquell rostre. La pell era neta i les formes proporcionades. Li va enretirar el mantell que li cobria el cap i una llarga cabellera negra caigué per la seva esquena. Acaronà aquell mar d'ones carregades de nit i atansà el seu nas al cap de la jove, que no hi oposà cap resistència. Feia olor de llessamí. Enretirà el rostre, el prengué per la barbeta i l'aixecà per dipositar-hi un bes en aquells llavis carnosos i tendres, al que ella va respondre amb submissió.

Una estona després s'extasiava amb els pits rodons i ferms i seguia deixant que la roba llisqués lentament. En arribar al pubis, es va endur una bona sorpresa. Era com el de la substituta de Zoriama, com aquella dona que el va iniciar en un univers meravellós. No tenia pèl, se l'havia rasurat. També seria com ella?, es demanà. I no va trigar gaire per esbrinar-ho. Sí, ho era! En tot, excepte en una cosa. Quan li parlava, no l'entenia. Tanmateix, el rei va seguir comprant gerres i àmfores i el comerciant omplí de valent la seva bossa i va repartir els beneficis amb el seu cosí, que va donar gràcies a Al·là per la sort d'haver-li concedit una filla com aquella.

*** ***

Setmanes després va tenir lloc un fet que ompliria de desgràcies els seguidors del rei.

Nuno Sanxes havia armat una nau i dues galeres i havia sortit en persecució dels pirates que encara romanien vius. Dos dies després d'abandonar el port de Mallorca, Guillem de Claramunt, senyor de Tamarit, va emmalaltir i va morir una setmana més tard. Patia d'unes febres estranyes que van atribuir al mar. Al mateix temps, a terra ferma, Ramon Alaman també va emmalaltir. I a ell el van seguir Garci Pérez de Meytats i Guerau de Cervelló, el comte d'Empúries. Cap d'ells es va salvar. I tan ràpid com havia arribat, la malaltia va desaparèixer sense deixar rastre i sense que ningú no pogués dir ni com havia sorgit ni com s'havia acabat.

El bisbe de Barcelona va oficiar misses per demanar l'ajut de Déu, quan van començar a sospitar que allò podia anar més enllà, i va acabar amb una altra missa, aquesta per donar gràcies a l'Altíssim per haver-los deslliurat d'una pesta que no es podien explicar.

Quan ja tot semblava retornar a la normalitat, els esperava un altre problema. Els sarraïns que havien fugit a les muntanyes de Sóller, Ameruc i Bayaltahar no paraven de fustigar els seus homes, baixaven fins a les cases i les atacaven per robar el bestiar i les collites. Ho feien de nit i desapareixien per amagar-se. Tothom anava de corcoll.

—Hem de perseguir-los i acabar amb ells —digué Jaume, un matí.

—No sabem on s'amaguen ni coneixem aquestes contrades —s'hi oposà Uc Fullaquer.

—Si no acabem amb ells, no podrem prendre Pollença ni el nord de l'illa, perquè sempre els tindrem a l'esquena —replicà Jaume.

—No ens fan cap nosa i la nostra presència aquí, a l'illa, ja és prou garantia perquè els pirates es mantinguin allunyats —digué Uc—. Que cadascú de nosaltres tingui cura del que és seu i res no haurem de témer.

El rei el va mirar. Aquell home, que acabava de rebre la seva recompensa, es negava a seguir lluitant. I Eixemén d'Urrea i el bisbe de Barcelona li feien costat. Ells protegirien les seves respectives propietats i amb això ja en tenien prou.

—Deixem que els sarraïns rebels s'ofeguin tot sols —va dir Berenguer de Palou.

—Si els mantenim aïllats a la muntanya, no podran fer res —afegí Eixemén d'Urrea.

El rei s'havia quedat sense els seus millors homes. Nuno Sanxes havia tornat, però tampoc mostrava gaire interès per aquella aventura i Pere Cornell havia perdut bona part de les seves forces i tampoc el podria ajudar. De manera que Jaume no va voler discutir. Cada cop que parlava amb aquells nobles i amb aquell prelat era un nou enfrontament. Allò no tenia fi.

Bé! Si ells no volien ajudar-lo, ja obtindria reforços d'un altre lloc.

Dies després va cridar Pere Cornell i li va lliurar un document.

—Amb això obtindràs cent mil sous de la corona —li va dir.

—Amb aquests diners aconseguiré cent cavallers armats i hi afegiré cinquanta més dels meus —va respondre Pere Cornell.

—Fes arribar aquesta carta a Roderic Liçana i aquesta altra a Ató de Foces. Que vinguin —ordenà Jaume—. M'ho deuen.

Pere Cornell va salpar l'endemà mateix.

Però les desgràcies no venen soles i les notícies que van arribar amb les naus de Pere Cornell no eren gens afalagadores. Ató de Foces havia hagut de girar cua perquè la seva nau s'enfonsava. Tanmateix, Roderic Liçana venia amb trenta cavallers. Així i tot, ja disposava d'un petit exèrcit per anar a les muntanyes. No obstant això, el problema seguia present. On s'amagaven els sarraïns?

Un matí va sortir a cavall de la ciutat de Mallorca i se'n va anar cap a platja. Ho feia sempre que havia gaudit de Zaira, com sempre ho havia fet amb les altres dones, totes les que havien seguit a Aurembiaix. Ningú, ni ell mateix, podia explicar què era allò que l'impulsava a cavalcar després del plaer de sexe. Només sabia que li agradava contemplar el mar, com les ones s'atansaven a la sorra i la mullaven. Aquell matí l'acompanyaven quinze escuders.

Potser baixava fins allà perquè sentia enyorança de les terres de l'altre costat del Mediterrani. Era feliç en braços de Zaira, que seguia sense entendre'l quan li parlava, malgrat que copsava el més petit dels seus desigs, però no en tenia prou. Ta vegada per això s'atansava fins aquell punt i mirava l'horitzó. Feia més d'un any que havia sortit de Tarragona i se li havia fet llarg. Discussions i més discussions. Això era el que havia trobat a Mallorca. Fins i tot gosaria dir que s'entenia millor amb el xeic Abohehie que no pas amb els seus nobles, perquè era culte i assenyat. Amb ell tenia llargues converses que li recordaven altres temps, quan escoltava les paraules de Lluís d'Estemariu. I havia complert la seva paraula i li havia concedit total llibertat per tal que practiqués la seva religió i que els seus súbdits els poguessin acompanyar. No era cap pirata, malgrat que els havia tolerat i, fins i tot, ajudat, sinó un home agraït.

Va descavalcar i es va apartar dels escuders per caminar per la sorra. Portava fetes cent passes quan va veure un pescador que reparava la seva xarxa. Era un home més aviat gran, amb el rostre ple d'arrugues i la pell assaonada i endurida pel sol. Es va atansar, el va saludar i s'assegué al seu costat. Aquell pescador parlava llatí. No era sarraí, sinó cristià. Vivia en aquelles terres des de feia uns anys i ningú no l'havia molestat. S'havia casat amb una sarraïna i havia tingut dos fills, que eren morts. També, ara, era vidu. En altres temps havia viscut en terra ferma, més enllà del mar, a Arles. D'aquí que parlava llatí.

Van encetar una conversa sobre els peixos. La pesca era abundosa i rica en aquelles contrades, li va explicar el pescador. Eren terres tranquil·les i la gent agradable i respectuosa. Un petit paradís que sempre aixecava la cobdícia de molts, perquè la seva situació la convertia en un punt estratègic.

—És una illa curiosa —va fer Jaume—. Mar i muntanya. I la muntanya pot amagar tant o més que el mar.

—Heu vist algun cop les coves? —li va demanar el pescador, mentre seguia passant el fil. Poc sabia qui era l'home que s'asseia al seu costat i poc l'importava. La seva vida era el mar i els seus ulls el miraven constantment.

—Quines coves? —es va interessar Jaume.

—Les que hi ha a la muntanya, on s'amaguen els sarraïns.

—No, no les conec.

L'endemà, a primera hora, els soldats ja estaven formats i esperaven ordres. Cap a on havien d'anar? Altre cop perseguirien sarraïns? I què farien quan arribessin a les muntanyes i no els trobessin?, es demanaven. Havien sortit un munt de vegades i sempre tornaven amb les mans buides. Semblava com si la terra se'ls engolís.

Jaume va muntar el seu cavall i va donar l'ordre que el seguissin. L'acompanyava Pere Cornell i els cavallers que amb ell havia portat de la península.

A mig matí van arribar a unes roques grans i imponents. Allà es van aturar i el rei se les va mirar. No hi havia dubte. La vegetació era espessa i queia des de dalt fins atrapar la vall. La descripció coincidia amb les explicacions del pescador.

—Desplegueu els homes i busqueu entre els matolls, entre les branques i entre les herbes —ordenà a Pere Cornell—. Remeneu-lo tot i descobriu els forats que hi ha a la roca.

Els soldats van pentinar el terreny durant la resta del matí. Només es van aturar per menjar alguna cosa i per beure aigua.

Finalment, entrada la tarda, es va escoltar un crit des d'una mena d'entrada coberta de fulles, cinquanta colzes per damunt dels seus caps.

—Aquí! —va cridar el soldat.

I ja no va fer res més, perquè el seu cos, traspassat per la fletxa que li entrà per l'esquena, va caure de dalt a baix i s'estavellà contra les roques.

—Per Sant Jordi! —féu el rei, i els soldats van començar a pujar pel pendent.

Tanmateix, era impossible arribar-hi. Les fletxes els caçaven amb facilitat i poc podien veure l'enemic. De manera que van haver de recular i amagar-se.

Dos dies després tot seguia igual. Eren com fantasmes que apareixien i desapareixien sense deixar rastre, però deixant morts. Les fletxes no sempre sortien del mateix punt, i els atacs resultaven infructuosos.

El tercer dia, Jaume es va mirar aquelles roques.

—Hi ha més d'una entrada —va escoltar la veu de Pere Cornell.

—Com es caça un animal que s'amaga en una cova? —preguntà a Roderic Liçana, del qual sabia que tenia una gran afecció per la pràctica d'aquell exercici.

—L'has de fer sortir —respongué el cavaller—. Segons de l'animal que es tracti, caçar-lo dins del cau és impossible.

—Amb foc i fum —afegí Pere Cornell—. Això és el que fèiem als Pirineus.

—Exacte! —aixecà les celles el rei.

Llavors ordenà que fessin boles de palla humida, que les encenguessin i les llencessin a les boques de la cova, ensems que prenien foc a totes les herbes i matolls del voltant. I allà van esperar pacientment, fins gairebé mitja tarda, quan el vent s'aixecà i bufà amb força.

De mica en mica, van aparèixer els primers sarraïns que sorgien de la terra per poder respirar. Ho feien amb timidesa i estossegaven de valent. Després, els del darrere els empenyeren i els feren fora.

Havia arribat l'hora d'enfrontar-se cara a cara i Jaume va donar l'ordre.

Seixanta cadàvers van comptar. Segur que n'hi havia molts més. De manera que va enviar missatgers a Berenguer de Palou, Uc Fullaquer i Nuno Sanxes, però cap d'ells no s'hi va acostar.

—Una bona lliçó! —va fer Jaume amb ràbia, quan va rebre la resposta dels cavallers amb les disculpes per no anar-hi, i xiuxiuejà—: No has de repartir mai un pastís si tothom no és a taula, el cuiner no l'ha acabat i el servent no te l'ha portat.

Ara només quedava buscar algú que fos prou assenyat com per fer-se càrrec del govern de l'illa mentre ell viatjava a la península. I va triar Bernat de Santa Eugènia. De cap de les maneres hauria pensat en Nuno Sanxes ni en el bisbe de Barcelona ni en cap d'aquells que l'havien servit quan havien volgut i l'havien deixat quan ja no els feia cap falta, perquè ells ja havien obtingut allò que havien vingut a buscar.

L'única cosa que li va saber greu, va ser separar-se de Zaira, que ja vivia a palau i que, per fi, començava a pronunciar algunes paraules en català. Va cridar el comerciant i li va dir:

—Ella us ha fet rics, a tu i al teu cosí. Quan jo torni, procura que ella no es queixi de res. Ho has entès?

—Oh, gran senyor! No us amoïneu, que tindrem bona cura d'ella i us la preservarem fins al vostre retorn. Ningú no la tocarà. Us ho juro, per Al·là! —respongué el comerciant, agafà la bossa que se li oferia i es retirà entre reverències.

*** ***

El viatge havia estat agradable i un cel blau els havia acompanyat tota l'estona, mentre que les nits, amb una lluna minvant, els oferien l'espectacle de les immensitats d'un univers ple d'estrelles. Què diferent de l'anada!, pensava Jaume.

El mar estava tranquil i el vaixell va enfilar cap a Tamarit, al nord-est de Tarragona, cap al castell que s'alçava prop de la costa. Podia haver-se dirigit cap a Salou, cap al punt d'on va sortir, però s'havia estimat més aquell castell com un homenatge a tots els nobles que havien mort. Per això havia triat una de les que va ser propietat de Guillem de Claramunt.

Van desembarcar a primera hora de la tarda i es van dirigir al castell, on ja els esperaven a la porta. De bon matí uns pescadors havien vist la vela i havien reconegut la nau, la Montpeller. Llavors havien tornat a terra i havien fet córrer la veu.

Tothom volia ser-hi present quan el rei posés un peu a terra i els aplaudiments el van acompanyar, amb els crits de victòria, i no van minvar gens ni mica quan ja era dins del castell i rebia les felicitacions dels comerciants i dels homes rics que havien conegut la notícia i havien sortit per aplegar-se a l'arquebisbe de Tarragona en una llarga caminada.

—Que Déu us beneeixi, senyor —va fer l'arquebisbe Espàreg, només veure'l arribar—. Que Ell us atorgui la glòria eterna, que la terrenal ja la posseïu. Les notícies de la vostra victòria ens han omplert de joia i hem resat per vós cada dia durant més d'un any.

Jaume va prendre la mà de l'arquebisbe i es dugué l'anell fins al front. Se sentia feliç. Tots els prohoms de Tarragona hi eren, i molts altres més. Entre ells, un d'especial.

Tenia prop de quaranta anys i vestia amb distinció, amb les robes de l'home ric, del comerciant que ha fet diners en abundància. El rei Jaume el va conèixer de seguida i el va saludar efusivament.

—Amic Ramon, hem vençut —li va dir amb un ampli somriure.

L'amic Ramon de Plegamans! L'home que havia parlat amb els altres comerciants i els havia convençut que el rei necessitava d'una flota de vaixells. A partir d'ara, seria un dels seus consellers, perquè havia demostrat la seva lleialtat i el seu seny.

—Us felicito de tot cor i em sento feliç pel vostre retorn victoriós. Mai no he dubtat que a les vostres mans aquesta empresa seria un èxit —s'inclinà davant del seu sobirà—. Tanmateix, sento molt haver-vos de comunicar una altra notícia que no us omplirà de joia. El rei Alfons de Lleó és mort. Va morir mentre éreu a Mallorca.

—Déu el tingui a la seva glòria, que prou que se la mereixia —inclinà Jaume lleugerament el cap en senyal de respecte—. Qui l'ha succeït?

—El rei Ferran de Castella —informà Espàreg.

—Una bona tria —afirmà—. Ferran és un gran rei —llavors es va quedar en silenci, meditant—. De manera que Castella i Lleó ja formen un sol regne. Espero i desitjo que el bon Ferran no hagi de lluitar amb els seus nobles per fer-los veure que la unió fa la força. *Virtus unita fortior* —va tornar a callar, va caminar unes passes i digué—: Això vol dir que el meu compromís ja no té sentit i que haig de buscar una altra esposa —va moure el cap amunt i avall—. Bé! El meu oncle o algú altre la buscarà per mi.

—Senyor, gairebé dos anys és molt de temps i encara hi ha més notícies —li va dir Ramon de Plegamans, i aquest cop el seu semblant era més trist.

Jaume se'l mirà. La notícia de la mort del rei Alfons l'havia afectat, però no gaire. Fins i tot, el fet que ja no s'hagués de casar amb la seva filla gairebé se li presentava com un alliberament. Però, ara, el posat del bon Ramon no li avançava cap notícia que l'alleugerís de cap més compromís, i es va posar tens.

61

—Guillem de Mont-rodon ha mort al monestir de Poblet.

Allò era ben diferent i el rei es va quedar en silenci, es va tombar, s'atansà a la finestra i mirà el mar. Ara sí que li havien arrencat un tros de l'ànima, perquè aquell home havia representat alguna cosa més que un preceptor. Els seus assenyats consells, la seva inestimable ajuda en els moments més delicats, la gran tria que va fer amb Lluís d'Estemariu, els anys passats a Montsó i tantes i tantes coses...

Va respirà fons, va elevar una oració al cel i les llàgrimes van caure per les seves galtes. El comte Sanç havia mort feia anys i no va sentir res de res per ell. Després va desaparèixer Eixemén Cornell i va plorar la seva mort, perquè el bon conseller també l'havia ajudat. Déu meu!, qui quedava d'aquells temps? Qui, que fos prou significatiu? Només el seu oncle Ferran d'Aragó, al qual s'hi havia enfrontat i que havia esdevingut un bon oncle, un bon amic i un bon aliat.

La joventut marxa i s'enduu els nostres pilars, els suports que ens mantenen drets o que ens pensem que ens aguanten, però la vida, amb una lògica implacable, els fa caure per veure com han crescut uns altres de personals, de propis, que hem construït nosaltres mateixos i que ara han de servir per bastir-hi el nou edifici. Quan ens quedem sols, sense cap lligam del passat, neix l'autèntica maduresa.

—T'has de casar —li havia dit el seu oncle—. Alfons encara és petit i només tens un hereu. T'has de tornar a casar.

D'això feia més d'un any i fins aquell moment no havia sentit la necessitat, però ara acabava de descobrir que era més que una necessitat, era un deure, malgrat que confiava plenament que Alfons no seguiria les seves passes i rebria una educació acurada i complerta, allunyada de la influència, nefasta influència, dels nobles que volien manar més que el rei.

Alfons, Alfons... Poc hi havia pensat, en ell, durant tot el temps que havia romàs a Mallorca. Ara, tal vegada, havia arribat el moment de dedicar-li un xic d'atenció.

*** ***

A Tarragona va començar el seu viatge triomfal, que va seguir per Montblanc, va continuar per Lleida fins arribar a Montsó i acabà a Osca. Necessitava descansar, prendre's un temps, anar a caçar, cavalcar de nou per aquelles terres, sentir el fred a la cara i a les mans i, sobretot, pensar en el futur.

Amb ell es va endur Alfons. Tenia la mateixa edat que ell quan va abandonar Montsó i, com aquell que diu, gairebé no s'havien vist. Llevat de l'any que van passar a Saragossa, després s'havien separat i Alfons va viure amb la seva mare fins que arribà la separació legal i, llavors, el va confiar als templers perquè l'eduquessin. No com a ell, naturalment. No a cuita-corrents, no tan sols en el manejament de les armes, sinó en tots els aspectes que han d'adornar un rei.

Cada població que travessaven volia homenatjar el seu sobirà i es va assabentar que el seu prestigi havia augmentat fins a tal extrem que el propi apostòlic de Roma, el papa Gregori, l'havia posat com un exemple per imitar. No en tots els aspectes, evidentment.

El primer dia que va sortir a caçar, cap a la falda de les muntanyes que s'alcen al nord d'Osca, va sentir que ja era de nou a casa i va respirar aquell aire que havia omplert els seus pulmons durant una bona colla d'anys. Al seu costat anava el seu fill Alfons.

Potser, ara, s'encetava una nova etapa de la seva vida. Si més no, així ho va imaginar el matí que va descobrir aquella dona en una de les audiències reials.

Era jove i ben plantada. Anna, es deia, i era neboda d'un dels nobles d'Aragó. Somreia amb timidesa i abaixava el cap cada cop que la mirava. Tenia una veu agradable, que va trigar alguns dies en poder escoltar. Vestia amb elegància i distinció i les seves formes deixaven endevinar unes carns fermes i voluptuoses.

Unes setmanes després, va aconseguir trobar-la en un dels passadissos de palau.

—La flor més formosa del regne, i sola? —va demanar.

—Senyor —va fer ella, i plegà un genoll en una elegant reverència, mentre acotava el cap.

—No sigueu cruel i no em priveu de la llum dels vostres ulls —s'atansà ell, i la prengué per la barbeta per aixecar aquell rostre i poder contemplar la perfecció de les seves formes. Era formosa, però ben diferent de Zaira.

—Mai no seria cruel amb vós, ni amb ningú —va respondre ella.

—Llavors, per què em turmenteu?

—Jo, senyor?

—La vostra presència em torba i el vostre perfum em trasbalsa.

—Si és així, m'allunyaré de palau, perquè només vull el vostre bé —tornà a abaixar la mirada ella.

—No és la vostra llunyania, que curarà les meves ferides, sinó la vostra proximitat. I si de debò desitgeu només el meu bé, perquè us manteniu tan distant?

Les galtes d'ella s'encengueren i la respiració se li alterà. El rei era alt i formós. Li passava tot el cap. Els seus cabells rossos i aquella barba li conferien un atractiu que moltes veus femenines cantaven.

—Sempre m'he mantingut a la distància que, per respecte, la vostra persona mereix —digué ella.

—La meva persona és la d'un home i la vostra la d'una dona. I entre una dona i un home que senten alguna cosa l'un per l'altra, no han d'existir distàncies, a menys que el meu amor no sigui correspost.

No hi va haver resposta amb les paraules, perquè no calia, perquè els ulls ho deien tot. I aquest cop, Anna no abaixà la mirada, sinó que la mantingué ferma i clavada als ulls del rei.

Aquella mateixa nit, Anna va dormir al llit reial.

4.- ALTRE COP EL MAR

Va ser un hivern càlid. No pas per les temperatures, que van davallar força, sinó per l'entorn. La vida a Osca va transcórrer plàcida i agradable. Jaume va poder cavalcar per les planes i Alfons va aprendre del seu pare trucs interessants que li permetien gaudir de la cacera.

—Agafa aire, després deixa'n anar una mica i la resta el retens —li explicava—. I recorda't de pronunciar la lletra o.

Aquells moments li portaven a la memòria Lluís d'Estemariu, perquè procurava ensenyar el seu fill de la mateixa manera que ell va aprendre, amb les vocals, amb el seu significat intern. Lluís, Lluís... l'únic home que va ser més alt que el mateix rei. Un gegant en tots els aspectes, un amic i el més lleial dels seus servidors.

En aquells dies, el rei va descobrir que un fill pot esdevenir un gran company. Deu anys és una edat màgica. El nen ja comença a despertar de la seva infantesa i les preguntes cada cop són més assenyades i més profundes. Se sentia orgullós perquè no li va caler ensenyar-li la lletra u. Alfons era coratjós i valent. Tanmateix, el nen es mirava el seu pare amb certa recança. Entre les campanyes, les llargues separacions i el poc contacte, el nen no havia tingut temps per descobrir-lo i únicament havia pogut fer-se'n una petita idea a partir dels comentaris dels cavallers que l'educaven i que parlaven d'ell com d'un guerrer gegantí que infonia temor entre els enemics. Tot i així, quan Alfons ja portava uns dies amb el seu pare, la imatge feroç que havia creat dins de la seva ment infantil va ser substituïda per una altra de ben diferent. Jaume era enèrgic i alt, molt alt!, però reia sovint i parlava tota l'estona, com si volgués recuperar tot el temps que no havia estat al seu costat.

De tant en tant, el rei es quedava mirant el seu fill i veia reflectida la seva imatge en aquell rostre i en aquells ulls que ho miraven tot amb curiositat, que apamaven cada detall de la vida i que cada cop demanaven més i més. «Serà un bon successor», va pensar. Valent, intel·ligent i prudent. Prou que ho hauria de ser per poder enfrontar-se als nobles i als bisbes i sortir-ne victoriós.

Per la seva banda, Anna omplia totes les seves nits. Era formosa com una flor i complaent, força complaent. Per sort, Jaume havia tornat de Mallorca més reposat i la jove es va estalviar més d'una mossegada, encara que va haver d'aguantar unes bones xuclades. Allò que no va aconseguir, i que cap altra dona havia aconseguit, era que, després d'una nit de passió, el rei romangués al llit fins ben entrat el matí, i les esposes dels nobles sabien com havia anat en funció de l'hora que es llevava i del llarg de la cavalcada. De la mateixa manera que els criats ja tenien preparat un cavall quan el sentien llevar-se.

Anna va passar de ser una més, entre les joves que visitaven el palau, a prendre part de les converses i de les reunions de les dones principals. I això va ser de la nit a la matinada. Era evident que tota Osca anava plena del seu nom. L'amistançada del rei, la nomenaven sense embuts. No pas la seva dona. I ella, conscient del gir que havien pres els esdeveniments, no se n'estava, de mostrar-se orgullosa, perquè tothom la respectava. Ningú no podia menysprear el seu poder, perquè un sol dels seus desigs podia esdevenir una arma terrible. Jaume també era complaent i es plegava a la major part dels capricis d'Anna, encara que sempre tenia presents les paraules del cavaller Lluís d'Estemariu. «No atorgueu a una dona més d'allò que li correspon». I, pel moment, totes les peticions eren banals i sense gaire transcendència.

Entre les persones que vivien a Osca, el rei va trobar de nou Maria de Lliçà, que encara seguia vídua, i Blanca d'Antillon, que, tot i el pas dels anys, seguia mantenint una esplèndida bellesa. Clara, la germana d'Eixemén Cornell, havia abandonat la ciutat per ingressar en un convent i Anna, l'esposa de l'antic conseller, era morta. Quant a Magdalena, la vídua del malaurat Pere Ahonés, també havia desaparegut. Les notícies apuntaven que havia marxat cap a Castella, on s'havia tornat a casar. I, pel que feia a Lluïsa, l'esposa de Balasc d'Alagó, aquell rostre que no hi havia per on agafar-lo, la pobra havia perdut la vida en parir el cinquè fill i encara ningú no era capaç d'explicar-se que el seu espòs la deixés embarassada tan sovint.

—Devia tancar els ulls, com quan et prens una purga que té mal gust —havia comentat amb mala llet alguna de les dones.

El temps passa i tot canvia. Ara altres dones havien escalat llocs i s'asseien a les reunions femenines que servien per arranjar els afers privats. D'entre elles calia destacar-ne dues.

Joana de Mediona, una dona que encara no havia arribat als trenta anys, amb un etern somriure als llavis, disputava amb avantatge la supremacia de Blanca d'Antillon. No era tan formosa, però era més jove i més astuta. Sabia com fer-se un lloc en qualsevol esdeveniment important i com conduir l'aigua cap al seu molí, i de tothom era coneguda la virtut de la seva llengua que sabia destriar les paraules més punyents, que repartia amb una magnificència quasi reial. Ella va ser la primera de convidar Anna a les reunions privades i prou que s'ho va manegar per encetar una amistat que se sostenia en uns interessos ben dissimulats, perquè, quan volia, era la dona més encisadora del món.

Esther Montagut, al contrari que Joana, no somreia gaire sovint.. També era jove. Era l'esposa del senyor Pere Montagut, un home més aviat prim, no gaire alt i amb pinta de dèbil que vivia a cavall entre Osca i Barcelona, on hi tenia alguns negocis. De caràcter fort, Esther tenia fama de dirigir totes les passes del seu marit. Però també deien que era noble i assenyada.

Naturalment, a totes les reunions de les esposes dels principals, els comentaris sobre Anna sovintejaven i, fins i tot, les burles, que desapareixien quan ella arribava.

—Quin pit es fregarà avui, el dret o l'esquerre? —reien les dones.

—Aquest costum del rei el fa perillós —va dir Esther.

—No em diguis que no t'agradaria que fossin els teus, els xuclats? —intervingué Joana.

—Com pots ni tan sols pensar una cosa com aquesta? —es defensà la interpel·lada, que havia enrogit a causa de la vergonya. Tal vegada, perquè Joana havia encertat?

—És alt i atractiu i diuen que sap com acontentar una dona. A més, prou que te'l mires —féu Joana.

—Com qualsevulla de vosaltres.

—Per això mateix t'ho dic —rigué Joana, i les altres s'hi afegiren.

Esther es va quedar bocabadada.

—La primera vegada que es va excitar, va ser amb mi —digué Maria, i totes la miraren—. Encara no tenia tretze anys i jo li arreglava la vora de la calça. Ell em va mirar els pits i es va posar vermell com un tomàquet —rigué orgullosa.

—No m'ho havies dit —es queixà Blanca.

—No havia sortit a la conversa —es disculpà la baronessa de Lliçà.

—En tots aquests anys?

—Doncs, no. No hi ha hagut ocasió —repetí Maria.

En aquell precís instant s'obrí la porta, va aparèixer Anna i les saludà. Arribava contenta i es va passejar per davant de totes, fins que va acabar per seure's a una de les cadires i va prendre el cistell de brodar.

—Diuen que ha arribat un mercader de Granada i que porta riques teles d'Àfrica —comentà—. Em sembla que hi hauríem d'atansar, per fer-hi un cop d'ull.

—Encara és massa d'hora i fa fresca —digué Joana —. Millor esperem a primera hora de la tarda.

—No —va fer Anna, amb un gest de disgust—. M'avorreixo i m'estimo més anar-hi ara —es va aixecar i va mirar les altres.

Esther es va remoure inquieta, Maria abaixà els ulls i seguí amb el seu brodat, mentre Joana també s'aixecava i Blanca es quedava indecisa.

—Jo us hi acompanyaré —anuncià Joana amb un ampli somriure.

Anna li tornà el somriure i va mirar Blanca, que es va sentir obligada i també abandonà la seva tasca.

—Avui no em sento amb ànims. No he dormit massa bé i m'estimo més quedar-me aquí —somrigué Maria.

—Jo em quedaré per fer-vos companyia —digué Esther.

—Bé! Ja us ho explicarem —acabà Joana, i les tres dones abandonaren l'estança.

Quan Esther i Maria s'havien quedat soles, es miraren significativament.

—No hi ha res pitjor que una reina capriciosa —va comentar Esther.

—Us equivoqueu —somrigué Maria—. Encara és molt pitjor una reina sense corona, perquè es confia, n'abusa, no té en compte que pot ser destronada en qualsevol moment i després es pot trobar que la venjança sigui terrible.

*** ***

S'encetava la primavera. Els arbres despuntaven, el camp estava preciós, els ametllers esclataven de flors i l'herba creixia amb força. Els rius baixaven plens i el rei sortia amb el seu fill per pescar. En aquells mesos havia recordat tots els ensenyaments rebuts durant la seva infantesa.

Les negociacions amb Sanç de Navarra anaven per bon camí i el rei navarrès segurament signaria un acord pel qual el nomenaria el seu successor. Llavors hauria obtingut unes noves terres sense haver de lluitar.

Durant aquells mesos també havia viatjat a Castella, a Toledo, i havia visitat el seu amic, el bon rei Ferran, ara també sobirà de Lleó.

La capital del regne de Castella i Lleó l'havia sorprès gratament. L'arquitectura sobre les bases d'allò que havien construït els sarraïns era imponent. La nova catedral, començada pocs anys abans, ja permetia endevinar que seria una obra magnífica i va lloar llargament el pont d'Alcàntara, conservat i rescatat des de l'època romana, i el de Sant Martí, de nova factura i que poc havia d'envejar al primer. La quantitat d'esglésies, antigament mesquites, el van deixar bocabadat. Des del Crist de la Llum fins al Crist de la Vega, tot passant per Santa Justa, Santa Eulàlia o Sant Sebastià. Però el que més el va colpir van ser els banys musulmans que Ferran havia fet restaurar i que es conservaven admirablement.

Amb el rei d'aquelles terres havien parlat del passat, del present i del futur, perquè Ferran dirigia els seus ulls cap al sud, igual que Jaume.

—Saps per què els meus avantpassats van establir la capital del regne aquí, a Toledo? —li demanà Ferran —. Perquè quan més a prop hi siguis, més por et tindran. Quan entris a València, canvia la capital del teu regne.

—No crec que els nobles m'ho permetin i em temo que hauria de patir una revolta. I, com comprendràs, ja n'he tingut prou —somrigué Jaume.

—Doncs, crea un nou regne i atorga-li una capital. València és un bon lloc —li aconsellà el rei de Castella i Lleó.

I en les llargues converses van establir el repartiment d'unes terres que havien de prendre als sarraïns. Aragó i Catalunya arribarien fins a Múrcia, però aquesta ja seria un feu de Ferran. Així ho van acordar.

—Hauries de casar-te —li va dir Ferran, en una de les converses.

S'estaven a una de les sales del palau de Toledo.

—Què t'agafa, ara, amb la meva llibertat? —s'estranyà Jaume.

—No és bona política que un rei no tingui una reina —respongué Ferran—. Fes-me cas.

—No t'amoïnis que molts ja es belluguen —somrigué el rei d'Aragó i de Catalunya—. Que siguin ells que me la triïn, perquè jo estaré molt ocupat amb València.

—Alguna cosa hauries de dir tu —féu Ferran—. No deixis que els teus nobles decideixin pel rei. Pensa que el teu matrimoni amb Elionor va acabar malament i que més val no repetir l'experiència. Necessites tenir més fills, assegurar-te una bona descendència per tal que ningú no pugui discutir el teu tron. A més, amb una bona reina, potser oblidaries altres coses.

—Sembla que les notícies de totes les meves aventures, i no tan sols les de conquesta, arriben ben lluny i tu sempre em parles com un pare, i potser oblides que ja he crescut —respongué Jaume, força rialler.

—Tens raó. Perdona. Continuo veient el nen que es va seure al meu costat, a taula, i que va parlar amb mi força estona. No t'ho he dit mai, però em vas impressionar. Llàstima que no haguessis pogut posar-te en contacte amb mi, quan els teus nobles et van fer presoner a Saragossa —li tornà el somrís Ferran—. T'hi hauria ajudat.

—Prou que ho sé, i t'ho agraeixo.

—No oblidis mai que som vertaders amics —afirmà Ferran amb el cap—. I els amics de debò no pregunten, sinó que s'ajuden i mantenen sempre els seus compromisos.

—Múrcia serà teva, encara que la conquereixi jo. Serà una forma de pagar la teva amistat —sentencià Jaume.

—La meva amistat no es pot comprar ni es pot vendre, encara que sigui a canvi d'un regne —contestà Ferran—. Sento un gran afecte per tu, estimat Jaume, i l'estima és gratuïta. Si Déu ens la dóna sense demanar-nos res, com podria acceptar res de tu? —de sobte somrigué i canvià de conversa—. Com està el teu fill Alfons?

—Creix i serà un gran rei. I el teu Alfons? —rigué Jaume. No deixava de ser curiós que ambdós haguessin triat el mateix nom per als seus fills i que gairebé fossin de la mateixa edat.

—És intel·ligent i li agraden els estudis. També serà un gran rei. Hem de fer que siguin bons amics.

—Tant com nosaltres.

Ferran era un gran home. Si en algun lloc del món existia la vertadera noblesa, ell n'era el seu representant. Jaume ho va copsar el primer dia que es van conèixer i res no havia canviat. Al contrari, a mesura que passava el temps, el rei de Castella i de Lleó esdevenia més i més savi, més i més afable, més i més assenyat i prudent, com el bon vi que guanya dins la bota.

«Si tens un bon amic, tens un tresor», li havia dit Lluís d'Estemariu, a Montsó, en una d'aquelles sortides que feien per anar a caçar, i per aprendre. Perquè el bon cavaller, l'home que, segons moltes veus, havia deixat morir el seu pare, era un pou de saviesa. Cada frase que pronunciava tenia un profund significat, com les de Ferran. En molts aspectes, malgrat que fossin tan diferents, es podien comparar.

*** ***

Arribat l'estiu Jaume va rebre una visita inesperada. El recordava. I és clar que sí! Perquè aquell home li havia dit una gran veritat. «Abans de conquerir allò que no és vostre, poseu pau a casa vostra». I Abu Said va anar a Osca per parlar amb ell. Seguia sent el gran home que va conèixer a Peníscola, però el seu semblant mostrava la tristor.

—València s'ha revoltat —li va comunicar, a la sala del tron—. Zayan Ibn Mardanis és el nou home fort d'aquelles terres.

—Us ha destronat? —preguntà Jaume.

—Sí. Al·là no vol seguir sent magnànim amb mi i ha decidit que ell ocupi el meu lloc —afirmà. Va callar un moment, i afegí—: Tanmateix, no estic segur del seu missatge.

—Què voleu dir?

—Diu Mahoma, el Profeta, «s'atansa el temps en què els homes hauran de rendir comptes i, no obstant això, ofegats per la indiferència, s'extravien». Mossàrabs, almohades i almoràvits han perdut el seny i s'enfronten entre ells. Ara, després d'haver vist el que ens arriba, penso que us vaig donar un gran consell que jo no he estat capaç de seguir —explicà Abu Said—. He fracassat i he contemplat com Al·là m'abandona. He pregat i Ell m'ha dit que em dirigeixi a vós, perquè vós heu aconseguit allò que nosaltres hem perdut. Si m'ajudeu a recuperar les terres de València, us lliuraré Peníscola, Morella, Eixivert, Polpís, Alcalatén Cullera i Aras.

—Em vau dir que em lliuraríeu Peníscola quan hi anés, i encara no hi he anat. Ara no tan sols em doneu Peníscola, sinó que hi afegiu sis places més, que tampoc no són vostres —digué el rei—. Crec que em vau donar un bon consell, però que em parlàveu de lliurar-me Peníscola com una petita burla.

—Teniu la meva paraula que mai no vaig parlar amb doble intenció —es posà tens Abu Said.

—Us demano disculpes. Han passat uns quants anys i he après moltes coses —somrigué Jaume—. No obstant això, crec que no és un bon tracte, perquè ara puc entrar-hi i conquerir-les sense demanar el vostre permís.

—Diu el Profeta: «Senyor, fes-me entrar amb una entrada favorable i fes-me sortir amb una sortida favorable, i concedeix-me un poder protector» — somrigué Abu Said. El rei havia crescut en valor, en força i en intel·ligència—. Hi puc afegir un detall que sí que us farà el pes. Si jo us nomeno el meu successor, encara que Zayan Ibn Mardanis m'hagi fet fora, legalment sereu el rei de València, perquè ell ha emprat la força, i, llavors, la vostra entrada serà favorable i el vostre dret de conquesta no podrà ser discutit per ningú. Ni tan sols per ell, perquè segellaré el document amb un jurament a Al·là. Només us demano que vós sigueu el meu protector i així la meva sortida serà honorable.

Jaume medità les paraules d'Abu Said. Allò ja era diferent i, més encara, tenint en compte que els nobles d'Aragó havien començat a atacar els sarraïns i que volien crear nous comptats independents, com Albarrassí. Tanmateix, si ell disposava d'un document que el convertia en el successor d'Abu Said, les terres conquerides serien seves. No era mal tracte, va concloure amb un somriure.

—No crec que el vostre Profeta pronunciés aquestes paraules referint-se al vostre regne. Més aviat penso que sabeu com emprar la seva saviesa i com interpretar-la en el vostre profit. Però com sou noble i assenyat, en prova de bona voluntat, us donaré terres i una casa, aquí, a l'Aragó, per tal que vós i la vostra família pugueu viure en pau. I de tot allò que conquereixi tindreu una part important. Així i tot, el rei seré jo des d'aquest mateix instant —sentencià.

Abu Said no estava en posició de discutir i va acceptar, encara que aquell tracte no va agradar els nobles aragonesos.

Malgrat tot, l'acord es va signar i Jaume esdevingué el nou rei d'un regne que encara no tenia a les mans.

*** ***

Quan ja preparava la nova campanya, van arribar notícies de Portugal. Aurembiaix acabava de morir. Jaume ho va sentir de debò. Recordava aquella dona amb amor. S'hauria casat amb ella. I tant que sí! I ella també se l'estimava. El dia que va marxar cap a Portugal es va acomiadar amb dignitat, però hi ha sentiments que, per més que es vulguin dissimular, no es poden amagar. Els ulls d'Aurembiaix estaven humits per haver plorat. Per què la política ha de ser per damunt de l'amor?

Ofegat per la pena, el rei va decidir que volia guardar un bon record d'aquell amor, el seu vertader primer amor, i va negociar amb el rei de Portugal.

—Malgrat l'Urgell és teu, encara no tens sortida al Mediterrani —li va dir, quan es van veure, perquè Pere anava camí de Pons i es va aturar a Osca—. T'ofereixo un canvi. L'Urgell per Mallorca.

Pere de Portugal era un home prim i sense energia. No li agradaven les disputes ni sentia el més mínim interès pel comtat d'Urgell, unes terres que, com deia Jaume, no tenien sortida al mar i, a més, eren un cau de problemes, perquè els nobles sempre es mostraven rebels. De manera que va acceptar Mallorca. Així tindria un peu al Mediterrani. El rei de l'Aragó i Catalunya s'ho podia permetre perquè disposava de tota la costa catalana i, si Ses Illes estaven en mans de Pere, les rutes seguirien segures per als seus vaixells i per als seus comerciants. Només que, amb molta habilitat, s'ho va manegar per tal que l'acord convertís Pere en el seu vassall, pel que feia a Mallorca. Allò representava el retorn d'unes contrades que prou que li havien costat i que havia perdut per culpa d'uns nobles estúpids i cobdiciosos. Però, al final, les havia recuperades i, endemés, mantenia Mallorca, perquè el portuguès va acceptar sense ni tan sols rumiar-s'ho.

Tot i així, els problemes a l'Urgell continuaren. Els de Cabrera, amb Ponç al front, morta sense descendència Aurembiaix, tornaven a reclamar el comtat. I quan Jaume encara no havia resolt el conflicte, van arribar notícies de Vic. Els homes rics d'aquell lloc li demanaven que intervingués, perquè Guillem de Montcada, el fill (el pare havia mort a Mallorca), ja anava a estira cabells amb ells.

Bé!, la pau s'havia acabat i el regne tornava a estar en dansa. Hauria d'anar a Vic.

Aquella nit Jaume va decidir que dormiria sol. El seu cap estava més per altres afers. I es va retirar d'hora, però, quan es dirigia a la seva cambra es va trobar amb Blanca. El seu marit, Balasc d'Antillon, feia una setmana que ja era fora i aquella dona, tot i ser més gran que el rei, no tenia que envejar res de les altres. La recordava de quan era un jove, de quan va tenir la seva primera experiència sexual amb aquell somni que li havia ensenyat com s'ha de tocar una dona.

—Tan aviat us retireu? —li va preguntar Blanca.

—Tinc mal de cap i no puc aguantar les converses —respongué el rei.

—Quan al meu marit li passa, li faig unes fregues que el permeten dormir com un infant i l'endemà es lleva com nou —somrigué ella—. No us les fa Anna?

—No en deu de saber —respongué Jaume.

—Seieu un moment, si us plau —féu Blanca, tot senyalant una cadira que hi havia allà, al passadís.

Jaume va seure i la va deixar fer. Llavors, ella va prendre les temples del rei per fer-hi un massatge, però es va plantar davant d'ell i amb tendresa l'obligà a baixar el cap, deixant els ulls del rei ben a prop dels seus pits. S'havia perfumat i respirava fons, mentre li fregava les temples i li movia el cap amunt i avall, atansant-lo i allunyant-lo de l'escot que semblava que havia de petar d'un moment a l'altre, perquè aquelles respiracions els omplien i els feien vessar per damunt de la roba.

—Millor? —demanà, i Jaume assentí lentament. Els seus ulls no es podien apartar d'aquelles masses de carn, la pell de les quals tibava amb força—. Sabeu que vaig ser jo qui va pagar la sarraïna quan teníeu aquell borrissol? —preguntà, com qui no vol la cosa.

El rei va obrir els ulls de patac, va aixecar el cap d'una embranzida i li va agafar les mans.

—Vós? —va preguntar, bocabadat.

—Vau quedar satisfet? —somrigué Blanca.

—Gairebé tant com ara, amb el vostre massatge.

—Doncs, estirat encara fa més efecte. Si em permeteu, us ho faré al llit.

Jaume va acaronar aquelles mans tendres i suaus, mentre la mirava. Les deixà anar i va agafar-li els pits.

Ella tancà les parpelles, va xafar amb força aquelles mans contra el seu pit, remugà de plaer i repetí:

—Estirats fa més efecte.

L'endemà, Joana va entrar a la sala de la casa de Blanca. Anna encara no havia arribat. S'assegué amb les altres i va prendre el cistell de brodar.

Maria se la va mirar i Joana li va dedicar un somriure.

—El rei ha de marxar cap a Vic —va dir Maria, com si fos un comentari intranscendent.

—El rei marxarà sol o acompanyat? —va preguntar Maria.

En aquell precís instant s'obrí la porta i va aparèixer Anna. Llavors Blanca es va fregar el pit lleugerament el pit amb l'avantbraç, alçà el seu brodat i el va posar a la llum per comprovar la seva feina. Ni tan sols li va dirigí una mirada.

—Jo diria que sol —somrigué Joana. A ella cap d'aquests detalls se li podia escapar. I va seguir com si res no hagués passat.

Dies després, a la mateixa sala, les dones estaven parlant i Joana va entrar-hi. Venia feliç i radiant. Es va atansar a la finestra, va mirar el cel, es fregà el pit, es tombà, va clavar els seus ulls en Blanca i digué:

—El rei ha marxat tot sol.

*** ***

Ai, els de Montcada!, va fer Jaume, a Vic. Digne fill del seu pare! Sempre amb l'afany de manar i de dominar, quan el millor és ajudar. No va ser senzill, però va aconseguir que aquell home s'avingués a raons i la pau va retornar. Guillem de Montcada deixaria que els rics comerciants poguessin constituir un consell i assessorar-lo en algunes decisions. D'aquesta manera tothom quedava content.

Bé! Feina feta no corre pressa.

Ja havia decidit que tornaria a Osca, quan es va presentar Ramon de Plegamans. El va rebre amb alegria, perquè sentia gran afecte per aquell home.

—Senyor, direu que sempre que ens veiem us porto males notícies, però no és la meva intenció —va dir Ramon, després de saludar-lo.

—Les dolentes són les notícies, no pas vós, que sou recte i assenyat —respongué el rei—. Tanmateix, no podeu lluitar contra les circumstàncies. De manera que us escolto.

—Abu Abd Alah, rei de Tunis, navega cap a Mallorca amb la intenció de recuperar-la.

«Per què tot s'embolica alhora?», es demanà el rei. Encara no havia acabat de tractar amb Navarra, que havia aparegut el problema a l'Urgell; encara no havia pres possessió de València que els nobles aragonesos ja preparaven expedicions per conquerir aquelles terres; encara no havia aconseguit fer sortir de les muntanyes de Mallorca tots els sarraïns que el rei de Tunis la volia envair. I altre cop havia de prendre decisions. Però el problema era saber i distingir allò que és important d'allò que és urgent. I ara la urgència estava a Mallorca. Hauria d'anar-hi. Ara, precisament ara que havia descobert el seu fill i... altres persones que també li proporcionaven fonts de plaer.

Durant tota la setmana que va precedir a la seva sortida cap a Salou, va viure a Tarragona i va rebre diverses visites. L'arquebisbe Espàreg i Guillem de Cervera volien impedir que hi anés.

—És massa perillós per a vós i us necessitem aquí — li deia Espàreg.

—Nuno Sanxes es farà càrrec de l'expedició i comandarà les forces —s'hi afegia Guillem de Cervera.

I van estar discutint una bona estona, fins que Jaume va decidir que ja n'hi havia prou. Altre cop els nobles volien deixar-lo de banda i li proposaven al comte de Rosselló com a cap de la flota, quan no havia estat capaç de sufocar tots els sarraïns que encara vivien a les muntanyes de Sóller.

—No! —va fer amb vehemència—. Jo comandaré l'expedició i no hi ha res més a dir.

A finals de setembre va arribar a Mallorca i llavors s'assabentà que el rei de Tunis no vindria. Les notícies apuntaven que, quan Abu Abd Alah va tenir coneixement que era el mateix rei qui anava al front de les tropes, havia reculat. El seu prestigi atrapava totes les costes del Mediterrani i pocs volien enfrontar-se a ell. Aquest va ser un èxit que els nobles es van haver d'engolir i van haver de callar. I quan va proposar atacar Pollença, Oloró i Sentueri, ningú no s'hi oposà.

83

Tres mil sarraïns l'esperaven, però res no van poder fer davant l'atac i, finalment, Xuaip, el cap d'aquells homes que veien amb desesperació com les forces de Jaume els assetjaven i com les muralles anaven desapareixen sota la pluja de pedres, va decidir que el millor era negociar la rendició, si volien conservar la vida.

Pacificada l'illa, es dirigí a la ciutat de Mallorca. Necessitava tornar a veure Zaira, però quan va preguntar per ella...

—Senyor, no us agradarà el que us haig de comunicar —va fer el xeic Abohehie, que li tenia gran estima i consideració.

—Què em voleu dir?

—Vau ordenar que la tractessin amb respecte i us van jurar que tindrien cura d'ella. Tanmateix, la vostra llarga absència va exhaurir els diners que havíeu donat al seu oncle i al seu pare i ells l'han prostituïda tot dient que tothom, per un bon preu, podia entrar en els dominis d'un rei.

—Maleïts siguin! —enrogí de ràbia i de dolor Jaume. «Entrar en els dominis d'un rei!», havien dit aquells malparits.

—Va quedar embarassada i va morir durant el part —afegí Abohehie, a la seva explicació.

I la ràbia del rei esdevingué odi. No tan sols l'havien ofès amb aquelles paraules, sinó que Zaira havia mort.

—No els han castigat? —demanà.

—La justícia cristiana no és com la nostra i ningú no ha volgut prendre cap decisió, perquè els vostres nobles diuen que tot l'afer només afecta els sarraïns i com que ara ja no manem, no podem aplicar unes lleis que no són nostres —respongué Abohehie. I a les seves paraules no hi havia retrets, sinó tristor.

—Què diu la vostra llei que s'ha de fer amb un lladre? —demanà el rei Jaume amb veu dura.

—Al·là diu que se l'ha de desposseir de tot allò que és seu i se li ha de tallar una mà, per tal que tothom conegui el seu crim.

Dies després va tenir lloc un judici presidit per jutges sarraïns, sota la presidència del rei, cosa que no va agradar els nobles. El veredicte va ser d'acord amb la llei sarraïna i el comerciant i el seu cosí van perdre els diners, la botiga i la mà.

En el moment de complir la sentència, enmig de la plaça, davant de les mirades de tots els habitants de Mallorca, el jutge s'avançà i cridà ben alt:

—Diu el Profeta: «Mira i veu quin ha estat el fi d'aquells als quals se'ls advertia i que no eren fidels servidors nostres».

Jaume, aquella mateixa tarda va criar Abohehie.

—Vaig dir que teníeu llibertat per seguir amb els vostres costums, amb les vostres creences i amb les vostres famílies —va dir—. La vostra llei és més sabia que la nostra, castiga els culpables que el menyspreu de les nostres lleis deixen lliures i executen la sentència enmig de la plaça per tal que tothom prengui exemple. A partir d'avui, també teniu llibertat per aplicar-la —sentencià, i ordenà el notari que redactés el document. Després, el va signar.

*** ***

S'estaven al port de Mallorca. La ciutat, l'esplèndida ciutat, s'amagava darrere les muralles i els vaixells començaven a inflar les veles. Tots els nobles havien acompanyat Jaume.

Havia deixat Bernat Santa Eugènia i Pere Maça i esperava que haguessin après la lliçó i que fossin capaços de respectar els sarraïns i de posar punt i final a un afer que ja durava massa.

—Suposo que ara sereu capaços d'acabar amb els que encara s'amaguen a les muntanyes —digué el rei, quan es pujava a la barca que el conduiria fins al vaixell que tornava a la península.

—Els perseguirem fins que no en quedi cap —va dir Pere Maça.

—No són animals, sinó homes que lluiten —l'advertí Jaume—. Ja heu vist que tenen els seus costums i les seves lleis i que poden ser tan fidels com nosaltres. Si es volen rendir, seran tractats amb respecte i consideració.

—Serà com vós voleu —acotà el cap Bernat de Santa Eugènia.

—Espero que sí, que algú, per un cop a la vida, em faci cas —afirmà el rei.

Mesos després, quan es trobava a Barcelona, va arribar un missatge de Ses Illes. Els sarraïns de les muntanyes de Sóller havien enviat una carta a Bernat Santa Eugènia. En ella deixaven ben clar que només es rendirien al rei d'Aragó i de Catalunya, al valerós monarca que havia conquerit Mallorca i que, malgrat tot, respectava les seves lleis. Si ell no hi anava, seguirien lluitant. Aquest era el missatge.

Jaume va somriure davant la fila que feien els seus nobles. Allò era un honor que cap altre rei no havia rebut i el posava tant per damunt dels seus servidors que no podia perdre l'ocasió, perquè, com recordava que deia el papa Innocenci III, el que el va seure al tron, «Déu així ho vol».

I Déu va voler que hi tornés i que conquerís amb el seu sol nom, sense haver de lluitar, Menorca, i que Ciutadella se li rendís i que les muntanyes restessin en pau. Llavors, i només llavors, quan la feina havia estat totalment enllestida, va tornar a Catalunya i va gaudir d'un merescut descans i d'un prestigi que s'estenia per tot el continent.

5.- EL CONQUERIDOR

El papa Gregori es va aixecar lentament i es passejà per la rica estança plena de columnes de marbre. El treball d'un pontífex no s'acaba mai. Sempre ha d'estar alerta, sempre ha de tenir presents tots els assumptes al cap. I, sota cap circumstància, no pot descuidar el lloc més allunyat del regne de Déu ni la darrera ovella, malgrat que no vagi pel camí més correcte. Declarar la conquesta de València una nova creuada permetria que altres nobles d'Europa s'hi afegissin, però això també incrementaria el prestigi del rei Jaume, que ja era prou gran. Massa, fins i tot!

Ho havia de meditar amb calma. De manera que va mirar l'ambaixador d'Aragó i de Catalunya. Havia de donar-li una resposta, però l'Apostòlic sempre ha d'obtenir alguna cosa a canvi, perquè Déu només atorga el seu favor a qui favor li fa.

—El rei Jaume és un gran rei, però, de tant en tant, oblida que també ha de ser un bon cristià —digué, amb parsimònia—. Nós veuríem amb molt bons ulls que es decidís a establir lleis que limitessin la llibertat dels heretges fugits del sud de França —va fer un curt silenci—. També veuríem amb satisfacció que abandonés la seva vida de relacions… no gaire agradables als ulls del Creador —va trobar per fi l'expressió que cercava, digna d'ell.

—El nostre rei escolta missa amb devoció i es confessa i combrega amb regularitat —respongué l'ambaixador—. A les seves terres ningú no pot practicar els ensenyaments dels albigesos, però és evident que, si no es mostren, no els podem atrapar. Quant a la seva vida privada, penseu que és un home molt coratjós que no disposa d'una esposa. Bé ha d'apaivagar les seves necessitats.

—Nós també som coratjós i no, per això, hem de menester certs plaers, sinó que Déu ens omple de joia, i amb aquesta gràcia ja n'hi ha prou —somrigué l'Apostòlic—. Fins i tot, de vegades, en plena oració, quan Ell ens arrabassa, sentim temptacions d'oblidar que existeix el món —apuntà Gregori—. I aquesta és la gran temptació que el maligne ens mostra, però que nós hem de vèncer. Com veieu, tothom té les seves temptacions.

—Vós sou un home sant, dedicat enterament a Déu, i no podeu demanar que un home acostumat a la lluita, i amb tot l'exercici que el nostre rei fa, pugui refrenar un instint que Déu ens ha donat —replicà l'ambaixador amb un somriure.

—Per provar-nos —aclarí Gregori, i li tornà el somrís. L'ambaixador tenia resposta per a tot, però ell també—. No oblideu, senyor ambaixador, que la nostra tasca, la de tots plegats, és servir-lo a Ell, perquè sense Ell res no té sentit i res no som. Per tant, allò que ens atorga són proves i no pas satisfaccions —repetí l'Apostòlic.

—I per demostrar que no totes les ànimes són iguals i que no tothom pot arribar fins a Ell com vós —inclinà el cap l'ambaixador, en una reverència. La seva veu era sua com la seda, però el seu posat dur com una roca, quan es tractava d'argumentar—. Per això a uns ens concedeix esposa, per tal que ens ajudi, i a altres us atorga la santedat. Però el bon rei Jaume no ha estat beneit per Déu, en aquest aspecte. Com ja sabeu, la seva primera esposa, Elionor, no va representar cap ajut, sinó més aviat tot un seguit d'entrebancs, i, quan anava a casar-se de nou, l'Altíssim va cridar al seu costat el rei de Lleó. No és, per tant, el seu caprici, sinó la mà del destí. Ell prou que s'hi esforça i procura servir Déu. Tingueu en compte que Mallorca ha estat conquerida en el seu nom.

Gregori es va mirar l'ambaixador.

—M'hauria d'haver esperat la vostra resposta, perquè sou un ambaixador intel·ligent —digué, després d'un silenci.

—Només un humil servidor del meu rei —respongué l'ambaixador—. Paper que Déu m'ha assignat i que procuro fer el bo i millor que puc.

—I me l'esperava —somrigué Gregori. Era hàbil l'ambaixador. Molt hàbil. Tanmateix, Gregori sempre es guardava la darrera carta—. Per això li direu, al vostre bon rei Jaume, que li he triat esposa. Com podeu veure, l'Altíssim té cura de tot el seu ramat.

Aquella sortida poc se l'esperava, l'ambaixador, però va reaccionar d'immediat.

—Si em dieu el seu nom, li ho comunicaré, al rei, i espero que ell hi estigui d'acord.

—N'ha d'estar, si vol que el recolzi —féu Gregori. Llavors canvià de to i prengué un tarannà més personal —. Es tracta de la filla d'Andreu d'Hongria i Violant de Courtenay, que va ser filla de Pere de Constantinople. De fet és un retorn al passat, perquè l'àvia de Jaume també provenia d'aquelles terres de més enllà del Mediterrani. Violant és el seu nom, com la seva mare. I estic segur que serà una gran reina i una gran esposa.

—Comunicaré al rei la vostra proposta i tornaré amb la seva resposta —s'inclinà respectuosament, i es retirà sense donar-li l'esquena.

Un cop Gregori es quedà sol, va recordar la seva conversa amb monsenyor Freitti, els seus ulls a Europa, que havia tingut lloc una setmana abans, quan ja sabia que havia de rebre l'ambaixador del rei Jaume i també coneixia, per part de Berenguer de Palou, la petició que se li adreçaria.

—És una benedicció que el rei de Lleó hagi estat cridat per Déu abans que se celebrés el matrimoni de la seva filla amb el rei d'Aragó i de Catalunya. Una aliança dels dos regnes hauria estat massa poderosa —li havia dit el bisbe.

—Però, no el podem deixar sol —havia fet Gregori, força preocupat—. D'altra banda, el seu prestigi ha augmentat fins al punt que no li podem oferir qualsevulla dona. Ha de ser filla de rei, naturalment. Quines en tenim de disponibles? —demanà i, abans que Freitti pogués respondre, afegí—: Però que no siguin d'aquí a la vora. És a dir: ni de França ni de Portugal ni d'Itàlia ni de Sicília.

—Llavors només ens queda Violant d'Hongria, Santíssim Pare —apuntà Freitti, després d'una lleugera reflexió.

—Violant d'Hongria…? —s'interessà Gregori.

—La filla del rei Andreu II d'Hongria. És jove i formosa i no crec que el seu pare s'hi oposi. No oblideu que la mare de Jaume era filla d'Eudòxia de Constantinople —informà el bisbe—. D'aquesta manera equilibraríem les forces.

—D'aquí una setmana rebré l'ambaixador del regne d'Aragó i de Catalunya. Prepareu-vos per marxar.

Potser havia arribat el moment que monsenyor Freitti fes un viatge, encara que li mancava la resposta de Jaume. Però també escriuria al bisbe Berenguer de Palou i no dubtava del resultat de les seves gestions. De manera que se sentí satisfet. Una aliança entre el regne d'Hongria i el d'Aragó i de Catalunya equilibraria la balança i permetria que França no anés més enllà del que li havia d'estar permès.

*** ***

—Com és ella? —va demanar Jaume, a Berenguer de Palou.

El bisbe de Barcelona l'havia anat a visitar per mesurar el terreny i saber quina podia ser-ne la resposta.

—Formosa i delicada com…

—No, no, no! —féu el rei, i aixecà les mans per tallar el discurs del bisbe de Barcelona—. Aquesta cançó ja l'he escoltada i la música no em va plaure gens ni mica. Ni la música ni la lletra. De manera que ja podeu emprar altres paraules per a la vostra descripció.

Berenguer de Palou s'aclarí la gola. De tothom era coneguda la història del primer matrimoni del rei, i el gat escaldat fuig de l'aigua freda. Havia començat malament i la missió era massa delicada com per a esgarrar-la. Va reflexionar i va destriar millor les paraules.

—És jove, però força assenyada; és tendra, però té caràcter; és instruïda, però prudent; és virtuosa, però coneix tot allò que una dona ha de conèixer —digué, i es quedà un instant en silenci. Llavors, aclarí—: No ho coneix per pròpia experiència, naturalment, sinó per les paraules de la seva mare.

—I vós ho sabeu perquè l'heu vista o perquè us ho han dit? —somrigué Jaume davant de la corona de virtuts que el prelat acabava de construir per a la candidata.

—Les fonts són fidedignes —digué Berenguer de Palou. No tenia altra resposta.

—Quines fonts? —aixecà una cella el rei.

—Les de monsenyor Freitti —pronuncià el bisbe. Llavors, en veure la cara del rei, afegí—. Us haig de dir que ell ha arranjat bona part dels matrimonis reials.

—N'he sentit parlar, d'ell, i ja m'atorga més confiança —afirmà Jaume amb el cap—. Enviaré el meu ambaixador amb la resposta, però penseu que no puc esperar gaire temps. Morella és assetjada per Balasc d'Alagó i no vull tenir a casa un nou Albarrassí. De manera que he decidit entrar a València. Recordeu-li a l'Apostòlic. I quan torni, em casaré amb ella. No abans.

—Serà com vós decidiu, senyor —acceptà el bisbe de Barcelona, i sortí.

—Ja m'estranya, que pugui ser com jo vull, quan són els altres que prenen les decisions per mi —es queixà Jaume.

—No quedareu decebut. Teniu la meva paraula.

—Doncs, així ja estic més tranquil —es burlà el rei —. La vostra experiència amb les dones és prou garantia.

Berenguer de Palou enrogí, féu una reverència i marxà.

Bé! Tindrem una reina hongaresa, somrigué Jame. Després d'haver tastat les mels de les sarraïnes i la passió de les aragoneses i de les catalanes, allò seria una nova experiència. Potser sabia alguna cosa que ell ignorava. Tanmateix, hauria d'esperar. Primer estava València, que no era dona, però també li podia proporcionar bons plaers.

*** ***

Setmanes després l'ambaixador va tornar de Roma. La resposta de Jaume havia complagut Gregori en part, però no completament. Per tant, el rei d'Aragó i de Catalunya tindria la seva butlla per a la creuada quan fos casat.

—No abans, perquè qui posa condicions també n'ha d'acceptar —aclarí l'ambaixador—. La política és així, una rendició incondicional és una derrota, i Déu és per damunt de tots. Això ha dit l'Apostòlic.

Jaume va escoltar les paraules del seu ambaixador i va somriure divertit. Gregori IX també seguia la política dictada per Innocenci III i prenia més decisions terrenals que no pas celestials. De fet, ningú no s'havia d'estranyar, perquè el camí encetat al IV concili de Laterà era prou clar. Aquell també va ser un concili farcit de decisions polítiques, i alguna de religiosa. Al costat de l'encunyament del mot «transsubstanciació» i de l'obligatorietat de la confessió anual i de la comunió pasqual, havien sorgit altres elements a tenir en compte. No quedava del tot clar si el reconeixement del Patriarca de Constantinople, com a segona autoritat dins de la jerarquia eclesiàstica, era un tema religiós o d'equilibri de poders, però per al rei era evident que desposseir Ramon IV de les seves terres al Llenguadoc poc tenia a veure amb Déu i molt amb altres qüestions.

*** ***

Tot era a punt i Jaume va viatjar a Terol per entrevistar-se amb Pere Ferrandes d'Açagra i amb Atorella.

Amb ells estant, van arribar notícies de Morella. Balasc d'Alagó l'havia pres. Ja era seva. Tanmateix, aquesta nova no va representar cap alegria per al rei, perquè el d'Alagó l'havia guanyat en el seu propi nom i, era evident, que volia que fos un altre Albarrassí, amb total independència de la corona. De manera que Jaume va prendre les seves forces i es plantà en un puig que hi havia allà, entre totes les elevacions que fan d'aquell paisatge un espectacle constant i que els sarraïns havien agombolat amb amor per convertir-lo en una de les terres més riques i fèrtils de la regió.

Quan va arribar es va assabentar que Balasc d'Alagó havia sortit. L'esperaria. I quan el noble tornà, es va trobar que el rei li barrava el pas cap a Morella.

—L'he conquerida jo i és meva, aquesta plaça —es queixà Balasc.

—Jo sóc el successor d'Abu Said, senyor d'aquestes terres, i vós heu entrat sense demanar-me permís —li contestà Jaume—. Si voleu el castell i les terres que li pertanyen, les tindreu en feu, però només si em reconeixeu com el vostre senyor natural.

La conversa es va allargar força estona, però, finalment, Balasc acceptà. O capitulava o s'hauria d'enfrontar a un home que havia demostrat que era capaç de lluitar fins al final, a qui un setge no li feia cap por i que gaudia d'una paciència infinita i d'un valor perillós. Mallorca n'era la prova i el seu prestigi feia tremolar fins i tot el rei de Tunis.

«Déu meu! És que mai no s'acabarà aquesta mania que tenen tots plegats de no fer cas de les meves paraules i pretendre més d'allò que els pertoca?», es demanà Jaume, quan ja havia estat signat l'acord.

El pas següent era força més difícil. Borriana estava ben fortificada i ben guardada i el rei va arribar acompanyat de Balasc d'Alagó, el seu oncle Ferran, el bisbe de Lleida Berenguer d'Erill, Guillem de Cervera, Guillem de Cardona, Ramon Folch, Roderic Liçana Pere Ferrandes d'Albarrassí, Eixemèn d'Urrea, Balasc Maça i Pere Cornell. Cap dels nobles no volia perdre's aquella oportunitat, però les dificultats es van incrementar a mesura que passava el temps i el setge s'allargava.

Un matí Jaume es va llevar amb un pensament al cap. Portaven massa temps i ho tenien tot ben apamat, però… i si Zayan Ibn Mardanis enviava galeres per mar? Llavors els atraparia irremissiblement. Ningú no havia vist vaixells de guerra, però si ell fos el rei de València, ho faria. I Mardanis, si havia destronat Abu Said, no devia ser cap babau.

Va enviar un missatge a Tarragona i va fer venir dues galeres comandades per Pere Martell i Bernat Santa Eugènia per tal que tanquessin la via del mar. Altra cosa va ser quan es va plantejar el problema de pagar aquests serveis. Cap dels nobles no volia obrir la seva bossa.

—Les terres seran vostres —va dir Balasc d'Alagó—. Just és que vós pagueu les despeses.

Ni tan sols el seu oncle Ferran va badar boca per ajudar-lo.

—Senyor, jo no puc fer-me càrrec del menjar i de la paga dels mariners —va dir Pere Martell—. Però, si em doneu algunes terres en penyora… —suggerí.

«Ja hi tornaven a ser», pensà Jaume. «En els moments difícils, enlloc d'aplegar-se, cadascú vol obtenir el seu benefici».

—Això de les penyores s'ha acabat! —s'aixecà el rei, molt enfadat, gairebé violent—. Rebràs mil sous per endavant i la resta quan haguem acabat.

—Senyor, jo no puc... —intentà protestar Pere Martell.

—Tu pots fer tot allò que jo et demani —el mirà Jaume amb ràbia—. De Mallorca vas obtenir uns bons beneficis. O ets molt mal administrador o m'estàs enganyant. Si ets mal administrador no tindràs res més de mi i, si m'estàs enganyant, et penjaré del pal més alt del teu vaixell —sentencià, i Pere Martell acotà el cap—. Rebràs mil sous i la resta quan prenguem Borriana. Ha quedat prou clar?

Durant els mesos següents, Jaume va assistir a la deserció de bona part dels nobles.

—No puc continuar pagant el menjar dels meus homes —li va dir Balasc d'Alagó.

—Doncs, ja podeu marxar —li contestà.

I així, l'un darrere de l'altre, van anar desfilant els cavallers i el rei es va quedar només amb Pere Cornell, Eixemén Pèrez de Tarassona i Bernat Guillem d'Entença, mentre Borriana seguia resistint tots els atacs i les arques del rei minvaven i minvaven sense parar.

A tot això s'hi va sumar que els sarraïns, veient com anaven les coses a les files enemigues, van agafar prou coratge per fer sortides i atacar els cavallers del rei, fins al punt que Jaume arribà a la desesperació.

Una tarda, fins i tot, en un atac, va descobrir el seu cos per mirar que alguna fletxa enemiga el ferís i, d'aquesta manera, disposés d'un motiu prou poderós com per abandonar el setge sense haver de patir la vergonya que ja va tastar a Peníscola i a altres llocs, i que tant esperaven alguns dels seus nobles, però que ell no estava disposat a acceptar mai més.

—Així li baixaran els fums —comentaven en veu baixa, mentre tornaven a les seves terres.

Tanmateix, Déu no va voler que les sagetes dels sarraïns encertessin el blanc i aquí es va produir el miracle.

Una setmana després, quan una de les torres de Borriana ja havia caigut per la força de les pedres i el fossat s'estava omplint, va arribar un missatge al campament del rei.

Els sarraïns demanaven un mes de treva. Si en aquest mes no rebien l'ajut del rei de València, discutirien la seva rendició.

—Disposeu de tres dies —va contestar Jaume—. Si al tercer dia no obriu les portes, les obriré jo i us juro que no quedarà ni un sol habitant amb vida. Ni un!

Set mil homes, dones i nens el van veure entrar al tercer dia, després que les portes s'obrissin sense oferir cap més resistència, i van contemplar la seva figura alta damunt del cavall, mentre la notícia de la victòria s'escampava per tots els regnes, des de Barcelona fins a Osca, i molt més enllà. Totes les vides van ser respectades i les cases i les propietats i els costums i les lleis i...

—Necessito algú que es quedi a Borriana fins que arribi l'estiu —va dir el rei a Pere Cornell—. Us pagaré setze mil morabatins.

—Haig de refer les forces i ocupar-me dels afers que he deixat enrere. Fins d'aquí dos mesos no us puc servir —es disculpà Pere Cornell.

Jaume va assentir en silenci. El cavaller havia lluitat al seu costat i ell el comprenia, perquè el rei també tenia molts assumptes pendents i també els havia d'arreglar. Cada cop que marxava tot s'embolicava.

—Ordeneu que vinguin Balasc d'Alagó i Eixemén d'Urrea i d'aquí dos mesos jo els rellevaré —oferí Pere Cornell.

Jaume va cridar els dos cavallers que Pere li havia esmentat, però es va trobar amb una nova negativa i un bon plec de justificacions. Després van venir les reivindicacions i les compensacions, fins que Jaume va esclatar.

—Quan us havia de menester, no em vau fer costat. Quan més difícil era la situació, em vau abandonar. I ara em demaneu que us pagui els serveis? Quins serveis? —va fer, foll de ràbia— Us quedareu aquí, perquè m'ho deveu i pobres de vosaltres si perdeu aquesta plaça abans que no torni el noble Pere Cornell! —i va abandonar la sala. Ja n'hi havia prou d'excuses.

*** ***

Eren a Tortosa. Jaume mirava de descansar, però Berenguer d'Erill, bisbe de Lleida, i Guillem de Cervera, un dels seus consellers, havien demanat de parlar amb ell.

—Senyor, les arques del regne són buides i no podeu pagar per mantenir Borriana —li deia Guillem de Cervera—. L'impost de bovatge ha resultat insuficient.

—És cert —s'hi va afegir Berenguer d'Erill.

—Vós, per contra, bé podeu continuar les obres de la catedral —li contestà el rei.

—És una obra de Déu —inclinà lleugerament el cap el bisbe.

—I la conquesta de les terres de València no és per a major glòria de Déu?

Berenguer s'aclarí la gola. No era fàcil discutir amb Jaume, que cada dia tenia un caràcter més fort i cada cop perdia amb més rapidesa la paciència.

—L'Església estaria disposada a fer-vos un préstec per tal que l'obra de Déu segueixi endavant.

—A canvi de què?

—Algunes terres en penyora —digué el bisbe Berenguer.

—Que vós podreu contemplar des del mirador de la Llengua de Serp de les muralles de Lleida —replicà Jaume, i havia triat intencionadament aquell mirador que s'avançava damunt de la plana perquè el nom li semblava el més adient per manifestar el que sentia davant la petició del prelat—. Borriana es mantindrà a qualsevol preu, però mai al d'una penyora. El meu pare em va deixar un regne empenyorat i empobrit, però també em va llegar una bona lliçó. Mai! Ho heu entès? —aixecà el dit índex, com si fos la seva espasa—. Mai més no empenyoraré res.

—Doncs l'Església no us pot deixar res —sentencià Berenguer d'Erill i abandonà l'estança amb la cua entre cames. No obtindria res del rei i els altres nobles tampoc aconseguirien cap victòria. Només quedava esperar que Jaume es veiés obligat a deixar estar Borriana. Llavors seria ell, qui s'atansaria com un corder.

—No us queda altre remei que demanar ajut a Ferran de Castella o abandonar Borriana —digué Guillem de Cervera, quan es van quedar sols.

—Vós actueu de bona fe i heu estat enganyat —respongué Jaume—. No abandonaré Borriana ni demanaré res a ningú, malgrat que sé que el bon Ferran ho faria de bon grat, però ell, en el meu cas, tampoc recorreria a mi i entendrà la meva posició, perquè és savi i assenyat i sap que això seria tant com acceptar una derrota davant dels meus nobles.

—La vostra posició és perillosa, perquè una derrota és el que busquen molts dels vostres servidors —digué Guillem de Cervera—. Ja heu vist la cara que feia el senyor bisbe.

Tanmateix, res no va sortir a gust del bisbe. Jaume no tan sols no va abandonar Borriana, sinó que encara emprengué noves fites i Castelló, Orpesa i Torrent van caure a les seves mans. Finalment, va decidir que, pel moment ja n'hi havia prou i se'n va tornar a l'Aragó per descansar.

Encara no feia un mes que Jaume era a Terol quan una tarda, que s'encetava amb un lleuger plugim i que discutia amb Pere Cornell, Eixemén d'Urrea i Balasc d'Alagó les noves passes per seguir la campanya de

València, la porta s'obrí i un oficial va entrar i li va lliurar una carta. L'havia portada un missatger que venia de vora el mar.

El rei la va obrir i la va llegir amb molta cura. A mesura que avançava en la lectura un somriure allargava el seus llavis i acabà convertit en una forta riallada que va sorprendre els nobles fins al punt que es miraven entre ells i posaven cara de babau.

Jaume va deixar la carta damunt la taula i es dirigí cap a la finestra per contemplar la ciutat, mentre seguia rient i rient sense parar.

Balasc d'Alagó va prendre la carta i la va llegir, mentre la seva boca s'obria de bat a bat i els seus ulls s'arrodonien i li atorgaven l'aspecte d'un idiota. Sense poder pronunciar paraula, la va passar a Eixemén d'Urrea, que la va començar a llegir. Picat per la curiositat, Pere Cornell s'aplegà al seu company i mirà per damunt de la seva espatlla.

Peníscola es rendia i ni tan sols havia estat assetjada. Pagaria totes les quintes endarrerides i ompliria les arques reials. Però la gran sorpresa era que només es rendiria al Conqueridor, perquè Jaume, segons es desprenia d'aquella carta, ja no era el rei Jaume, sinó Jaume el Conqueridor. I ja era el segon cop que una plaça se li lliurava sense haver de lluitar.

A partir d'aquell moment, els nobles haurien de callar i tots aquells que havien volgut impedir que lluités a Mallorca i tots aquells que secretament esperaven la seva derrota haurien d'acceptar que tenien un lleó com a sobirà.

—Hem d'anar a Peníscola —va dir Pere Cornell.

—Hem de tornar-hi —es tombà el rei, des de la finestra, i somrigué feliç—. Perquè vaig dir que tornaria i ara m'exigeixen que compleixi la meva promesa. I, evidentment, un rei és noble, abans de res, i sempre fa honor a la seva paraula. Virtut de la qual no tothom pot galanejar.

*** ***

El soldat sarraí va entrar a la cambra i va lliurar la carta al cabdill de Peníscola. L'havia dut un soldat cristià, dels que acompanyaven el rei Jaume, que era ben a prop, va informar.

Mentre el cabdill llegia la carta, l'oficial se'l mirava amb interès. Quan va acabar, va aixecar les celles interrogant. Llavors, el cabdill va fer un gest estrany. En tota l'estona no havia parat de sorprendre's, i l'oficial preguntà:

—I bé?

—Penso que Al·là ens ha beneït i que ha estat una bona decisió. No hi ha dubte —somrigué el cabdill—. Al·là ens protegeix i ens atorga les seves benediccions —repetí, i li va passar la carta.

L'oficial la va prendre i va llegir la primera frase. «*Allah agbar*», Al·là és gran. Ara entenia la cara de sorpresa del seu cap. Tota la carta, des del començament fins al final, estava redactada en la seva llengua i escrita de puny i lletra del rei Jaume. En ella els comunicava que acceptava la plaça, que havia vingut personalment i que, malgrat que ell fos el rei, seguirien conservant els seus privilegis, les seves creences, els seus costums i, allò que era més important, les seves lleis i el seu govern, i que ningú, sota cap aspecte, no els imposaria cap llei ni cap ordre que no vingués directament del rei, perquè a partir d'aquell moment estaven sota la seva protecció.

«*Allah agbar*», Al·là és gran. I Jaume és un gran rei.

*** ***

Encoratjat per la rendició incondicional de Peníscola i pel prestigi que aquell fet li atorgava, Jaume va tornar a terres sarraïnes i noves places van canviar d'amo i van veure entrar el Conqueridor damunt del seu cavall, tot traspassant les portes d'Almassora i d'Alcalà de Xivert.

—Senyor, com podeu concedir-los tantes llibertats? —va protestar el bisbe de Lleida quan Jaume va permetre que aquestes ciutats, a l'igual que Peníscola, mantinguessin els seus costums, la seva religió, la seva llengua i les seves lleis—. Han lluitat contra vós.

—I jo què haig de fer, ara, segons vós? Obligar-los a acceptar per la força allò que han de fer de bon cor? A Catalunya i a Aragó els nobles tenen les lleis que van decidir i van triar i, malgrat tot, no les compleixen. Si jo els imposo unes noves lleis, què quedarà quan marxi? —li respongué Jaume—. Hauré de deixar un exèrcit que tot el temps tingui cura que ningú no es revolti? Quants diners em costarà? I quant de temps ho podré suportar? Si jo sento i demostro respecte per ells, per les seves esposes, pels seus fills, per la seva llengua, per les seves lleis i pels seus costums, ells em respectaran a mi i creuran de debò que sóc el seu senyor, que puc protegir-los i defensar-los. Però vós em proposeu el contrari: que els faci oblidar d'on venen, que els obligui a rebutjar tot allò que els seus pares els van ensenyar, que reneguin del seu passat, que parlin amb paraules que no senten, que adorin a qui no han conegut mai,... De debò creieu que és una bona política?

—No és de política, que parlem, sinó dels afers de Déu, i l'Apostòlic ho ha dit ben clar. Conquerim aquestes terres en nom de l'Altíssim i ho fem per estendre la fe. Si vós permeteu que els sarraïns segueixin amb les seves creences és tant com no haver fet res —replicà el bisbe—. L'Església no pot acceptar que una llengua, uns costums i una religió que ha lluitat contra Crist segueixin presents on la creu s'ha alçat.

—Gregori encara no ha enviat la butlla per dir que la conquesta és una creuada i no crec que em doni els diners que calen per mantenir la pau, si segueixo els seus consells —somrigué Jaume—. Si els sarraïns acaben parlant la nostra llengua, no serà per la meva imposició, sinó pel seu desig. Si aixequen els ulls al cel i veuen Déu, enlloc d'Al·là, no serà perquè jo els amenaço, sinó perquè han descobert quin és el camí. Què en pensaríeu si el rei de Castella o el França ens conquerís i ens obligués a oblidar la nostra llengua i els nostres costums? —demanà, i Berenguer no va respondre— Parleu amb Gregori i feu-li veure que poc interès ha de tenir, si ni tan sols es pronuncia. Tanmateix, li podeu preguntar si les seves arques tenen alguna cosa per a mi i, si l'Església paga l'exèrcit, seguiré la seva política. Mentre, deixeu-me les decisions a mi i vós pregueu per les ànimes dels cristians.

Berenguer d'Erill no va trobar paraules per respondre, va tancar la boca i va sortir de la cambra. El rei estava prenent decisions massa agosarades. Havia tancat les orelles quan l'Apostòlic li va demanar que acabés amb els càtars que s'havien establert a Catalunya i ara deixava que els sarraïns seguissin com si res no hagués passat.

Gregori no se sentiria gaire feliç amb aquelles notícies i, tal vegada, hauria de prendre decisions.

Jaume també pensava el mateix, però si s'havia d'enfrontar al màxim representant de Déu, ho faria. Si, tal com deia Gregori, Déu fa favor a qui favor li fa, Jaume seguiria el seu exemple. No deia l'Apostòlic que s'han de seguir les passes de Crist? Doncs, ja n'hi havia prou de dictar la política del món sencer! El fill de Déu no ho va fer, sinó que es limità a altres afers.

6.- LA REINA HONGARESA

Jaume va agafar l'espasa i se la cenyí a la cintura. El vestit que havia triat era de color verd amb cintes daurades. La corona ja se la posaria en arribar a l'església. I el desplaçament, havia decidit fer-lo a cavall. Sí, això li atorgava més senyoriu i el poble el veuria pels carrers i el podria aclamar, perquè tota Barcelona volia participar d'un esdeveniment que ja portava dies i dies preparant.

«Una nova reina», comentaven per les places i pels mercats. «I diuen que és formosa». Aquesta era la notícia que li havia arribat a les orelles, perquè encara no l'havia vista i els homes que l'havien acompanyada fins a la ciutat no podien explicar-li gaire coses.

—Sembla tímida i assenyada. No parla —li havia dit l'ambaixador que havia anat a buscar-la a Montpeller.

—No serà muda? —s'havia esgarrifat ell.

—No, senyor. Vull dir que parla ben poc.

—Però, coneix el llatí?

—Això sí, senyor —havia somrigut l'ambaixador—. El parla prou bé i amb molta correcció.

—Bé! Si més no, ens podem entendre —li havia tornat el somrís Jaume—. I és tal com diu la gent?

—És alta i ben plantada. Té el rostre agradable i és forta. Ha fet tot el viatge sense queixar-se ni un sol cop. L'acompanya una dona prima. Gertrudis és el seu nom. I tampoc es queixa.

—Esperem que no sigui com una altra que responia al nom d'Urraca i que era pitjor que qualsevulla de les aus de rapinya. Què dic? Era un escurçó —rigué el rei—. Has dit que és prima, aquesta dona que l'acompanya?

—Sí, senyor. Prima i petita.

—Urraca era grossa i rodona —rigué de nou el rei.

Ara havia arribat l'hora de conèixer Violant d'Hongria i d'aquí ben poc, abans que el sol comencés a caure, serien marit i muller. A veure si monsenyor Freitti feia honor a la seva fama.

Jaume estava nerviós. Resultaria, la seva unió? «Tant és!», va encongir les espatlles en un intent per treure importància al tema. Si no resultava, aquest cop, tenia prou clar que no calia escarrassar-s'hi. La guerra el mantindria lluny i les altres dones li escalfarien el llit. Amb tal que li donés fills sans i forts, ja n'hi hauria prou. La resta entrava dins dels dominis de la política. Mallorca ja era seva i les rutes del mar estaven en pau, per la qual cosa tots els mercaders miraven amb bons ulls aquella unió que permetria obrir nous mercats, encara que fossin allunyats. Hongria era un regne ric i poderós.

Tanmateix, per més que procurava no capficar-s'hi, un cert neguit l'embargava. Una cosa és una amistançada i una altra, de ben diferent, una esposa. Li permetria mantenir certes relacions? I és clar que, ben pensat, per què se n'havia d'assabentar? Ell podia seguir cultivant altres horts. De fet, una reina és per tenir-la a casa i la guerra ensenya que cal dinar fora de palau força sovint. Esmorzar, dinar i sopar, si cal. De debò sabria allò que cal fer amb un home, al llit? Esperava que, si més no, tingués ganes d'aprendre, que ell ja li explicaria alguna cosa de les moltes que havia après en aquells anys.

—Senyor, és l'hora —va escoltar la veu de Guillem de Cervera.

Jaume va acabar de repassar que la roba tingués el caient que l'ocasió requeria i retocà la posició de l'espasa. Després, just abans de sortir, es va passar la mà per la barba i pel cabell.

—Estic bé? —va demanar al sastre.

—Perfecte, senyor. Quan la reina us vegi no podrà mirar cap altre home —s'inclinà respectuosament el sastre prim, petit i nerviós que no havia parat de dansar al voltant del rei tota l'estona i que havia d'aixecar les mans ben enlaire per arribar a les espatlles de Jaume.

Guillem de Cervera també va donar el seu vist i plau amb una inclinació del cap.

—Anem-hi! —va fer Jaume, amb una rialla orgullosa —. No fem esperar més a l'hongaresa.

Van baixar les escales de palau i van arribar a la plaça on els soldats de l'escorta ja tenien preparat el seu cavall. L'havien cobert amb una manta verda i amb cintes daurades a joc amb el seu vestit. El cavall era blanc com la neu, amb una crinera llarga que es bellugava amb total llibertat i una cua que els mossos havien pentinat un i altre cop fins que van considerar que era perfecte, perquè tot havia de ser perfecte. Aquella boda havia aixecat molta expectació arreu d'Europa i els ambaixadors d'Hongria havien d'endur-se una bona opinió. El rei volia que el seu prestigi no fos tan sols en l'art de la guerra, sinó que el món sencer sabés que en els seus dominis sabien fer les coses com cal.

El papa Gregori havia enviat monsenyor Freitti en representació de Roma i Constantinoble no s'havia quedat curta. Tres ambaixadors i cinc nobles amb regals. L'avi de la futura reina d'Aragó i de Catalunya volia quedar bé. Sobretot amb un rei que ja havia entrat en la llegenda. I pel que feia al dot que Violant portava sota el braç, el seu pare Andreu, el rei d'Hongria, havia disposat que duria un bon plec de diners, que prou que li farien favor a Jaume per poder sostenir la segona fase de la conquesta de València, a més d'un comtat a Flandes i terres a la Borgonya. Ell, per la seva banda, havia ofert al matrimoni el vescomtat de Millau, la baronia d'Omeladès i, naturalment en record de la seva mare i de la seva àvia, la senyoria de Montpeller, on ell havia nascut. Si tenien fills, no es quedarien sense res, malgrat que Alfons havia d'heretar el regne.

Va pujar al cavall i va ordenar que els cavallers que anaven al davant iniciessin la marxa pels carrers de

Barcelona, una ciutat rica que havia crescut sota el comerç que augmentava cada dia, perquè els vaixells viatjaven fins a les costes de Tunis, amb qui havia signat un acord, i les d'Itàlia. Si tingués Sicília a les seves mans, podria pensar d'arribar tranquil·lament fins a Grècia i atrapar Terra Santa. L'únic entrebanc, llavors, seria Xipre, però ell no descartava res. El futur sempre depèn de les decisions del present.

La gent omplia els carrers i se sentia protagonista d'un fet que correria per les boques del món sencer, perquè res no havien escatimat a una boda que augmentaria el prestigi del seu senyor. De manera que totes les cases, des de les més riques a les més modestes, estaven plenes de flors que exhibien tots els colors de l'Arc de Sant Martí. A cada plaça havien situat els trompeters que avisarien del pas del rei. Així, encara que no fos necessari perquè tota la ciutat era al carrer, els súbdits podrien preparar-se per aclamar-lo.

L'itinerari, potser un pèl llarg, havia estat acuradament traçat pel mestre de cerimònies per tal que tot el poble gaudís d'aquell instant. Alguns dels carrers per on passava, sobretot al Call, eren estrets i els soldats havien de fer mans i mànigues per apartar la gent que gairebé podia tocar el cavall del rei, però Jaume se sentia feliç i poc va pensar que feia uns dies que Guillem de Montgrí, sagristà de Girona i nou arquebisbe de Tarragona, amb el seu germà Bernat, havia embarcat camí d'Eivissa i que ell havia hagut de renunciar a l'empresa perquè la boda ja estava fixada.

Barcelona, en pocs anys, havia crescut de forma impressionant. Molts cavallers, des que s'havien establert les corts de forma permanent, havien fixat el seu lloc de residència dins de les muralles i allà també s'hi havien establert moltes ordres religioses, des dels franciscans als dominicans, tot passant per les clarisses i les benedictines, així com l'ordre de l'Hospital o el de Santa Eulàlia del Camp. D'altra banda, els jueus estaven copsant llocs de certa rellevància entre els metges, els prestadors i els administradors, des que Jaume havia pres sota la seva autoritat aquell barri i havia establert un sistema de govern propi per a ells, que només havien de donar comptes a la corona.

El seguici es va passejar pels carrers de la ciutat fins atrapar la porta principal de la catedral, davant de la qual una multitud enardida cantava el nom del rei i aplaudia sense parar.

Jaume va descavalcar davant la porta i Berenguer de Palou el va rebre vestit amb les seves millors gales, li va donar la benvinguda i el convidà a entrar i a recórrer tota la nau fins arribar al peu de l'altar. Tots els nobles l'esperaven i tots van inclinar la testa per oferir-li la seva salutació de respecte.

L'infant Alfons ocupava una cadira a la dreta de l'altar. Ja era tot un noi i d'aquí ben poc començaria a demanar-li el seu parer sobre afers de govern, perquè Jaume tenia prou clar que qui ha de manar, primer ha d'aprendre a fer-ho i, qui ha de decidir, ha de conèixer les regles del joc per poder preveure els paranys.

Una estona després unes trompetes llunyanes van anunciar que ja s'atansava el carruatge que duia la futura reina i Jaume notà que estava cada cop més nerviós, com un infant que espera un gran regal. De sobte, somrigué divertit. Ja havia estat casat i l'altra vegada no es va sentir tan nerviós. Potser perquè, aleshores, no sabia ni on anava. Tenia dotze anys.

Les trompetes de la plaça de la catedral van començar a sonar. Violant d'Hongria ja havia arribat i d'aquí poc entraria per aquella porta i ell la podria veure per primer cop. Seria tal com li havien dit o també l'havien enganyat en aquest afer? Qui podia refiar-se de les paraules dels nobles i dels bisbes? Qui podia creure en la descripció feta per monsenyor Berenguer de Palou?

Un murmuri s'enlairà i la gent del fons de la nau va deixar anar comentaris d'admiració que encara van esperonar més el seu desig de veure-la. Tothom li donava l'esquena, perquè la curiositat podia més que el respecte al seu senyor. I ell intentava allargar el coll per esguardar-hi alguna cosa. Llavors van aparèixer els dos soldats de l'escorta, massa alts com per permetre-li la visió de la figura de Violant, que arribava del braç de l'ambaixador principal d'Hongria, al qual podia distingir pel capell amb una ploma que duia al cap.

Van ser moments llargs, infinitament allargats per la curiositat del rei, que, fins i tot, es va tombar cap al seu fill amb una mirada interrogant, però Alfons va aixecar les espatlles. Ell tampoc no veia res. Finalment, els dos soldats s'apartaren i l'ambaixador avançà lentament per dipositar Violant al costat del rei.

La primera imatge que Jaume va poder contemplar va ser el seu vestit, la túnica blanca que acabava en una llarga cua de més de sis colzes, però res més, perquè duia el cap cobert de flors i el rostre amagat per un vel que l'esmorteïda llum de l'interior del temple no podia traspassar, per la qual cosa, Jaume no va poder esbrinar si la descripció que li havien fet era certa o no.

Durant tota la cerimònia, que Berenguer de Palou va allargar excessivament, el rei només va poder copsar el perfil que s'endevinava sota la tela del vel, mercès al raig de claror que entrava pel vitrall. Si més no, va pensar, no té el nas ni llarg ni corbat i sembla un perfil equilibrat. Fins i tot va haver un instant que es va sentit temptat de tallar l'homilia del bisbe i aixecar aquell tros de tela. Tanta paraula i tant consell el cansaven i posaven a prova una paciència que havia suportat mesos i mesos de setge, però que, ara, havia deixat d'existir. «Callarà d'una vegada, aquest idiota?», no parava de demanar-se.

Cansat d'escoltar el discurs d'aquell bisbe, que semblava no tenir fi i que s'adormia en una poètica descripció en llatí de totes i cadascuna de les qualitats que han d'adornar el matrimoni, es va sentir alleugerit quan, per fi!, va pronunciar la fórmula i ell va respondre afirmativament.

—*Ita est* —va dir en llatí, i amb veu profunda. Sí. I és clar que acceptava! Per això havia vingut.

Llavors el bisbe es va tombar cap a Violant d'Hongria i va repetir la fórmula del matrimoni, i aquí va arribar la gran sorpresa.

—Sí, vull i accepto —es va escoltar per primer cop la veu d'aquell misteri en forma de dona.

En català i be alt! I amb una veu dolça i clara.

El silenci que regnava dins la catedral es transformà en expressions d'admiració i en comentaris que apagaren la veu del bisbe, que titubejava i no sabia per on havia de continuar.

Jaume va posar una cara de babau que hi havia per fer-se'n un fart de riure. Més encara, quan Violant va enretirar el vel i descobrí el seu rostre. Els ulls eren blaus i les formes equilibrades, però fermes, amb una barbeta que denotava una voluntat decidida, un somriure obert i franc i un nas simpàtic.

Llavors el rei també va somriure i aixecà el cap amb orgull, mentre mirava monsenyor Freitti i li dedicava una lleugera reverència. Havia fet una bona tria amb aquella dona i ell estava content. Tindria una reina hongaresa i ja sentia deler per saber si tota aquella bellesa es transformava en passió quan fossin al llit. Tanmateix, pel moment, bé podia dir que no era pas per casualitat, que tots els monarques d'Europa feien confiança al bisbe que bellugava els fils de la diplomàcia de l'Apostòlic, quan es tractava d'arranjar matrimonis reials. Només calia mirar-la per descobrir que li havia buscat una reina intel·ligent que havia sabut guanyar-se el cor de tothom amb tres paraules, tal com ell havia fet a Peníscola. I va recordar les paraules pronunciades pel cabdill d'aquella ciutat: «*Allah agbar*». «I Déu és immens!», afegí ell.

*** ***

Guillem de Cervera va pujar les escales a salts i va ser a punt d'ensopegar amb el soldat que feia guàrdia al capdamunt dels graons. Es va refer i va seguir per tot el passadís fins atrapar la porta de la sala del tron. La va empènyer decidit i va trobar una bona colla de nobles i esposes que parlaven animosament.

—Què ha succeït? —va demanar gairebé sense alè a Ató de Foces.

—De què parleu? —li tornà la pregunta Ató.

—No ho sé. Això és el que pregunto. Què hi fa tota aquesta gent, aquí?

—Esperem els reis —respongué Ató, sorprès.

—El cavall del rei Jaume encara és al pati i els escuders m'han dit que no ha sortit a cavalcar —digué Guillem de Cervera, visiblement preocupat.

—I què hi ha d'estrany? —preguntà Ató.

—Doncs, que no ha sortit a cavalcar! —aixecà la veu el de Cervera, i la abaixà de nou en veure que tothom s'havia girat per mirar-lo. Llavors temperà el to fins convertir-lo en confidència—. Ja sabeu que, després d'una nit moguda, el rei té per costum seguir cavalcant una estona més.

—No hi havia caigut —es quedà pensarós Ató.

Anava a dir alguna cosa quan la porta s'obrí i aparegué Violant. Tothom es tombà i li dedicà una reverència, en silenci, muts espectadors d'una passejada que copsava el seu interès.

Ella avançà lentament, saludà a tots els presents i seguí cap a la cuina.

—I el rei? —demanà una de les esposes dels nobles, quan la reina ja havia desaparegut per la porta de la cuina.

Ningú no era capaç de respondre i els murmuris ompliren la sala de gom a gom. Tot eren preguntes i no hi havia cap resposta. «I és clar! On és el rei? Encara no s'ha llevat?»

De sobte, la porta de la cuina s'obrí i de nou aparegué la reina. Les veus es van apagar i tothom li dedicà una nova reverència. Ella contestà amb un somriure, passà per davant de tots i desaparegué.

Aquesta vegada, quan la reina va sortir de la sala, tots els presents es precipitaren cap a la cuina i entraren encuriosits. Els cuiners anaven atrafegats i les donzelles preparaven dues safates.

—Què ha dit la reina? —s'avançà Maria, la baronessa de Lliçà.

—Que preparéssim un bon esmorzar —respongué el cap de cuina.

—I el rei? No ha dit res d'ell?

—Sí —féu el cap de cuina—. Diu que encara dorm i que vol donar-li una sorpresa.

—Que el rei encara dorm? —va fer en veu alta Maria —. És impossible. Mai no s'ha llevat tan tard.

—Què haurà passat? —preguntà Ató a Guillem de Cervera—. Això no és normal.

El murmuris es tornaren a enlairar i es van formar petites rotllanes, mentre Ató de Foces posava cara de babau i el de Cervera se'l mirava. Tenia o no tenia raó? Evidentment, allò no era normal.

*** ***

Blanca d'Antillon s'havia desplaçat des d'Osca en companyia de Maria de Lliçà i de Joana de Mediona per assistir a la boda reial. Esther de Montagut ja feia dies que hi era, a la casa que el seu marit tenia en aquella ciutat i que era el centre neuràlgic dels seus negocis, però que hauria de decorar de nou i adaptar a les necessitats d'una casa de debò, perquè la seva esposa li havia dit que, ara que hi havia reina, era més convenient viure a prop de la cort. Anna, per contra, no havia vingut. Deia que no es trobava bé, però totes elles prou que coneixien les raons de la seva indisposició. Jaume, des que havia tornat de Mallorca no l'havia visitada ni havia demanat per ella. Per tant, ja no era ningú i... per què l'havien de tenir en compte, després de com les havia tractades quan s'imaginava que era algú? Ara que donés ordres a les seves criades.

Estaven reunides a casa de Genoveva, l'esposa de Guillem de Montcada, amb altres esposes de nobles i principals. Entre elles, Elvira, esposa de Guillem de Cervera. Portaven força estona parlant i cap d'elles entenia res de res.

—Però, la reina era verge o no? —va demanar Joana.

—Les donzelles no ho saben —respongué Genoveva.

—No estaven tacats els llençols? —preguntà Maria —. Bé els havien de veure l'endemà —afegí amb un posat d'evidència.

—La reina, personalment, els va cremar tan bon punt el rei va abandonar el llit. Gairebé al migdia! —digué una de les dames.

—Què significa que els va cremar? —es tombà Joana cap a aquella dona.

—Gertrudis, la seva donzella personal, diu que és un costum hongarès —informà Genoveva.

—Som nosaltres que hem d'aprendre els costums d'una reina hongaresa? Què hi diu, el rei? —demanà Joana.

—L'única cosa que sé és el que m'ha explicat el meu marit —s'escoltà la veu d'Elvira, l'esposa de Guillem de Cervera, i totes la miraren—. L'endemà de la boda, el rei es va llevar ben tard i no va sortir a cavalcar. A la tarda va cridar al meu marit per parlar d'alguns temes de govern i ell va aprofitar per preguntar-li amb discreció com havia anat la nit —va explicar, i totes la miraven embadalides, esperant la gran revelació—. Em sembla que avui em retiraré aviat. El rei només va dir això.

Un desencís general va omplir l'estança. La reina era un misteri. I allò que havia passat, encara més. Tanmateix, Joana, en aquell misteri sobre els llençols, va copsar de seguida que la reina era molta reina.

Durant els dies següents Violant va prendre possessió del seu lloc i va dictar noves ordres als criats. No estava gaire a favor de certs costums i no permetria que ningú, que no fossin les seves donzelles triades personalment, tingués accés a les cambres reials. Allò que passés allà dintre era cosa seva i de ningú més. De manera que les esposes dels nobles només sabien que havia ordenat canviar de lloc el llit per atansar-lo cap a la finestra. Li agradava contemplar la lluna des del llit. Curiós costum. També havia fet alguns canvis en la decoració: noves cortines, nous tapissos i algun quadre dels seus avantpassats que ella havia portat amb l'equipatge.

«Massa canvis», comentaven les esposes dels nobles, que tampoc podien acudir a palau si no eren convidades expressament. Allò va crear un bon enrenou, però cap d'elles no es va atrevir a protestar. Potser la reina se sentia cohibida i li havien de donar temps. «Sí», pensava Joana. «Segur que és això», somreia quan escoltava els raonaments de les altres.

Poc després, Maria de Lliçà va ser cridada per la reina. Això ja era una altra cosa. I la baronessa es va sentir afalagada i va acudir a palau de seguida.

La conversa es va encetar en un to distès i amable. La reina volia aprendre tots els costums de la cort i l'havia triada a ella perquè algú li havia dit que n'era una experta. Qui havia estat? Ningú no ho sabia. Tanmateix, a Maria poc li preocupava aquest detall. L'important és que l'havia triada a ella, i com Violant era jove i es trobava sola, si aconseguia convertir-se en la dama de confiança...

De manera que, quan la reina va tocar el delicat tema de les possibles relacions de Jaume amb altres dones, no se n'hi va estar. Havia de guanyar-se la confiança de la sobirana, i quin millor camí que respondre les seves preguntes?

—Senyora, ja sabeu que el rei és un home força atractiu. Abans de la vostra arribada, era solter i, per tant, és normal que cobrís les seves necessitats. Els homes, ja se sap... A Osca ha deixat la seva darrera companyia i ara que us té a vós no hi tornarà —somrigué Maria—. Tothom diu que us estima de debò i el passat és passat i poc us heu d'amoïnar per altres noms que ja no són present.

Violant se la mirà directament als ulls i també somrigué.

—Heu parlat de passat i de present, però us heu oblidat del futur. El passat, com vós dieu, no m'ha d'amoïnar, sempre que ja no sigui present. Quant al futur, no m'espanta, si domino el present. Serà bo, per tant, que tothom entengui que, a partir d'ara, el pa que

121

hi ha a taula és de la reina i que tinc prou estómac per menjar-me'l sencer.

—No ho dubto, senyora —va fer Maria. I les seves paraules, després d'haver escoltat les de la reina i d'haver vist la mirada que li dedicava, eren ben sinceres —. Tanmateix, penseu que sempre que es menja pa cauen engrunes i que les gallines afamades picotegen — gosà afegir-hi.

—Si cal, jo mateixa escombraré les engrunes perquè les gallines no puguin picotejar —respongué Violant—. I, sobretot, procuraré anar ben farta i assegurar-me que sempre que vulgui pugui pessigar el pa de la taula i vigilaré especialment que ningú no hi posi la mà al damunt —va fer un curt silenci, i digué—: Si els vostres pits són els primers que el van excitar, els meus són els que li han de donar de mamar.

Maria de Lliçà va començar a veure que Violant coneixia molt bé els costums. No tan sols els costums, pel que acabava d'escoltar, i era evident que havia decidit imposar noves normes i dictar la seva pròpia llei. Era molt més llesta que no pas havien imaginat i, naturalment, no hi tenia res a veure amb Elionor, sinó que venia disposada a regnar i a no deixar que ningú trepitgés el seu terreny. Moltes coses canviarien en aquella cort i més valia ser al costat de qui manava i, a més, arribava amb la intenció de deixar ben clar que ningú no la faria fora ni li prendria res d'allò que era seu.

—Sóc al vostre servei, senyora —va fer una lleugera reverència—. I us serviré com la més fidel de totes les vostres amigues.

Aquella mateixa tarda, a casa de Genoveva de Montcada, Maria va explicar la conversa que havia tingut amb la reina i totes les altres dones van guardar silenci fins que va acabar.

—Potser sí, que va farta, però no he vist que en cap moment es fregués els pits —digué Joana de Mediona, amb una rialla.

—Ni se'ls fregarà —respongué Maria, i totes la miraren estranyades—. Quan el rei va voler gaudir d'ells, es va trobar que la reina li havia agafat amb força els picarols —rigué—. Abans d'arribar a Barcelona ja coneixia tots els costums de la cort i del rei. De manera que li va dir: som ambdós que podem mossegar. I, segons m'ha explicat, el rei ha après que les carícies són tan sublims com les mossegades —assentí amb el cap i afegí —: Aquest cop tenim una reina de debò.

Sí, va pensar Joana. Però, potser, a Hongria no saben que les panxes s'omplen i que, quan estan plenes, les guineus, i no pas les gallines, són les que es poden menjar el pa, perquè llavors queda alguna cosa més que engrunes.

I va llegir als ulls d'altres dones nobles que no era pas l'única que ho pensava.

7.- UNA REINA DE DEBÒ

Espàreg, Guillem de Montgrí i Bernat de Santa Eugènia van tornar victoriosos. Se'ls hi havia afegit Pere de Portugal. Eivissa havia caigut, i Ses Illes, totes, sense cap excepció, ja pertanyien a la corona. Cap més pirata no trobaria refugi en aquelles terres i el comerç s'estengué amb rapidesa, mentre Barcelona esdevenia cada cop més i més important i els seus vaixells creuaven el Mediterrani d'un costat a l'altre. Tant i tant va créixer que les muralles es van quedar petites i aparegueren cases fora del recinte.

Ara quedava València i durant un any Jaume va preparar acuradament la campanya i, mentre ho feia, es van produir dos fets importants. El primer que Violant va quedar embarassada i el segon que el papa Gregori envià per fi la butlla per declarar la conquesta del regne sarraí nova creuada. L'Apostòlic havia complert la seva paraula. Un xic tard, perquè encara s'ho va haver de rumiar, però finalment, havia estampat el seu nom en aquell document i ara Jaume veuria com se li afegien gent d'altres terres de més enllà dels Pirineus, d'Anglaterra, de França, d'Alemanya i de l'Orient. Però el que més li plaïa rei era que no hauria de dependre exclusivament dels nobles d'Aragó i de Catalunya.

Mesos després naixia la primera filla del rei, que va prendre el nom de Violant. Una nena formosa i sana, forta i orgullosa, digna filla d'una mare que havia sabut seure's al tron i obtenir el respecte i, tal vegada, la por de les altres nobles del regne. Una nova femella que serviria per establir nous pactes amb altres regnes cristians, noves aliances que refermarien el teixit que cobria bona part d'Europa. I Jaume era feliç. No tan sols havia trobat una esposa fèrtil i una reina, sinó que, en aquell temps, havia descobert que Violant se l'escoltava amb atenció i li oferia consells assenyats i pràctics. Tant era així que, abans de discutir amb els nobles, li demanava el seu parer.

Arribades les darreries de l'any 1236 de Nostre Senyor, Montsó esdevingué sèu de les corts que havien de prendre la decisió d'entrar a València. Jaume va viatjar en companyia del seu fill Alfons, un noi que ja havia de començar a prendre decisions i que el rei volia que hi fos present per entendre els assumptes del regne. També, encara que secretament, volia portar el seu fill al lloc on ell va ser educat i passejar-se per aquell pati, per les dependències i pels dormitoris per explicar-li les aventures que el van convertir en rei de ple dret. Els graons que condueixen al tron representen una bona lliçó.

—València serà nostra —va dir Balasc d'Alagó, dempeus, davant de tots els nobles que omplien la sala dels cavallers—. Zayan Ibn Mardanis no tornarà a riure's de nosaltres.

—València formarà part del regne —aclarí Jaume, no fos que algú pogués interpretar equivocadament les paraules de Balasc—. Així ho ha signat Abu Said i ho ha jurat pel seu déu.

Aquest havia estat un dels consells de Violant.

—És bo vigilar totes i cadascuna de les paraules dels nobles —li havia dit a Barcelona—. D'aquesta manera tot queda clar.

—Vindràs amb mi? —li havia demanat Jaume.

—Et seguiré d'aquí dos dies —li havia respost ella.

I l'esperava aquella tarda, mentre comptava les hores i el seu cap rememorava els instants de tendresa que es dedicaven l'un a l'altre. Ella li recordava la sarraïna que va tastar per primer cop, perquè també li havia ensenyat a tocar una dona, però d'una forma diferent. Ara, tot aquell desfici per posseir una conquesta havia esdevingut plaer sublim davant de la carícia. Passejar la mà per damunt de la pell nua, com el vent pentina les espigues de bat a punt de sega, li obria un nou univers inexplorat. Quan ella remugava inquieta i es movia mandrosa, mentre deixava escapar sospirs, ell notava que se li encenia un foc intern, amagat dins del cor, que s'estenia per tot el seu cos i l'escalfava amb una calor tendra i afectuosa que pujava lentament fins convertir-se en passió que l'arrabassava, l'enlairava i el feia esclatar d'emoció. Després, es quedava estirat al seu costat, mentre ella es recolzava melosament en el seu pit i li fregava la carn dels pectorals. A la foscor, els ulls de Violant brillaven d'amor. Monsenyor Freitti havia fet una bona tria, perquè les llargues cavalcades de primera hora del matí havien deixat d'existir.

Violant va arribar a Montsó quan el sol queia per l'horitzó. Havien preparat per a ella l'habitació que dóna al turó que s'aixeca davant del castell, l'habitació que havia ocupat Jaume durant la seva estada, quan era un marrec que no podia sostenir dreta una espasa. Aquest cop no l'acompanyava la fidel Gertrudis, la dona que romania tot el temps callada, sinó que la serventa s'havia quedat a Barcelona, perquè era ella que es feia càrrec de la seva filla durant les absències de la reina.

Alfons també havia acceptat Violant. Ella havia sabut guanyar-se'l i, fins i tot, havia viatjat al monestir de Las Huelgas per conèixer Elionor, amb qui havia parlat tota una tarda, decisió que va sorprendre bona part de les dones de la cort.

—Voleu dir que la rebrà? —havia demanat Joana.

—Per què no? —havia fet Esther—. Ho fa de bon cor.

—Una dona intel·ligent fa les coses sabent molt bé que li han de reportar algun benefici —havia intervingut Blanca d'Antillon.

—Així, segons vós, no existeix la noblesa? —havia preguntat Genoveva.

—Més aviat diria que allò que es perd, quan madurem, és la innocència —li havia respost Blanca amb un somriure—. I no crec que una reina hongaresa sigui diferent de nosaltres. Arreu del món, la noblesa és complir sempre la paraula donada, però això no treu que cerquem una compensació. Jo us dono alguna cosa a canvi d'una altra. El rei és noble i compleix la seva paraula, però sempre demana alguna cosa a canvi —s'havia mirat Joana i havia fet—. Oi que sí?

—Suposo que sí —li havia tornat el somriure Joana —. Vós sempre parleu amb la veu de l'experiència.

Ningú no va saber mai allò que Violant i Elionor van parlar dins d'aquell imponent edifici que van ordenar bastir el rei Alfons VIII de Castella i la seva esposa Elionor d'Aquitània, sota l'aprovació del papa Climent III. Una gegantina construcció que, segons les paraules del mateix rei, havia de servir per expiar els seus pecats i aconseguir la glòria eterna. I de ben segur que la devia d'obtenir, perquè només creuar la porta es divisa la torre de base quadrada que es manté ferma i vigilant per tal de protegir els cinc àbsides i les tres naus que conformen el recinte sagrat, a l'esquerra del qual s'aixeca el claustre i més enllà les dependències de les monges i les habitacions dels visitants i dels estadants il·lustres. Aquella església havia estat mut testimoni de diverses coronacions, de bodes, de bateigs i de funerals de reis i prínceps, de nobles i dones i homes d'alta posició. Al seu voltant, les riques terres proveïen de tota mena d'aliments mercès a les aigües del riu Arlanzón que també regava Burgos.

L'única cosa que van saber és que l'abadessa, sempre una dona de sang reial, va rebre d'immediat la reina Violant i la va conduir a través del claustre fins a les habitacions que Elionor tenia reservades, i allà va tancar la porta i les va deixar soles.

Quan Violant va marxar, Elionor la va acompanyar fins al carruatge que l'esperava i la va abraçar. La reina no hi va fer nit, malgrat la insistència de l'abadessa. Tanmateix, Elionor no va fer res per retenir-la. Tot allò que s'havien de dir, ja s'ho havien dit i tot allò que cadascuna havia d'entendre, ja ho havia entès.

Les dones nobles de Barcelona van comprovar que Violant, en tornar del monestir de Las Huelgas, va dedicar especial atenció a l'infant Alfons, convertit ja en adolescent. Amb ell va mantenir llargues converses i es va interessar per l'educació que l'infant havia rebut i va parlar amb una bona colla dels seus instructors. Volia, sobretot, que el seu coneixement de les lletres i de la història fos el millor.

Tot i així, mai ningú no va ser capaç de descobrir el contingut d'una conversa que va durar hores, perquè ni Elionor ni Violant van fer-ne cap esment.

—Aquí vaig aixecar per primer cop una espasa —assenyalà Jaume el petit pati que hi havia al darrere de la Sala de Cavallers.

Aquells paratges li portaven agradables records. Encara, si tancava els ulls, podia veure Guillem de Mont-rodon amb el gest greu i Joan Miravell amb les mans a la cintura mentre li ordenava que l'ataqués. Però els millors records eren, sens dubte, per a Lluís d'Estemariu. El dia que va arribar, Jaume va descobrir un gegant, tant de cos com d'ànima.

Violant contemplava la plana des de la muralla. A baix corrien les aigües del Cinca. Feia vent. Tots els nobles havien marxat i el carruatge els esperava.

Durant una bona estona el va seguir pertot arreu. El seu marit li mostrava tots els racons i li explicava com havia saltat l'escala de pedra i com s'havia amagat a la cripta. La prenia pel braç i gairebé la feia córrer per mostrar-li l'escala que baixava cap al rebost i les muralles, mentre lloava la saviesa dels sarraïns que la van construir i que havien pensat en el més petit dels detalls, com recollien l'aigua de la pluja a través de les teulades, com la decantaven per netejar-la i com la guardaven als pous.

Quan van arribar al final del recorregut, ella va plegar els braços per cobrir-se amb la capa i es va estremir lleugerament.

—Tens fred? —li va demanar ell, i es va atansar per abraçar-la.

—No —va negar la reina, tot recolzant el cap en el pit de Jaume. Llavors va fer un silenci i, finalment, com si fes estona que no gosava de plantejar-li la qüestió, va fer amb timidesa—: Per què hi has d'anar, a València? Tothom ha entès perfectament que tu ets qui mana i ja seria hora que s'espavilessin tot sols.

—No estic tan segur que hagin entès qui mana de debò —negà ell—. Cada cop que els he deixat sols han fet i desfet a la seva conveniència.

—Eivissa l'han conquerida en el teu nom —li va recordar Violant.

—Cert, però no oblidis que Pere de Portugal anava amb ells i que, malgrat que no és un rei fort, vetllava pels seus interessos —somrigué Jaume—. Ell era el cap i els meus nobles estaven sota les seves ordres.

Violant es tombà i l'abraçà. Jaume es va quedar bocabadat. Ella tenia llàgrimes als ulls i va enfonsar el seu cap en el pit d'ell.

—Tinc por per tu —va xiuxiuejar entre petits sanglots.

—Un gran amic, dels de debò, Lluís d'Estemariu, em va dir que Déu no permet que abandonem aquest món fins que no hem acabat allò que hi hem vingut a fer. I a mi encara em queden coses pendents. De manera que no deixaré que els sarraïns em facin cap mal —rigué ell, l'apartà un xic i hi diposità un tendre bes al front—. No crec que Déu m'hagi atorgat una esposa com tu per prendre-me-la de seguida. Seria joc brut, haver-me fet esperar tant de temps i no permetre que pugui estimar-te com jo vull.

Ella va aixecar la mirada i la va clavar als ulls d'ell. Jaume li passava bona part del cap. Tenia l'altura d'un ós i els braços forts. Entre ells, Violant se sentia segura.

El dia que li van comunicar que s'havia de casar amb un home de més enllà del Mediterrani, un descendent dels visigots, va pensar que es trobaria un animal, perquè els homes que eren tan a prop dels sarraïns no paraven mai de lluitar. Després va demanar informació sobre Jaume, el rei d'Aragó i de Catalunya, l'home que havia conquerit Mallorca, i va descobrir un cavaller que havia hagut de lluitar amb els seus mateixos nobles per restablir l'ordre i la pau. Deien que era alt i fort, ros i formós. I no l'havien enganyada, perquè el dia que el va veure a la catedral, plantat davant l'altar, va imaginar que era un gegant. Només veure-li els ulls es va adonar que tenia una mirada franca i oberta. «Sembla un nen que ha crescut massa de pressa», va pensar. I, en arribar la nit, quan eren sols a la cambra i ell se la mirava embadalit, ella va recordar allò que li havien explicat sobre el curiós costum de mamar amb massa força i mossegar el pit que es volia enretirar.

Com se li va ocórrer llençar la mà cap avall i tocar per primer cop una part del cos masculí que desconeixia? Ni ella mateixa era capaç d'explicar-ho. Va ser un gest instintiu, quan ell ja li havia baixat la camisola i els seus llavis es dirigien cap el mugró. Va agafar allò que estava dur i va buscar l'arrel, els dos bonys que li havien explicat que es trobaven a sota i que, també li havien explicat, era la part més delicada dels homes, el lloc on de debò els podia fer mal. Primer es va espantar. Aquell membre era dur com un pal i es movia, com si palpités. I aquelles coses que penjaven… Per un moment va creure que es desmaiaria i no sabia si deixar-les anar o continuar estrenyent-les. «Quin és el límit?», es preguntava, però de seguida el va descobrir.

Encara recordava la cara que va posar Jaume. La d'un nen entremaliat que enganxen en una malifeta. Quan va sentir la pressió als testicles, es va quedar quiet i callat, tot esperant les paraules d'ella. «Som ambdós que podem mossegar», va dir ella amb els ulls fixes als d'ell. «Si tu em tractes bé, jo faré el que vulguis», afegí. «Així m'ho han manat i així ho vull jo». Jaume va entendre quina era la situació i no va respondre res.

Simplement somrigué i els seus llavis es van obrir per deixar que la punta de la llengua acaronés aquell punt tan delicat de l'anatomia d'ella.

Un parell de passades, lleugeres, com la brisa de la matinada, i de mica en mica, Jaume es va quedar extasiat quan el mugró s'enfosquí i s'endurí. No calia xuclar-lo amb força, sinó que responia millor si se'l cridava amb veu baixa, si se li llençava l'alè càlid i es fregava gairebé amb timidesa. El va palpar amb els dits, delicadament, i ella va afluixar la mà, va acaronar amb amor aquella cosa dura que seguia palpitant i el va deixar fer.

Mai no l'havien tocada d'aquella manera, mai no havia sentit aquella escalfor entre les cames, mai no havia desitjat cap home com desitjava aquell.

Quan va arribar el moment d'acollir-lo, va tremolar, però Jaume, enlloc de llençar-se damunt d'ella, tal com la seva mare li havia explicat que feien els homes amb les dones, li va demanar permís amb les paraules més dolces i més delicades. I ella li ho va concedir tot.

Ara recordava cada moment, cada instant, cada carícia, cada respiració, cada sospir, cada escruiximent del seu cos, cada desig, cada paraula, cada xiuxiueig, cada detall, cada moviment i... l'èxtasi final, aquella sensació de por i de vertigen, aquell sentir-se morir i que la terra s'obria sota seu.

—No entraràs en combat. M'ho has de prometre —va fer, de sobte, apartant els seus records i retornant a Montsó, al petit pati del darrere de la Sala de Cavallers.

Jaume va somriure de nou i va voler apartar-se, però ella el fermà pels braços i insistí amb la mirada.

—No hi entraré si no cal.

—No! —negà amb força ella, amb el cap—. No hi entraràs. Aquest cop no —sentencià Violant.

—Entesos. No hi entraré, si no és absolutament necessari —cedí ell.

—Vull la teva promesa.

—D'acord. T'ho prometo.

El viatge de retorn a Barcelona va ser llarg. Plovia i bufava vent del nord. Es van aturar a Lleida i hi van fer nit. Violant va sopar poc i va demanar de retirar-se aviat. Volia descansar. Jaume va copsar a la seva mirada aquella espurna que li dedicava quan secretament li estava enviant un missatge. T'espero, era el seu significat. I quan va arribar a la cambra la va trobar dins del llit i va veure la camisola als peus. Es va despullar lentament, mentre la mirava als ulls, i es va amagar sota els llençols per descobrir allò que la camisola li havia avançat. Ella estava nua i la seva pell calenta per l'escalfor de la manta. Ell tampoc s'havia vestit la seva camisola i els dos cossos es van abraçar.

Violant el va cobrir de petons, començant pel front i baixant fins al pit. Estava melosa i es refregava contra ell. Jaume va intentar tornar-li totes les carícies.

—Deixa'm fer a mi —li xiuxiuejà ella, amb aquell accent tan peculiar que a Jaume li feia gràcia. Cada cop parlava millor el català, però no podia deixar de banda un deix inconfusible que, de vegades, aixecava bromes entre les esposes dels nobles, perquè arrossegava lleugerament les erres.

Llavors, el rei es va estirar, posà les mans damunt del cap i s'abandonà amb les parpelles aclucades. Sabia que, a partir d'aquell instant, viuria una nova experiència, perquè cada cop era diferent. Déu, com se l'estimava!

Una estona després, força estona, un dolç ensopiment l'atrapava. Havia estat meravellós i Violant s'havia esforçat com mai per aconseguir que ell gaudís de la més petita de les carícies.

—Jura'm que no entraràs en combat —va dir, de sobte la reina.

Jaume va obrir els ulls de patac, la va apartar lleugerament i la contemplà.

—A què treu cap tanta insistència? Aquest matí ja t'ho he promès.

—Tinc un pressentiment —va fer ella—. Jura-m'ho.

—Quina reina és aquella que fa jurar el rei que no complirà amb el seu deure? —preguntà ell.

—Una reina de debò —contestà ella amb orgull—. Una reina que vol seguir tenint un rei.

—Sí —afirmà Jaume, tot mirant-la als ulls—. La meva reina hongaresa, que ha heretat la intuïció salvatge que els bàrbars d'Àtila van portar des de l'Àsia —somrigué divertit.

*** ***

El dia que Jaume va abandonar Barcelona per dirigir-se cap al sud, Violant plorà. No davant d'ell, sinó quan ja era fora. Aquell pressentiment que havia tingut a Montsó se li havia repetit diverses vegades. El seu marit deia que eren coses de dones enamorades, però una dona sap quan un temor és fruit de l'amor i quan és producte de la nefasta intuïció, que ella ja havia demostrat en diverses ocasions, quan l'advertia sobre una mirada que podia escapolir-se de tost els ulls, excepte dels seus.

Durant els mesos següents va estar pendent de totes les notícies que li arribaven de les terres dels sarraïns i cada cop que un missatger entrava per la porta de la sala del tron el cor se li encongia.

—I el rei? Ha entrat en combat?

—No, senyora. Ell dirigeix la batalla, però es manté quiet —responien tots, invariablement.

Tanmateix, la reina no creia les seves paraules.

—Senyora, no us heu d'amoïnar. Us ho va jurar —va dir un dia Esther Montagut.

—Els missatges són clars —va corroborar Genoveva de Montcada.

—Massa clars i sempre amb les mateixes paraules —respongué la reina.

—Això vol dir que és cert —somrigué Esther.

—Això vol dir que arriben amb la lliçó apresa —negà amb el cap Violant.

—El seu fill Alfons és amb ell i ha de tornar aviat. Li ho podeu preguntar —suggerí Joana de Mediona.

Dos mesos després va arribar l'infant d'Aragó. Venia content. Havia participat a la conquesta d'algunes places i havia tastat allò que és la guerra al costat del sobirà més gran de tots els temps. Als seus setze anys era un jove alt, digne successor del seu pare. També tenia els ulls nobles i clars, però encara no posseïa l'habilitat del rei per poder mentir.

—Manises ha caigut després d'un setge difícil, però Bétera i Paterna s'han lliurat voluntàriament només escoltar el nom del rei —va acabar d'explicar, eufòric.

Durant tota l'estona havia relatat fets i més fets que es comptaven per victòries i no parava d'esmentar el temor que l'avenç de les forces cristianes provocava en els sarraïns, i Violant l'esperonava.

—I Jaume, és cert que lluita amb tanta bravura com diuen? —va fer, de sobte, mentre somreia orgullosa.

—Tenim un rei com mai no hi ha hagut en tota la cristiandat —va afirmar Alfons amb forts moviments de cap—. Els homes el segueixen a ulls clucs —va riure i, llavors, es va adonar de l'error que acabava de cometre —. No obstant això, ell no s'exposa —intentà corregir, però ja era massa tard.

Violant havia canviat el gest i es mossegava els llavis.

—Me les pagarà! —es va aixecar de la cadira—. Prepareu l'equipatge. Sortim cap al sud —ordenà a les dues donzelles que eren a la mateixa estança.

I abandonà l'habitació amb pas ferm i decidit.

—El meu pare em matarà —es va encongir Alfons.

—No, mentre esteu sota la protecció de la reina — somrigué Joana.

—Sí —corroborà Esther—. Tenim una reina de debò.

*** ***

137

Zayan Ibn Mardanis va començar a tremolar quan es va assabentar que les forces del rei Jaume havien conquerit el Puig, situat unes llegües al nord de la capital. Però es va calmar quan un nou missatger li va dur notícies sobre dissensions que havien aparegut entre el rei i alguns nobles de l'exèrcit enemic.

—El repartiment ja es farà quan haguem acabat — havia dit Jaume en una reunió al castell del Puig, quan els nobles reclamaven el seu botí.

—No puc mantenir els meus homes sense noves rendes —li havia contestat Nuno Sanxes.

—No obtindreu res de res fins que no entrem a València. Queda clar? —havia fet el rei.

—Senyor, hem lluitat al vostre costat amb valor i us hem servit amb lleialtat. Bé mereixem una recompensa i els meus homes també reclamen els sous endarrerits — s'hi havia afegit Guillem de Montcada a les queixes de Nuno Sanxes.

—Aquesta lliçó ja la vaig aprendre a Mallorca i no atorgaré cap plaça ni cap més botí fins que no haguem enllestit la feina que hem vingut a fer —sentencià Jaume.

L'endemà, una bona part de les seves forces van reprendre el camí del nord i ell es va quedar altre cop sol, amb només uns milers d'homes comandats per Guillem Bernat d'Entença i Guillem d'Aguiló.

Encara no havia sortit el sol que l'exèrcit de quaranta mil sarraïns es posà en marxa per tal de reconquerir un bastió que podia obrir les portes de

València de bat a bat. Però aquest cop, el Conqueridor perdria el seu nom, pensava i confiava Zayan.

Al migdia va ordenar plantar les tendes davant de la fortalesa del Puig i es fregà les mans satisfet. Aquell avantatge era un regal d'Al·là, que ja havia estat prou condescendent amb els cristians i ara, per fi, girava els ulls cap al seu devot servidor. No era pas en va que li va atorgar el regne, quan va destronar Abu Said, aquell feble que estava disposat a regalar totes aquelles terres a un rei orgullós i altiu que havia obtingut algunes victòries i que ja s'imaginava que de debò era un conqueridor.

—Prepareu-ho tot per l'assalt de demà —va dir al seu oficial—. Vull aquest rei viu. M'heu entès?

—Així es farà, senyor —s'inclinà l'oficial respectuosament.

I tant que el volia viu! A la vergonya de la derrota sumaria la de la captivitat i la del rescat. Una lliçó que aquell cregut no oblidaria mai. L'havien abandonat els seus mateixos nobles i, fins i tot, se sentirien contents amb el resultat. Jaume mai més no tornaria a aixecar el cap.

El sarraí encara es va quedar una estona més contemplant aquelles muralles que serien, tal com somiava, la tomba del rei que deien que era el més gran de la cristiandat. Doncs, amb ell moriria i seria enterrat bona part de l'orgull dels infidels.

Arribada la nit es retirà a la tenda i es va adormir feliç. Les perspectives no podien ser millors, perquè el seu cosí, el rei de Tunis, li havia promès que li enviaria una flota que ja devia estar a punt d'arribar. Tunis també li tenia ben jurada, al rei Jaume, i no perdria l'ocasió. Tot es paga, en aquesta vida, tard o d'hora.

Encara dormia quan l'oficial va entrar a la tenda i el va desvetllar. Havien estat atacats.

—Com és possible? —es va posar dempeus d'un salt.

—Ha sortit un grup de cavallers de la fortalesa i han atacat una part dels nostres homes. Ningú no s'ho esperava. N'han mort uns quants, n'han ferit molts i han fugit de nou emparats per les ombres —informà l'oficial, tens i amoïnat.

—Maleït sigui! Això és traïció —va fer amb ràbia, però l'oficial no va dir res.

«Com pot dir que és una traïció?», pensava el soldat. A la guerra tot és permès.

Aquella nit ningú no va tornar a dormir al campament sarraí i l'endemà, de matinada, estaven cansats per l'espera d'un nou atac, que no va tenir lloc.

A mitja tarda els soldats seguien formats. Les llargues hores de vetlla feien estralls i alguns havien caigut al terra per causa de la calor del sol.

Quan les ombres començaven a apoderar-se del campament, es produí un nou atac. I aquells cavallers no havien sortit del castell, sinó que arribaven del sud, per l'esquena.

Zayan va ordenar perseguir-los, però ja era massa fosc i els seus homes no sabien ben bé cap a on havien d'anar. Llavors, les portes de la fortalesa s'obriren i un grup nombrós de peons comandats per uns cavallers van caure damunt de les ales del campament, van fer una destrossa i van fugir de nou. Els van perseguir fins al pont llevadís, però no van poder atrapar-los i, a més, van perdre uns quants soldats més, que van caure sota la pluja de fletxes que queia des de les muralles.

—Aquest malparit és el diable! —cridà Zayan.

—El rei Jaume no hi és —va arribar un missatger.

—Com que no hi és? —es va quedar bocabadat.

—No, senyor. Abans que arribéssiu va sortir camí d'Osca per reclutar nous nobles i ara ve cap aquí acompanyat del seu oncle Ferran, de Pere Cornell i d'Artal d'Alagó. Ha canviat cavallers catalans per cavallers aragonesos i ha refet les seves forces.

—Si la flota del rei de Tunis no arriba aviat, voldrà dir que Al·là ens ha abandonat —mormolà Zayan i es retirà a la seva tenda per resar.

Deu dies va durar el setge, però no va ser un setge tradicional, sinó que semblava que els que eren fora patien més que els que estaven dins i, en arribar l'onzè matí, les forces del rei d'Aragó i de Catalunya van aparèixer pel sud.

La gran batalla es va resoldre en dos dies més i Zayan va fugir desesperat per tancar-se a València i esperar un miracle. Havia perdut la major part dels seus homes.

Mentre, Jaume va decidir que havia de descansar i es va quedar al Puig. Violant li havia dit que els nobles havien entès qui manava de debò, però l'experiència es repetia altre cop i ell tenia prou clar que la seva presència esdevenia imprescindible. Algun dia tots aquells nobles que el deixaven sol farien el que calia fer? O sempre cercarien el seu profit personal? Tant costava d'entendre que, si lluitaven plegats, era per alguna cosa més que un trist botí?

*** ***

Feia uns dies que es dedicava a la caça i cavalcava per aquelles terres riques i abundoses en companyia de Bernat Guillem i de Pere Cornell. Pocs plaers es permetia. El menjar i la caça. De tant en tant pensava dedicar-se a la lectura, però no va ser instruït quan era petit, perquè el temps no ho permetia, i ara notava que li mancava alguna cosa. Amb ell viatjava el notari Andreu Ballester, un home molt instruït. A ell li demanava que li llegís alguna cosa. Fins i tot, poesia. Tanmateix, no l'acabava d'entendre i havia d'aturar les seves paraules per demanar explicacions. Massa explicacions.

—El llenguatge dels poetes és força embolicat —es queixava—. I en llatí, encara més. Si un poeta se sent feliç, per què no ho ha de dir així mateix? —preguntava.

—La poesia és el sentiment més elevat i calen paraules exactes —li explicava Andreu—. El vers és paraula feta música celestial i s'ha d'escoltar amb les orelles de l'ànima.

—Doncs, dec de ser sord d'ambdues orelles —responia el rei, desesperat—. Millor em llegiu algun passatge de les guerres de la Gàl·lia. Potser no contenen tanta poesia i, tal vegada, les considereu avorrides, però a mi m'agraden.

Aquell matí es va llevar a primera hora i va esmorzar de valent. Uns camperols sarraïns li havien regalat cinc gallines. Era gent senzilla, però agradable. I agraïda! La seva política de respectar els costums i la llengua d'aquelles terres i permetre que mantinguessin la seva religió estava donant els seus fruits. La gent se li atansava i volia parlar-li. S'esforçaven per fer-se entendre i, tot i que li resultava difícil, ell també començava a deixar anar alguna paraula en la llengua dels sarraïns.

Potser hauria de tornar a Catalunya. Frisava per veure la reina i la seva filla. Tenia ganes d'oblidar les conquestes durant un temps i dedicar-se a altres temes. A més, li havien arribat notícies que el Rosselló tornava a estar en dansa i que Montpeller també reclamava drets que mai no havia tingut.

Va acabar d'esmorzar i va sortir al pati d'armes, on els servents ja havien preparat el seu cavall i els arquers i escuders de l'escorta l'esperaven.

—No —va negar amb el cap—. Avui no sortiré. Em sento cansat.

I els va acomiadar. Pere Cornell es va atansar.

—No estareu malalt, senyor?

—No. Pensava que aquí és un bon lloc per aixecar una església i que li podem canviar el nom. A partir d'ara vull que es digui Santa Maria del Puig.

Per què ho havia fet? Ni ell mateix en tenia la resposta. Simplement volia, necessitava!, crear alguna cosa diferent.

A mitja tarda els vigies de la torre van donar veus que un grup de soldats s'atansava. També venia un carruatge.

Poc després, anunciaven que duia la senyera reial.

143

—Violant! —va fer ell, i va ordenar que preparessin el seu cavall.

Els peons van complir l'ordre de seguida i el cavall va aparèixer en un tres i no res, mentre la guàrdia es preparava.

—Heu vist algun cop una reina de debò? —cridà quan les portes s'obriren per deixar-lo passar—. Doncs, ara la veureu! —cridà, i esperonà la cavalcadura, que va sortir esperitada.

8.- VALÈNCIA

Els reis eren a Tortosa. L'estiu havia estat tranquil i Jaume havia viatjat a Saragossa, a Osca, a Barcelona, a Girona i a Montpeller per reclutar nous homes de cara a l'assalt final de València. Sí, havia estat tan tranquil que Violant li va anunciar que tornava a estar embarassada.

—Aquest cop serà un nen —va riure ell, mentre la prenia per les aixelles i l'aixecava per iniciar una dansa.

—Vols estar-te quiet? —va fer ella, i Jaume la va deixar al terra.

—Serà un nen —repetí ell.

—Sí. Tan inconscient com el seu pare —simulà estar enfadada.

—Encara sóc viu —somrigué Jaume—. I el teu pressentiment no ha anat enlloc.

Violant anava a replicar, però la porta de la cambra del castell que donava damunt del riu s'obrí i un soldat va anunciar que acabava d'arribar Pere Cornell.

—Que entri —ordenà el rei, i recuperà la seriositat —. Ara m'haig de comportar com un sobirà —i es va apartar de la reina, que s'atansà a la finestra per contemplar les aigües de l'Ebre.

El cavaller, només creuar la porta, va fer una reverència a la que el rei va contestar amb un somriure. Violant es tombà i Pere Cornell va tornar a plegar l'esquena. La reina va fer una lleugera inclinació amb el cap. Llavors, l'home s'atansà.

—Quines noves em portes? —va demanar Jaume.

—Pere Amyelt, l'arquebisbe de Narbona ha arribat amb més de mil peons —informà Cornell—. I s'hi han afegit cavallers d'Anglaterra, de França, de Gènova i d'Hongria.

—Tothom arriba quan la situació és clara i el resultat cert —digué Jaume, pensarós—. On eren quan havíem de defensar el Puig?

—També ha arribat un ambaixador de Zayan Ibn Mardanis.

—Això ja és una altra cosa. Fes-lo passar a la sala gran. El rebré d'aquí una estona.

Pere Cornell va acotar el cap i va sortir.

—Vols que t'acompanyi? —preguntà Violant.

—T'ho agrairia. Gairebé no puc refiar-me de cap dels nobles. Només busquen el seu profit i ja estic fart d'escoltar-los. A més, les teves observacions són més acurades i la teva intuïció no té rival —llavors, rigué.

Estava alegre. Les notícies no podien ser millors i feia broma tota l'estona—. Bé, de vegades, no encerta, però és bo que t'equivoquis quan predius desgràcies.

—No fem esperar l'ambaixador de Zayan Ibn Mardanis —va tallar Violant la conversa.

—No corris, no corris —la va aturar ell i la va abraçar—. Si ha d'esperar una mica, estarà més suau.

—I quanta estona vols fer-lo esperar?

—Depèn de tu —li acaronà l'esquena.

—No. Ara no —intentà escapolir-se Violant.

—Per què no?

—Perquè després m'hauré de tornar a vestir i a arreglar.

—I què?

Alí Albaca, l'ambaixador de Zayan Ibn Mardanis, era un home alt i fort que vestia amb distinció riques teles sarraïnes i que es va sorprendre en veure entrar la reina, que es va seure al costat de Jaume. L'havien fet esperar dempeus fins que la paciència se li havia exhaurit i ara el rei Jaume l'ofenia tot imposant-li la presència d'una dona. N'havia sentit a parlar, d'ella. «La reina hongaresa», l'anomenaven pertot arreu. Alguns amb un deix de menyspreu, perquè era d'altres terres i havia arribat i havia canviat massa coses. Molts, però, amb respecte, perquè els havia sorprès. Ningú no s'esperava que parlés la llengua d'un regne que ni coneixia. «Una dona remarcable», li havien comentat. I, pel posat, bé podia dir que ho semblava. Però, que s'estigués allà, amb els homes, malgrat que estava envoltada pels nobles i havia arribat del braç del rei...

Tanmateix, no va dir res. Ni ell tenia autoritat ni els cristians els mateixos costums que els sarraïns.

—El meu senyor, el gran Zayan Ibn Mardanis, us envia salutacions i el desig que Al·là beneeixi la vostra casa i la vostra família —va encetar el seu discurs en un llatí prou correcte.

—Jo també li envio salutacions i bons desigs, però no disposo de gaire temps. M'esperen altres afers del regne —el tallà Jaume. Coneixia els costums sarraïns i no volia passar-se mig matí parlant de temes banals.

Alí Albaca es posà tens, però acceptà.

—El gran Zayan Ibn Mardanis sent un gran respecte per vós i no vol la guerra.

—No era pas aquesta la seva intenció quan va assetjar el Puig —el tallà de nou Jaume.

—Sou un gran guerrer i un gran sobirà, diu el meu senyor, el gran...

—Sí, sí, sí. Ja ho sé. El gran Zayan Ibn Mardanis —es desesperà Jaume. Tants tractaments i tant de respecte el cansaven.

Llavors, Violant va dipositar la seva mà damunt de la del rei i li dedicà un somriure. Calia escoltar les paraules de l'ambaixador, era el missatge.

—Entesos —va fer ell i va donar uns copets a la mà de la seva esposa. Després es tombà de nou cap a l'ambaixador.

—El meu senyor, el gran Zayan Ibn Mardanis... —repetí Alí Albaca i feu una reverència dirigida a la reina —... us ofereix les quintes de València en senyal de bona voluntat i amb desig de pau.

—El vostre senyor ha pres per la força allò que només li correspon al meu marit i ara li ofereix les engrunes —intervingué la reina—. Creieu que seria assenyat acceptar?

L'ambaixador es va quedar bocabadat. Al seu regne cap dona gosava aixecar la veu en presència dels senyors.

—València és rica i pot omplir les arques del rei d'Aragó i de Catalunya. Fins i tot, el meu senyor, el gran Zayan Ibn Mardanis, està disposat a pagar les quintes endarrerides des que ell esdevingué rei de València — replicà l'ambaixador—. Ell és el rei i sobirà d'aquelles terres i la seva generositat us fa favor.

—Jo sóc el rei de València —digué Jaume—. Així està escrit per la mà d'Abu Said, a qui el vostre senyor va destronar amb violència. De manera que digueu-li que no accepto el seu regal i que entraré a casa meva com el que sóc, el seu senyor. Aquesta és la meva paraula.

Alí Albaca va fer una curta reverència al rei i una de més llarga a la reina, i sortí de la sala. Acabava d'aprendre que les dones poden ser molt útils, i no tan sols per tenir fills, i sentia una espurna de respecte per Violant d'Hongria, reina d'Aragó i de Catalunya, i no pas simplement la reina hongaresa.

—Les quintes són el reconeixement de la vostra sobirania —digué Pere Cornell, quan ja eren sols.

—Són el preu d'una treva per poder refer les seves forces —va treure Violant les paraules de la boca del rei.

—Li hem infringit un càstig que no oblidarà mai — digué Roderic Liçana.

—La memòria és més curta d'allò que us podeu imaginar —somrigué Jaume.

—Però, ara, haurem de lluitar altre cop —reflexionà Eixemén de Palazí.

—No us hi amoïneu, que una mica d'exercici no us farà cap mal —respongué el rei. I a les seves paraules s'endevinava certa vehemència. Ara Eixemén de Palazí li sortia amb aquella història, quan ell també l'havia deixat sol al Puig.

*** ***

Zayan Ibn Mardanis va rebre la carta del rei de Tunísia i va somriure. Una flota poderosa havia embarcat i, pel temps que feia, ja devia ser ben a prop. El cristià no havia volgut acceptar el regal que li havia ofert i ara se'n penediria.

—Veurem si el Conqueridor també és bon defensor —digué amb alegria i lliurà la carta a Alí Albaca

Aquest se la va llegir i no va fer cap comentari. Ja era el segon cop que el gran Zayan Ibn Mardanis menyspreava la capacitat del Conqueridor i això no era bo, perquè l'excés de confiança pot esdevenir fatal.

Dues setmanes després van arribar noves notícies al palau de València, i no eren massa afalagadores, sinó que confirmaven els negres presagis d'Alí Albaca.

—Senyor, la flota no ha pogut desembarcar —va informar l'oficial.

—Com és possible? —preguntà Zayan.

—El rei infidel ha situat els seus homes de tal manera que totes les barques que s'atansaven a la platja eren enfonsades abans d'arribar-hi —explicà l'oficial—.

A més, ha enviat petits vaixells, ràpids com el vent, que llençaven boles de foc.

—I on és la flota, ara? —demanà Alí Albaca.

L'oficial va baixar el cap en senyal de vergonya. No sabia com continuar.

—Parla d'una vegada! —féu Zayan.

—La flota s'ha dirigit cap al nord, cap a Peníscola, però allà l'esperaven les galeres cristianes i el desastre ha estat de tal dimensió que han hagut de fugir —digué, finalment, l'oficial, però amb una veu prima que amenaçava de trencar-se.

—Ara sí que Al·là ens ha abandonat —s'esgarrifà Zayan.

«No és Al·là que ens abandona, sinó el resultat dels nostres errors», va pensar Alí Albaca. Tanmateix, en aquesta ocasió, tampoc no va dir res.

*** ***

Des del campament que havia instal·lat a Ruçafa, Jaume contemplava les muralles de València. L'estiu tocava a les darreries i, després d'una dura batalla, davant d'ell s'alçava el darrer bastió per poder proclamar-se rei de totes aquelles terres.

Per primer cop el seu exèrcit era imponent i les tendes s'estenien per tota la plana. Seria cert que els nobles havien entès, per fi!, que ell manava?

Ja feia dies que els almanjanecs llençaven pedres. No hi havia pressa, perquè disposaven de prou queviures per mantenir tota la tropa durant mesos sencers i, aquest cop, els nobles no l'abandonarien perquè els havia obligat a jurar, al Puig, que no s'aturarien fins que València no hagués caigut.

«I és clar!», va pensar Jaume. «Les aus de rapinya s'apleguen per al festí i tothom demanarà la seva part del botí».

La flota de Tunísia havia desaparegut per sempre més i ningú no l'havia tornat a veure; des de Peníscola fins al Puig, totes les terres li pertanyien i els nobles havien pres bona nota que no hi hauria repartiment fins que la feina no fos enllestida. Per això no es retirarien. Havien invertit massa diners en aquella empresa i València era el punt a partir del qual recollirien els beneficis.

Ara Jaume es preguntava si no havia estat més difícil lluitar dintre de les fronteres que no pas fora. Una bona colla d'anys posant pau on tot eren disputes. I el Rosselló i l'Urgell encara representaven dos problemes sense solucionar. Ho havia vist quan va arribar fins a Montpeller. Lluís, el rei de França volia que la frontera natural dels Pirineus esdevingués la frontera dels seus dominis. «Per seguretat», deia. No pas obertament, sinó que esperonava els nobles d'aquelles contrades per tal que li fessin la feina bruta. «Jaume es pot estendre cap al sud», pensava el monarca francès. «I amb això pot obtenir noves terres». Evidentment, no deia que el preu que el rei d'Aragó i de Catalunya havia de pagar era molt alt. Totes les vides que havien quedat pel camí no tenien importància per a un rei que també desitjava estendre els seus dominis, sentir-se segur i no pagar res.

Violant l'havia acompanyat fins a Santa Maria del Puig i allà s'hi estava. Tant ella com Jaume sabien que aquesta decisió, de seguir el rei, posava molt nerviós

Zayan. Ferran de Castella li havia donat un bon consell i tenia raó. Era tant com escopir-li a la cara que totes aquelles contrades li pertanyien fins al punt que podia passejar-se amb la seva esposa. Per això la reina, malgrat que la seva panxa havia crescut i d'aquí un parell de mesos li donaria un fill, que segons Jaume hauria de ser baró, havia volgut desplaçar-se i el rei li ho agraïa de tot cor. Sí, ja somiava amb aquell moment, en l'instant que li anunciarien que era pare d'un noi. S'estimava Alfons, però un fill de Violant... Havia de ser baró! Segur que ho seria!

—Els homes estan impacients, senyor —va dir Pere Ferrandes d'Açagra, que acabava d'entrar a la tenda. El senyor d'Albarrassí també s'hi havia afegit, malgrat que seguia conservant la seva independència.

—Per què? —preguntà el rei.

—Volen entrar a València quan abans millor.

—De debò? —somrigué Jaume—. Són els homes, els que estan impacients, o els nobles?

—Tothom, senyor.

—Doncs, s'hauran d'esperar. Un setge és una prova de paciència. Tant pels de dins com pels de fora. I diria que més pels de fora, perquè els de dins no tenen altre remei que esperar.

—Podríem atacar la torre Boatella —suggerí Ferrandes—. Si cau, València és nostra.

—Ja ha mort prou gent per culpa de decisions precipitades i aquest cop tot es farà a la meva manera. Ningú no ens empaita i no hi ha pressa.

Dos dies després, Pere Cornell va entrar a la tenda del rei. El seu rostre estava desencaixat.

—Senyor, l'arquebisbe Amyelt, amb Pere Ferrandes, ha atacat la torre Boatella.

—Seran idiotes? —s'alçà el rei d'una embranzida—. Anem o encara haurem d'arreplegar els seus cadàvers.

Van sortir cuita-corrents, van prendre els cavalls i van galopar fins al lloc que els homes de l'arquebisbe i dels nobles, que se li havien sumat en la seva impaciència, pretenien conquerir.

—Maleïts sigueu! —cridà Jaume a Pere Ferrandes, enmig del combat—. No us he dit que un setge és una prova de paciència?

El d'Açagra anava a replicar, però, en aquell precís instant, una sageta xiulà i el rei va caure del cavall. Què havia passat?, es demanava Pere Ferrandes i encara va trigar uns instants a reaccionar.

Descavalcà d'un salt i va veure el cos del rei estirat al terra amb una fletxa clavada al cap. Al seu costat Cornell tremolava com una fulla.

—El rei és mort! —es va escoltar el crit d'un soldat darrere seu.

Els dos cavallers es van agenollar davant del rei. No sabien què fer.

De sobte, el rei s'incorporà lleugerament. Era viu! Immediatament després, la sang començà a cobrir-li el rostre i Ferrandes i Cornell es miraren sorpresos.

—Senyor! —féu Cornell i s'atansà per ajudar-lo.

—Això no és res —contestà Jaume i, amb tota la ràbia del seu cor, agafà la fletxa, pronuncià la lletra "a" amb força, tal com recordava que li havia ensenyat Lluís d'Estemariu, i la trencà—. Ajudeu-me a pujar al cavall —ordenà.

Els homes, tots els soldats, s'havien quedat aturats. El seu rei no estava mort, va córrer la veu. Jaume s'aixecà, deixà anar una forta riallada, i amb l'ajut dels cavallers, va pujar de nou al cavall, va prendre la punta de la capa i es tapà la ferida.

—Ataqueu! —va cridar—. O és que una esgarrapada infantil us ha de fer cagar de por?

Ara, menys que mai, no podia fer-se enrere, i els soldats reprengueren la cridòria amb víctors al seu rei i retornaren a l'atac. El seu senyor era immortal!

Jaume va sentir que la cara se li inflava i que perdia la visió de l'ull esquerre. Si es quedava allà cauria ben rodó, perquè el món se li anava i els homes, que havien recuperat el coratge de la lluita s'esfondrarien. Només podia fer una cosa i esperonà el seu cavall, com si es dirigís cap a l'altre costat de la torre, i quan els soldats que havien presenciat l'incident ja no el podien veure, va fer una estrebada de les regnes del cavall i es va dirigir al campament seguit de ben a prop per Pere Cornell.

Només arribar davant de la tenda, descavalcà i es va haver de recolzar a la muntura per no caure estès. Pere Cornell també va descavalcar per ajudar-lo, però Jaume el va apartar.

—No vull que em vegin entrar amb el vostre ajut. Crideu el metge sense gaire enrenou. No ha passat res. Ho heu entès? —va dir amb una veu que ja es començava a trencar.

Va caminar les poques passes que el separaven de la porta de la tenda, va entrar-hi i allà, lluny de les mirades, es va desplomar.

*** ***

—Ets un malparit! —van ser les primeres paraules que va escoltar només obrir els ulls. Pertanyien a Violant.

Tanmateix, no hi podia veure res. El cap li feia mal i es va palpar la bena que li cobria els dos ulls.

—Ets un malparit! —va tornar a escoltar la veu de la seva esposa. Aquest cop també podia copsar que ella plorava.

—Senyor, heu tingut sort —va sentir la veu de Salà, el metge jueu—. Una punta d'ungla més i la fletxa us hauria atrapat el cervell i seríeu mort, però el casc l'ha aturada.

—Per què no puc veure? Em quedaré cec? —va demanar, neguitós, mentre seguia palpant la bena.

—No, senyor. Les herbes us protegiran de la infecció i recuperareu la visió, però haureu d'esperar uns dies. La inflamació és prou gran i heu de reposar —l'informà Salà.

—No puc esperar! —cridà, mentre intentava incorporar-se.

—Tu no et mouràs d'aquí —sentencià Violant i l'obligà a estirar-se de nou.

—Aquells idiotes moriran.

—Hem aturat l'atac i seguim llençant pedres —digué l'arquebisbe de Narbona.

—Us he dit idiotes i em sembla que m'he quedat curt —li contestà Jaume, amb ràbia—. No era el moment d'atacar la torre. Ara ho heu entès?

—Us demano disculpes, senyor.

156

Durant cinc dies tot va ser foscor. Finalment, Salà va treure la bena.

—Us quedarà un bon record —digué, senyalant la ferida.

Violant se'l va mirar i es va seure al seu costat. Jaume també se la mirava. Per la fila que feia la reina devia de ser un monstre, va pensar. I així ho va preguntar.

—Salà diu que tot tornarà al seu lloc —somrigué ella —. I espero que aquest ensurt t'hagi aportat una mica de seny.

—Mai més no tornaré a dubtar de la teva intuïció, però la propera vegada procura no anticipar-te tant, perquè ja veus que em puc confiar —somrigué ell.

Una setmana després, Jaume va prendre el cavall i es dirigí a la torre Boatella. Se la va mirar i féu avançar el cavall fins que la distància permetia que la seva veu fos escoltada pels estadants.

—Rendiu-vos! —va cridar amb tota la força dels seus pulmons.

—Pugeu personalment a demanar-nos la rendició! —respongué amb burla l'oficial.

—Hi pujaré. No hi tinguis cap dubte!

Es retirà fins on eren els seus homes i ordenà preparar el giny de fusta que havien construït seguint les seves instruccions.

Es tractava d'un carro cobert que seria arrossegat pels soldats que hi anaven dintre. Els sarraïns van veure amb sorpresa com aquell estrany artefacte avançava fins atrapar la base de la torre i com res no podien fer contra ell. «Què pretenen?», es demanaven. No era prou alt com per pujar-hi. Però, no van trigar gaire temps per esbrinar les intencions dels infidels. Quan el carro es retirà van veure que hi havien deixat branques enceses.

—Atenció! —cridà l'oficial—. Porteu aigua i apagueu el foc!

—Com volen cremar-nos amb tan poca fusta? —somrigué un dels sarraïns, sense acabar d'entendre què pretenia el rei Jaume.

—Ni tan sols ennegrirà la paret —rigué un altre.

De sobte s'escoltà un cop i els homes de la torre van veure com queien fustes i branques del cel. Els almanjanecs ja no tiraven pedres, sinó aliment per al foc.

Una estona després el fum s'enlairava i la base de la torre semblava una torxa que cada cop era més gran i que els esforços dels seus defensors no podien apagar.

—Senyor! —cridà l'oficial des del capdamunt de la torre—. Ens rendim!

—Ara, ja és massa tard —va fer Jaume des del seu cavall—. Cremeu-los tots! Que no quedi pedra sobre pedra —ordenà, i els homes van carregar de nou l'almanjanec.

El rei va mirar cap a la immensa foguera que il·luminava la nit. Durant tota la tarda havia cremat i des d'aquell punt havien pogut escoltar els crits dels homes que morien abrusats, mentre la pudor de carn socarrimada era arrossegada pel vent.

—No us vau voler rendir quan us ho vaig demanar i ara heu arribat tard —va fer.

Als seus ulls, per primer cop, es podia llegir l'odi. Odi cap als sarraïns, cap als seus nobles, cap als bisbes i els arquebisbes, cap a tothom.

Quan només tenia tres anys ja es va quedar sol, i sol havia romàs durant tots aquells anys, perquè sols venim al món i sols haurem de marxar.

*** ***

Alí Albaca va entrar a la sala seguint els dos soldats que el precedien. Havia creuat les files enemigues amb la bandera blanca i havia lliurat la carta a l'oficial, que la va entregar a Pere Cornell. Immediatament, un grup de peons el va envoltar i el cavaller li va indicar que el seguís. No havia de témer res, perquè ara estava sota la seva protecció.

Als fons de tot, Jaume seia a la cadira i l'esperava. Quan ja era a prop, s'obrí una porta petita que hi havia a un costat del mur i aparegué Violant. Alí Albaca li dedicà una profunda reverència i esperà amb respecte fins que ella s'assegué al costat del rei. Llavors, aixecà el cap.

—El meu senyor, Zayan, us envia salutacions —va dir, oblidant el tractament que sempre havia atorgat al rei de València.

—Sigueu benvingut i que la pau d'Al·là us beneeixi —respongué Jaume.

—Agraïm les salutacions del gran Zayan Ibn Mardanis i li desitgem saviesa i seny —afegí la reina, emprant la fórmula que Alí Albaca havia rebutjat.

L'ambaixador es va quedar bocabadat. Per segon cop havia estat sorprès per una reina que lluïa el títol amb tots els honors.

—El meu senyor us prega que rebeu al seu nebot Raiç Abulhamalet i que escolteu les seves paraules, que són el reflex del seu cor.

Jaume anava a preguntar per què no havia vingut Raiç directament, però se n'hi va estar. Els costums sarraïns i la seva cortesia tenia normes molt estrictes i cap home principal ha de presentar-se sense que un ambaixador el precedeixi. De manera que va callar i va acceptar.

Tres dies després, deu cavallers sarraïns creuaren de nou les línies enemigues i foren conduïts davant dels reis. Raiç Abulhamalet era un jove ben plantat, moreno, altiu, prim i d'elegants maneres.

Violant i Jaume havien triat les seves millors robes per rebre'l i havien ordenat parar una taula amb menjar de tota mena, però sense vi.

Quan Raiç va entrar a la sala es dirigí cap el rei i s'agenollà per besar-li la mà, però Jaume li ho impedí, l'aixecà i l'abraçà, davant del desconcert de tots els presents, que poc sabien que aquest havia estat el consell de Violant.

—No permetis que s'humiliïn —li havia dit—. Un home humiliat és un enemic de per vida; un home honorat, si és com cal, és un amic fidel.

Raiç es va sentir cohibit. Més encara quan el rei el convidà a taula i li oferí aigua i fruita.

—Senyor, us agraeixo de tot cor el vostre oferiment, però tinc prohibit menjar i beure mentre sigui fora de València —es disculpà. Tenia una veu dolça i amable i una educació exquisida, amb unes formes mesurades.

—Teniu por que us vulguem emmetzinar? —preguntà Jaume, un xic enfadat.

—Mai no gosaria tenir tal pensament, davant d'un rei tan gran com vós —s'esgarrifà Raiç—. Ni tan sols ho imagineu. Us ho prego. Conec la vostra noblesa i sé que m'ho oferiu de bon grat i amb tot l'amor del vostre cor. Tanmateix, heu d'entendre que és un costum nostre, que un ambaixador amb tan delicada situació té prohibit menjar o beure fins que no ha tornat amb la resposta, perquè així s'afanyarà i no perdrà el temps.

—Un bon costum —somrigué Jaume—. Digueu-me quin és el vostre missatge i no us retindré més del que cal.

Raiç mirà al seu voltant i dubtà.

—Potser voleu parlar a soles amb el rei? —demanà Violant.

—Amb ell i amb vós, senyora —s'inclinà Raiç respectuosament.

Jaume va fer un gest per tal que els deixessin sols i tothom abandonà la sala.

—El meu oncle i senyor no entén el vostre atac. Ell no us ha fet mai res.

—Quan jo era a Mallorca, va destronar Abu Said i va atacar Ulldecona i altres castells que són meus. Quan jo era a Mallorca, també va deixar de pagar les quintes. Com ho haig d'entendre?

—Com el que és —respongué Raiç—. Com un acord que hi havia entre vós i Abu Said.

—Però un altre acord em converteix en rei de València i el vostre oncle Zayan no el vol respectar.

—Senyor, el meu oncle us ha ofert les quintes i, fins i tot, ha decidit pagar-vos tots els endarreriments.

—Després d'haver perdut el Puig —li recordà Jaume.

—Ell serà el vostre vassall —digué Raiç.

—No —negà Jaume.

—Llavors, què voleu?

—València és meva i meva serà —respongué el rei amb orgull—. D'una manera o d'una altra, entraré a ciutat i m'asseuré on m'haig de seure —llavors adoptà un to de veu més conciliador—. No desitjo ni busco més morts. Sento un gran dolor quan els nens i les dones cauen, però allò que és, ha de ser.

Raiç va marxar amb el missatge i va tornar tres dies després.

—El meu oncle i senyor sap que heu vençut i que no pot defensar València eternament. Una condició us demana, però. Que les nostres vides, les nostres cases, els nostres costums, les nostres dones i els nostres fills siguin respectats quan hi entreu.

Jaume es tombà cap a Violant. Un somriure i un lleuger cop de cap van ser-ne la resposta.

—Peníscola ha estat respectada i molts altres llocs. Prou sabeu que la vostra fe no ha patit gens ni mica i que no permeto el saqueig quan s'ha arribat a una entesa, perquè la meva paraula és llei. Tot aquell que vulgui abandonar la ciutat i anar-se'n cap al sud, podrà fer-ho i ningú no prendrà mal. Transmeteu la meva decisió a Zayan i que la pau us acompanyi.

Altra cosa va ser quan el rei va comunicar els nobles el resultat de les converses.

—Per què hem de cedir amb aquestes condicions, si podem prendre València en pocs dies? —demanà Nuno Sanxes—. La torre Boatella ha caigut i les muralles ja estan prou malmeses

—Ja n'hi ha prou, de morts —respongué el rei.

—Si permeteu que conservin les seves terres, què ens tocarà a nosaltres? —preguntà Eixemén d'Urrea.

—Les terres les seguiran conreant ells, però a vós us tocarà rebre part de les rendes, sempre que els respecteu.

—Llavors, si no podem triar qui les ha de conrear, qui és el senyor? —posà cara de babau Nuno Sanxes.

—Aquell que jo designi serà el seu senyor, però he decidit que s'aplicaran les mateixes lleis de Barcelona.

—Això no pot ser! València és un territori de conquesta —apuntà Nuno Sanxes—. Tenim el dret d'imposar la nostra llei.

—La vostra no, senyor —replicà Jaume—. La del rei. Així ho he negociat i així es farà, perquè n'he donat paraula.

—Heu negociat a esquenes nostres, sense demanar-nos el nostre parer. Mai no ho havíeu fet —es queixà Ferrandes d'Açagra.

—Ha negociat en virtut de la seva condició de rei i no us ha de demanar el vostre parer —digué la reina—. Ha estalviat moltes vides i hauríeu de sentir-vos content.

—Senyora... —començà a parlar Eixemén d'Urrea.

—No, senyor! —el tallà la reina—. Per la vostra culpa, el rei ha estat a punt de morir. Cada cop que heu decidit pel vostre compte, la desgràcia ha caigut damunt nostre. I ja és hora que el seny s'imposi.

—Això és obra de Déu —intervingué Amyelt, l'arquebisbe de Narbona dirigint-se a tots els presents—. Enlloc de barallar-nos, donem gràcies a l'Altíssim, perquè Ell ens ha atorgat València —llavors es tombà cap al rei—. Vaig cometre l'error de no seguir els consells del rei Jaume i ara no vull que ningú pugui dir que no escolto la seva paraula.

Els nobles abandonaren la sala i, un cop fora, van prendre les seves decisions. «Per què havien d'esperar que Zayan rendís la ciutat?», parlaven entre ells. Bé podien prendre-la i acabar amb aquelles converses absurdes i amb les paraules amables del nebot del sarraí, que semblaven haver estovat el cor d'una reina tova a punt de parir que no feia res més que patir per la vida del seu espòs.

Cinc dies després, una gran força estava formada davant de les muralles de València. Al front, Nuno Sanxes i Eixemén d'Urrea esperaven el moment de l'atac. Només mancava que arribés Ferrandes d'Açagra i tot s'acabaria en un tres i no res.

De sobte tots els ulls dels soldats van mirar cap a la torre d'Alí Bufat i començaren a cridar el nom de Jaume el Conqueridor.

Nuno Sanxes es va quedar glaçat i el semblant se li empal·lidí.

—La senyera del rei! —va fer Ferrandes d'Açagra, i es va tombar cap a Nuno per mirar-se'l indecís.

Dalt de tot de la torre onejaven els tres draps amb les armes de la corona. Com podien atacar, ara? Els homes cantaven el nom del seu rei i miraven fixament aquell símbol del seu poder. Qui gosaria donar l'orde? I qui l'obeiria?

Jaume els havia tornat a vèncer, però encara havia fet més. Amb aquella darrera victòria, acabava de signar la seva independència, perquè quedava clar que els nobles havien perdut tota ascendència sobre ell.

I aquell mateix dia, els reis van entrar a ciutat, mentre cinquanta mil sarraïns i sarraïnes abandonaven València amb les seves pertinences i es dirigien cap a Dénia, Granada i Almeria.

Ningú no els va molestar, perquè Jaume ja era rei d'Aragó, de Catalunya, de Mallorca i de València, i la seva paraula era llei.

9.- EL PERFUM

Violant es va despertar quan la llum del sol entrava pel finestral del palau de València. Els seus ulls es van fixar en els colors de les voltes i de les columnes, en els dibuixos que els mosaics de les parets mostraven amb aquell estil tan peculiar i aquest gust exquisit que només un poble posseïdor d'una gran cultura pot oferir, el recull d'anys i anys de vida. I, malgrat tot, la història es repetia i la civilització sarraïna queia en mans dels nous invasors. Lluites internes, imperis que moren, terres que canvien d'amo, pensaments i formes de vida que es dilueixen a través del temps i que evolucionen, llengües que acabaran confonent-se per donar pas a noves llengües i noves cultures, que també es fondran per enriquir-se mútuament. Aquesta és la fletxa que vola cap a on apunta l'evolució.

Per sort, el palau no havia sofert els efectes del setge i la decisió de Zayan de rendir la ciutat havia salvat aquella meravella, des d'on es podia contemplar el Túria i extasiar-se en les seves aigües netes que lliscaven mandroses fins ofegar-se al mar, a la immensitat blava que es perdia a l'horitzó.

Constança havia nascut feia pocs dies i la reina se sentia dèbil i preocupada. No pas pel seu estat, sinó pels constants mals de cap que patia Jaume. Violant havia parlat amb el metge jueu Salà, però aquest no feia cas de la intuïció femenina i no li atorgava major importància.

—És una conseqüència de la ferida —deia. I afegia amb un punt d'orgull que ell ja havia predit que encara trigaria dies a guarir-se del tot—. Aquestes coses, que afecten al cap, són delicades i requereixen de temps i de molta paciència —no parava de repetir—. La inflor, si més no, ja ha desaparegut completament i, externament, queda el record d'una cicatriu, potser un xic tova, però tancada. Allò que no puc dir, perquè els meus ulls no van més enllà de la pell, és l'estat intern de la ferida, de l'altre costat de l'os. Però quan tot estigui guarit, els mals de cap desapareixeran.

Violant va mirar el bressol. La nena dormia. I va seguir estirada, respirant l'aire del matí, fins que la porta s'obrí i va aparèixer la donzella amb una safata.

La reina es va incorporar lleugerament. La donzella li duia un brou calent, pa, formatge i fruita. Salà havia ordenat que l'alimentació de la mare fos rica per poder recuperar-se el més aviat possible i sobretot descans, i la donzella havia estat pendent, fora de l'habitació, fins que va escoltar que Violant es movia. Llavors havia empès la porta amb molta cura, només un pam, havia llençat un esguard i, en veure que la seva ama es despertava, havia corregut cap a la cuina per buscar l'esmorzar.

La donzella va dipositar la safata al costat del llit. A l'altre cantó la nena dormia plàcidament. Des que havia parit, Violant no havia volgut que l'apartessin d'ella i, tot i els consells del metge, durant les nits s'estimava més despertar-se amb els plors i donar-li de mamar dels seus pits, enlloc d'emprar els serveis de l'ama sarraïna que havien triat per criar-la, una dona que també havia parit feia uns mesos i que era grassa, amb uns pits grans i ben farcits que li permetien nodrir el seu fill i disposar de prou aliment per afartar Constança. Eren tan grans i tan rics els seus pits que ben bé hauria pogut amb una altra criatura.

—No és bo que una filla creixi només amb la llet de l'ama. Les carícies i el contacte són importants per tal de reforçar el vincle que durant nou mesos ens ha mantingudes enganxades —li havia dit la seva mare, a Hongria.

I ella ja ho havia tastat amb la primera de les seves filles, que era digna descendent del seu pare, el rei Jaume, i xuclava amb força quan es penjava del mugró. Constança, al contrari, era més tendra, més delicada, tal vegada, fins i tot, juraria que més femenina. No tenia el mateix desfici que la seva germana, que, fins i tot, els primers cops, amb aquelles xarrupades, li havia fet mal. Tanmateix, ella l'abraçava i inspirava amb força per apaivagar la tibantor que la pujada de la llet li produïa. Dolor i plaer s'aplegaven. Dolor físic i plaer de mare en veure aquella careta rodona, aquells ulls tancats i aquells llavis que s'obrien com el bec dels ocellets per cercar l'aliment.

—I el rei? —va demanar Violant a la noia.

—Ha marxat, senyora —digué la donzella, ensems que li passava el brou i contemplava el son plàcid de Constança, mentre un tendre somriure allargava els seus llavis. Era una nena tan dolça…

—Ha sortit a cavalcar? —preguntà Violant. El brou era calent i havia de bufar per refredar-lo.

—No, senyora —negà la donzella i desvià la seva atenció de la criatura per arreglar els coixins de la reina —. Aquest matí, a primera hora, ha ordenat que ho preparessin tot i ha marxat cap al nord acompanyat d'un grup de cavallers. Duien aliments per al viatge.

—Sense ni tan sols acomiadar-se de mi? —s'estranyà Violant.

—Ha entrat mentre dormíeu i no ha volgut despertar-vos, senyora. Jo l'he vist des de la porta i ha dipositat un petó ben amorós al vostre front.

—Com es trobava ell?

—Quan us ha fet el petó, somreia.

—Això vol dir que avui no li feia mal el cap —afirmà Violant, més tranquil·la.

Dies enrere, Jaume li havia comentat que l'Urgell seguia plantejant problemes, malgrat que, finalment, hagués reconegut Ponç de Cabrera com el comte d'aquelles terres i li hagués concedit una independència prou notable. També havia d'afegir que va cedir cansat i fastiguejat que el de Cabrera no parés ni ara ni mai de reclamar el comtat per a ell, tot al·legant-hi i fent valer que Aurembiaix havia mort sense descendència. El rei s'havia estimat aquella dona, i no se n'amagava, sinó que ho havia confessat a la seva esposa, temps enrere, però ara ja no tenia objecte guardar cap record d'aquell, el seu vertader primer amor, perquè ja en tenia un altre que l'omplia de gom a gom.

Era normal que, un cop conquerida i pacificada València, després d'haver respectat els seus habitants i d'haver-los concedit les llibertats que els va prometre, tornés a terres catalanes. No obstant això, no era propi de Jaume prendre decisions d'aquella manera, de la nit al matí, sense consultar amb ella, i això la tenia amoïnada. Guillem de Cervera li havia comentat que, durant l'assalt final a la torre Boatella, aquell que va obligar Zayan a encetar el camí de la rendició, Jaume s'havia comportat d'una forma estranya. Mirava l'enemic amb odi i no va voler perdonar-los. Fins i tot, els va llençar el cap d'un d'ells amb el fonèvol.

—Van ser a punt de matar-lo —havia respost la reina, en aquella ocasió, tot disculpant-lo.

—Cert, senyora —replicà el noble—. Però no oblideu que a Borriana s'hi va exposar voluntàriament i que al llarg de tots aquests anys ha rebut més d'una ferida. Malgrat tot, mai no li havia vist aquesta mirada d'odi als ulls. Les ferides formen part de la guerra i ell, si més no fins al present, ho entenia —havia fet Guillem de Cervera. I, mentre ho deia, bellugava el cap a cantó i cantó i feia esclafir la llengua. Potser la reina tenia raó, però ell no s'ho acabava d'empassar. Quan s'ha lluitat al costat d'un home, se'l coneix i, per a ell, Jaume no era el mateix que havia encetat aquella campanya.

Ara Violant recordava aquelles paraules del de Cervera, un home lleial com pocs, un noble que ho era de debò. No com els altres, com tots aquells que perseguien el seu profit per damunt de tot i de tothom. I havia de donar-li la raó, perquè ella també havia notat que el rei havia canviat en algun aspecte. No tolerava fàcilment que li portessin la contrària, sinó que reaccionava amb vehemència i aixecava la veu més del compte, cada cop més sovint i sense una raó aparent. A tot això s'hi havia de sumar el desencís que va representar que la seva esposa li donés una filla enlloc d'un fill, en contra d'allò que ell havia somiat dia rere dia. No va protestar, però. Així i tot, els seus ulls no podien amagar allò que el seu cor li cridava. I només rebre la notícia que es tractava d'una nena, el cap se li enterbolí i li començà a fer mal.

—El mal de cap desapareixerà lentament i el rei tornarà a ser el mateix de sempre en uns mesos —havia repetit Salà, també en aquesta ocasió.

Quants mesos?, es demanava la reina. A aquesta pregunta, el metge jueu no havia pogut respondre amb precisió.

—Uns mesos —havia fet, aixecant les espatlles.

Sempre responia el mateix i els mesos s'allargaven.

Unes setmanes després ja es trobava prou valenta com per viatjar i va decidir que havia arribat l'hora de tornar a Barcelona i de ser a prop del seu marit.

El viatge va ser llarg i lent. Salà no permetia que fessin llargues tirades i ordenava freqüents aturades que Guillem Bernat d'Entença, un altre dels nobles fidels de debò, feia complir rigorosament. Violant volia arribar com més aviat millor, però sobretot volia arribar-hi, i no va protestar. Salà sabia el que feia i era un bon metge, malgrat que, com tots, també tenia les seves limitacions.

171

Finalment, les muralles de Barcelona van aparèixer i les portes de la ciutat s'obriren per acollir-la, mentre la gent es barallava per victorejar la seva reina. El carruatge amb el seguici va recórrer els carrers, mentre era aclamada. Les notícies de com havia recolzat Jaume i de com havia defensat els interessos del regne havien corregut per totes les terres i el poble l'acceptava com la millor reina que mai no havien tingut.

Al peu de l'escala que conduïa a palau l'esperaven Blanca d'Antillon, Genoveva de Montcada, i Elvira de Cervera, entre altres moltes esposes de nobles i principals que s'hi havien aplegat només conèixer la notícia de la seva proximitat. Ningú no es volia perdre aquell moment.

Guillem Bernat va descavalcar i, quan els criats havien dipositat el tamboret i havien obert la porta del carruatge, per tal que la reina pogués baixar còmodament, s'avançà i li oferí el seu ajut. Violant el va acceptar i agafà la mà del cavaller per poder arribar a terra. Llavors, va veure la multitud que s'hi havia congregat per rebre-la. Va saludar amb la mà els aplaudiments, va abraçar les tres dones, i va agrair les mostres d'afecte que Barcelona li dedicava.

—El cor se'ns omple de joia en veure-us de nou amb nosaltres —va somriure Elvira.

—Heu tingut bon viatge? —demanà Blanca.

—El bon Guillem Bernat podria ser un bon carceller i Salà una bona mainadera, perquè m'ha fet sentir com una nena de pit —somrigué—. Tot i així, ha estat força cansat —afegí, i es va recolzar en el braç de Genoveva per pujar els graons fins la gran porta—. I el rei? —demanà.

172

—A Girona —respongué Genoveva—. El bisbe d'aquella ciutat i el comte d'Empúries tornen a fer de les seves i el rei ha hagut de desplaçar-se per posar-hi pau.

Les tres donzelles i l'ama de cria de Constança es van dirigir directament a les habitacions que ja tenien preparades per rebre la nova princesa, mentre la reina anava a abraçar la seva primera filla.

—Mare de Déu! —va fer, quan Gertrudis li mostrà la petita Violant, amb només dos anys, però que ja caminava, somreia i s'arrapava amb força—. Com has crescut en aquests mesos!

—I parla pels descosits —explicà Gertrudis—. Només que, ara, se li deu d'haver menjat la llengua el gat.

Violant va abraçar amb força la seva filla i la cobrí de petons.

—Vas veure el rei? —demanà a Gertrudis.

—Gairebé no es va aturar a Barcelona, senyora —respongué Gertrudis—. Les notícies de Girona no eren gaire bones. Però va dormir aquí una nit i va abraçar la vostra filla.

—I com el vas veure?

—Content de tornar a ser entre nosaltres.

—Li feia mal el cap?

—No ho sé, senyora, no es va queixar ni ens va dir res.

*** ***

Violant es va refer i va quedar embarassada per tercer cop. Els mesos passaren i va néixer una tercera nena. Sança, li van posar per nom. Aquest nou revés (així ho va considerar Jaume) va significar un refredament de les relacions del matrimoni reial i el rei va decidir que havia de marxar de nou cap al sud per conquerir Cullera i Gandia. No obstant això, abans de posar-se al front de l'exèrcit, una nit, Violant va anar a la cambra del seu marit.

—Ja no em busques —es va queixar, i va plorar.

—Són temps difícils. Encara queden coses per fer —respongué ell, mentre li eixugava les llàgrimes.

—També eren temps difícils quan estàvem a les portes de València i res no t'aturava. Hi ha una altra dona. Oi que sí?

—Com pots dir això? —va fer ell—. Només tinc ulls per a tu —afegí, però desvià la mirada.

—No he estat capaç de donar-te un infant.

—No et torturis. Déu sap allò que fa i, potser, ha decidit castigar-me per alguna raó, malgrat que jo he conquerit moltes terres per a Ell.

—O, tal vegada, em castiga a mi perquè no t'he estimat prou —digué ella—. Pariré tantes vegades com calgui per donar-te un nen. T'ho juro.

Jaume la va abraçar i li acaronà la galta. Se l'estimava, però no podia oblidar que d'aquell cos només sortien femelles. Servirien per establir noves relacions amb altres reialmes, però mai no podria sortir a caçar amb elles ni discutir afers importants. Per què Déu no els atorgava un nen?

Aquella nit van dormir plegats i es van estimar com temps enrere. L'endemà, va marxar.

Cullera i Gandia van caure i el prestigi de Jaume encara s'incrementà més i més. En tornar, va rebre la notícia. Violant tornava a estar embarassada. Seria, per fi, un nen?

*** ***

Joana de Mediona va somriure quan la donzella li anuncià l'arribada de Blanca d'Antillon. L'esperava amb deler, perquè feia dies que no es veien i Joana volia confirmar certs rumors. Les gallines no fan por a ningú, però les guineus...

Blanca entrà a l'habitació amb el seu posat de sempre. Orgullosa, es va seure a la cadira que graciosament li oferia la seva amiga. Una amistat curiosa, no per causa de la simpatia que sentien l'una per l'altra, perquè més aviat s'havien passat una bona colla d'anys rivalitzant entre elles, però el temps passa, la joventut es panseix i les noves generacions prenen el comandament. Per això, després que cadascuna obtingués el seu triomf personal amb el rei, quan eren a Osca i Anna ocupava el reialme del seu cor, Blanca va considerar que ja no podia seguir competint amb Joana, tot i que, en altres temps, la seva bellesa no tenia rival. I, un cop les forces flaquegen, més val tenir aliats que no pas enemics. Sobretot, si l'enemic és tan temible com una dona que és capaç de somriure beatíficament mentre et clava un punyal a la gola.

—Com va tot per Osca? —va demanar Joana.

—Els camps són plens de flors i la primavera ens avança un estiu preciós —contestà Blanca.

—I per Girona, com van les coses?

—No hi he estat —féu Blanca, i es posà en guàrdia. Les preguntes de Joana sempre amagaven alguna intenció.

—Però, segurament, teniu notícies de la vostra neta?

La seva neta…? I és clar! Joana prou sabia que a Blanca li molestava que parlessin de la descendència del seu marit, haguda en un matrimoni anterior, com si fos pròpia, perquè Valles era gran i ja feia anys que l'havien convertit en avi. Fins i tot, ja podria ser besavi. Era ben cert que, Joana, quan volia atacar, sempre buscava el punt més feble, hi clavava la daga i, si descobria que el mal era gran, encara la remenava dins de la ferida.

—Us referiu a Blanca? —preguntà amb un somriure. La neta de la d'Antillon duia el mateix nom. No era bo donar massa peu a Joana—. No en tinc cap notícia. Fa mesos que no ens veiem i ella darrerament no abandona aquelles terres.

—El rei darrerament ha fet moltes visites a Girona i, pel que sembla, tampoc té intenció d'abandonar-la fàcilment —li tornà el somriure Joana.

—Diuen que li costa, això de posar pau entre els nobles.

—També diuen que la reina té previst visitar Girona —digué Joana, mirant cap a la finestra, com si aquell comentari no tingués major transcendència. Després, es tombà cap a Blanca—. Potser sap alguna cosa —va fer amb un posat d'innocència.

—De què? —intentà somriure Blanca, però el somrís va ser esquinçat.

—D'allò que vós i jo també sabem.

—No us entenc —digué Blanca, un xic tensa.

—Doncs, diuen que la vostra estimada Blanca, fa dies, lluïa un blau a la cara.

—Va caure. Un simple accident —respongué Blanca — I això què hi té a veure amb la reina?

—La pobra cada dia està més preocupada pels freqüents mals de cap del rei Jaume, que, segons comenten, el fan reaccionar amb certa violència quan se li neguen alguns capricis o li porten la contrària —es quedà mirant Joana a la seva amiga—. I quina dona es pot negar al seu capici, si ja li ha concedit certes llibertats?

—Qui ho diu, això? —demanà Blanca.

—Som amigues i no m'heu d'amagar res, perquè us vull ajudar —respongué Joana amb un somriure de complicitat. Féu un curt silenci, per veure com reaccionava Blanca, i afegí—: Per a ningú no és cap secret que el rei es va sentir decebut quan va néixer la seva segona filla. I més encara amb la tercera. Ell desitjava un nen. I una dona que no pot complir el desig del seu marit, perd poder i se li fa més difícil guardar la porta de casa seva —sospirà llargament—. Tanmateix, la reina Violant no és una dona vulgar, sinó que té un caràcter ben afermat. Ha demostrat a bastament que les hongareses són tan dures com els bàrbars que van fundar Hongria i que no es deixen trepitjar. Si s'assabenta d'aquest assumpte, ja us podeu imaginar les conseqüències, perquè va ser molt clara quan li va dir a Maria de Lliçà que ella no permet que les gallines picotegin de la seva taula. Ni del terra, que, si cal, ella mateixa escombrarà. I ara menys que mai, perquè torna a estar embarassada, i la vostra neta, pel que es veu, té la intenció d'aprofitar el moment i menjar-se un bon tros de pa —somrigué de nou, amb un gest de complicitat, i afegí—: Mentre la reina estigui al marge de tot, no us heu d'espantar, però si ella ho descobreix, vós també patireu el resultat de la seva ira.

Blanca d'Antillon es va mossegar el llavi. No podia negar que Joana en sabia molt, encara que no tot, però la resta, si es confirmava, no trigaria gaire a sortir a la llum. I, llavors, què passaria? Ara, més que mai, havia de menester bones amigues i millors aliades. De manera que només hi havia una solució.

—Hem doneu paraula que no repetireu res d'allò que us digui? —va fer.

—Teniu la meva paraula —contestà Joana. Havia recuperat el posat seriós—. Ja sabeu que l'amistat és per damunt de tot.

—Molt em temo que Blanca també estigui embarassada —deixà anar la d'Antillon, com un cop de mall.

—Del rei? —obrí els ulls Joana, de patac.

—De qui, si no?

—Verge Santíssima! —exclamà Joana, i es va dur la mà a la boca—. Això és més greu del que podia imaginar —xiuxiuejà, mentre mirava el terra.

Més greu o... millor?

*** ***

Els carrers del Call eren plens de gom a gom. Girona era una ciutat viva que creixia constantment. Les muralles que l'albergaven ja no la podien encabir i la frontera natural del riu Onyar, aquell mur que resseguia el curs de les aigües, es va veure engrandida cap a l'altra

178

riba. En pocs anys havien nascut nous barris: el de Santa Maria, el de Sant Pere, el de Sant Feliu i el Mercadal. Des que Carlemany l'havia conquerida i havia construït un punt fort, just al final de la plana, per mantenir allunyats els sarraïns i protegir el pas de les muntanyes, tal com havien fet els romans, els jueus s'havien establert en aquell barri, el del Call, i havien donat una empenta al comerç d'aquelles terres que comunicava els mercats musulmans amb els del continent. Pertot arreu es respirava activitat, però la banda dreta de la catedral, el barri on vivia el jueu Mosse Ben Nahman, tenia un aire diferent. Aquest jueu era un home de molt prestigi entre els seus i entre la resta d'habitants de la ciutat. Un erudit com pocs s'hi podien trobar, amb uns coneixements que anaven des de la filosofia a la medicina, tot passant per la càbala i les ciències ocultes. A ell venien de molts llocs allunyats per consultar-li afers socials i legals. Deien que havia estat deixeble d'Ishaq el Cec i que els seus ensenyaments seguien els d'aquell jueu de Provença.

El sol de primera hora de la tarda arribava al fons de qualsevol racó i era agradable passejar entre aquells murs, barreja d'estils, perquè no feia vent. La tramuntana s'havia pres un descans.

La reina, guardada per l'escorta i acompanyada per Victòria, l'esposa d'Andreu Terradas, un dels homes rics i principals de la ciutat, pertanyent al consell que regia la vida política, havia decidit anar a la catedral per passejar una estona pel claustre.

Li agradava aquell lloc, a Violant. Un claustre en forma de trapezi irregular on s'hi accedia a través de la porta gran que hi havia només entrar a la nau, a l'esquerra. Allà, en el silenci d'aquells murs de pedra, sota les portalades que envoltaven el pati quadrat, se sentia bé. A l'estiu la fresca dels passadissos era un plaer indescriptible i, quan el sol no era massa fort, s'asseia al centre, just al costat del pou, i deixava que la calor tendra acaronés les seves galtes per tal que agafessin un xic de color. Cinquanta-sis dobles columnes, havia comptat en diverses ocasions, quan deixava que els seus ulls es perdessin. Un claustre que era similar al del monestir de Sant Pere de Galligants, situat fora de les muralles, també amb aquella arquitectura de dobles columnes.

Des de feia alguns anys, Girona havia esdevingut la seu catalana per excel·lència dels sínodes diocesans. El primer de tots havia estat l'any 1229 de Nostre Senyor i, potser per aquesta raó, la ciutat havia acollit tres anys després els franciscans, als quals se'ls havien aplegat els dominicans i els carmelitans. De manera que el monestir benedictí de Sant Pere de Galligants ja tenia força companyia. I també era cert que aquelles noves adquisicions cristianes ofegaven els jueus, fins al punt que ja havien patit diversos atacs. Ells eren els prestadors i molts dels seus deutors no podien pagar els interessos, de vegades més que abusius, i veien com les seves terres empenyorades canviaven de mans. La darrera revolta va servir per a què es decidís que mai no podrien cobrar més enllà del vint per cent d'interès i, ara, la ciutat tornava a estar en pau.

Els soldats es van quedar fora, al peu de la llarga escala que conduïa a la porta principal del temple, enlairat de la resta de cases, i la reina i la seva acompanyanta entraren. Només creuar la porta del claustre, un home baix vestit amb un hàbit marró va venir cap a les dues dones. Era el secretari del bisbe.

—Oh, senyora! —féu una reverència, tan bon punt reconegué la il·lustre visitant—. Si haguéssim sabut que veníeu...

—Bé pot una reina, que no és més que una pobra dona davant de Déu, atansar-se a un recinte sagrat sense aixecar polseguera —somrigué ella.

—És que el senyor bisbe no hi és —es disculpà el secretari.

—Si hi fos, el saludaria. Però no és a ell que he vingut a veure.

—Ordenaré que marxi tothom, per tal que no us destorbin.

—No. Us ho prego. Els que aquí són, hi tenen tot el dret i jo sóc qui els importuna.

—Això mai, senyora! —féu el secretari—. La vostra presència és un honor per aquests humils murs. Us convé alguna cosa?

—Amb la pau, ja en tinc prou.

—Seré aquí, a prop —digué el secretari—. Si heu de menester alguna cosa...? Tal vegada aigua...?

—Us ho faré saber. Gràcies —l'acomiadà la reina, i el secretari s'allunyà després de dedicar-li una nova reverència.

Quan ja eren soles, Violant va deixar damunt la pedra el coixí de seda, es va seure i va convidar Victòria a acompanyar-la. El banc era dur i fred, tal com correspon a un lloc que serveix de refugi i de meditació per a uns homes que han triat el camí del sacrifici. Per això les dues dones duien un coixí cadascuna, perquè elles no havien fet cap vot de pobresa i ningú no les podia privar de cercar la comoditat.

—Em demano si he fet bé, de venir —va dir Violant.

—Per què, senyora? —demanà Victòria.

Era una dona que fregava els quaranta anys. Tenia tres fills i tothom comentava que era prudent i assenyada. La reina havia trobat en ella una persona que li permetia compartir converses i confidències amb la seguretat que els secrets més íntims quedarien guardats.

—El rei sembla que em fuig.

—Com podeu pensar això, senyora?

—En aquests mesos només ha visitat Barcelona en dues ocasions i des que jo he arribat a Girona, l'he vist tres cops. La resta del temps és fora. Avui a Empúries i després serà a Figueres. Després, vol arribar fins a Carcassona.

—El rei us estima. Tothom ho diu.

Violant es va tocar la panxa i va somriure amb tristor.

—Espero que aquest cop sigui nen —afirmà amb el cap—. Ho he demanat a Déu amb tanta força... Vós teniu tres fills, i els tres barons. Jo també en tinc tres, però són femelles, i n'espero un quart —guardà un curt silenci i, amb tristor, corregí—: No. Més aviat espero un miracle, perquè estic convençuda que és la meva darrera oportunitat —se li humitejaren els ulls, però féu el cor fort i digué—: El vostre marit s'ha de sentir orgullós de vós.

—El rei també s'ha de sentir orgullós de la seva reina, perquè ell, més que ningú, hauria de saber el valor d'una femella —respongué Victòria—. Els homes es pensen que som animals que només servim per parir i vós heu demostrat que sou bastant més que una dona. L'heu acompanyat fins on cap altra muller gosaria arribar-hi i la gent no para d'esmentar els savis consells que li heu ofert.

—Sí, però darrerament no me'ls demana.

—Potser no hi ha hagut ocasió —somrigué Victòria.

—El dia que vaig arribar, vaig tenir una estranya sensació —digué Violant. Gairebé com una reflexió en veu alta, mentre mirava el cel blau—. Jaume m'esperava a la porta de la muralla. Somreia, però quan el vaig abraçar vaig olorar un perfum que no era meu.

—Senyora...

—No, amiga meva —tallà la rèplica de Victòria—. Hi ha coses que el nas d'una dona descobreix a la roba i a la pell de qui estimes; hi ha detalls que copses als ulls i a les paraules. I el rei, malgrat tot el seu poder, no és capaç d'amagar-ho.

—No us vull ofendre, senyora, sinó que parlo per pròpia experiència —digué Victòria, i es quedà un instant en silenci, tot esperant la reacció de la reina, que va fer una lleugera inclinació amb el cap per convidar-la a continuar—. Els homes són homes i necessiten tastar diverses flors. Prou que conec aquesta sensació que vós m'esmenteu, perquè el meu nas ha olorat molts perfums diferents en la pell i en la roba del meu marit. Sobretot quan el meu estat l'impedia descarregar el seu desig. Així com els homes, quan han gaudit d'una dona, s'obliden i cerquen una altra, perquè és una nova conquesta, nosaltres desitgem que s'enduguin una part nostra i que ens recordin. Potser és per això que ens perfumem i en cada abraçada els enganxem un trocet de record amb l'esperança que sempre hi hagi un perfum més fort que els altres, i que sigui el nostre. Per això us diré una cosa. Mentre el perfum sigui cada cop diferent, poc us hi heu d'amoïnar, perquè vós sereu la llar on ell sempre retorna. El dia que descobriu que n'hi ha un de massa enganxat a la seva roba i a la seva pell, i que no sigui el vostre, llavors sí que us heu de preocupar.

*** ***

El miracle es produí i va ser nen. Plorava amb força i tancava els punys quan mamava. Si li retiraven el pit s'enfadava i Jaume es va sentir orgullós d'allò que havia estat capaç d'engendrar. Era com ell. No hi havia cap dubte.

—És com el seu avi —deia amb veu profunda, mentre el mostrava als nobles i als homes rics.

Li van posar per nom Pere, en record del pare de Jaume. Tota la cort va celebrar l'esdeveniment com mai no ho havia fet amb cap altre fill de cap altre rei, i Violant va ser feliç, immensament feliç, i va donar gràcies a Déu per la seva infinita bondat, perquè el rei ensenyava l'infant com si fos la major de totes les seves conquestes. Els mals de caps van deixar d'existir i somreia i reia davant de qualsevol comentari i parlava de la reina amb unes paraules tendres i afectuoses, fins al punt que totes les veus de la ciutat de Barcelona i del regne cantaven l'amor que sentia per la seva esposa.

—El rei és un conqueridor, però la reina ha guanyat la darrera de totes les batalles, just quan la guerra semblava perduda —comentà Esther de Montagut.

—Hem de reconèixer que les dites no van amb ella —li contestà Maria de Lliçà. Esther la mirà i ella explicà —: Diuen que a la tercera va la vençuda, però la nostra reina ho ha fet a la quarta —i rigué divertida.

—No menyspreeu la saviesa popular, perquè és el recull de molts anys d'experiència —intervingué Joana de Mediona, i la seva mirada era enigmàtica.

Unes setmanes més tard Blanca, la neta de Valles d'Antillon, també va parir a Girona, lluny de palau. I també va ser un nen. Ferran Sanchis va ser el nom que li va triar i, d'aquest, ningú en no va dir res. Era ros i fort i tenia els ulls clars. Això va dir el missatger que va arribar a Barcelona i va parlar a soles amb el rei.

Uns dies després, Jaume va fer un nou viatge.

—Sembla que el problema entre Girona i Empúries encara no s'ha acabat —va posar-hi com excusa davant de la reina.

Li va fer un petó, va acaronar Pere, va marxar i s'hi va estar un parell de mesos.

A la seva tornada, havia aparegut una nova baronia, la de Castre. La cort es va assabentar i els nobles prou sabien que era fruit del contracte secret de concubinatge, que no figurava dins dels arxius reials. Blanca, la jove neta de Valles d'Antillon, en quedar embarassada, havia anat a veure el rei i gairebé l'havia amenaçat de parlar amb la reina si no li assegurava el futur d'allò que havia de venir.

El resultat havia estat un ull blau que tothom va comentar, però que ningú no va explicar a la reina.

El rei s'havia enfadat molt per aquell acte que li recordava les amenaces dels nobles, però finalment, havia signat un acord. Ell vetllaria per aquell infant, va prometre.

I, ara, després de convertir-se en pare d'un segon fill baró, per segon cop en poques setmanes, havia complert i tothom estava obligat a guardar silenci.

10.- LA LLENGUA QUE NO PARLA

—Li has donat una baronia! —cridà Violant—. A un fill bord!

Gertrudis, quan ja era fora, va tancar la porta. Mai no havia escoltat aquells crits de la reina i tot el palau de Barcelona n'estava al corrent, perquè els dos soldats de guàrdia se la miraren. Les veus dels monarques traspassaven les portes i les parets. Fins i tot un d'ells va gosar fer un gest amb la mà i bufà amb la boca. «Mare de Déu! Com crida la reina!», n'era el significat. I barrejava frases en català, en llatí i en hongarès, mostra de la seva ràbia i del dolor que havia significat descobrir allò que tothom ja sabia. Tothom, excepte ella.

La donzella no va respondre al gest del soldat, sinó que acotà el cap i se'n va anar, mentre els crits s'apagaven darrere seu i el seu cap recordava que, quan va entrar el rei, ella acabava de vestir la seva senyora, però no va tenir temps per posar-li l'agulla al cabell, perquè la discussió començà immediatament. Violant estava furiosa i Jaume s'anava encenent de mica en mica.

—Qui t'ho ha dit? —no parava de demanar.

Però la reina seguia cridant.

—Et vaig jurar que pariria fins donar-te un fill, i te l'he donat. Jo he complert la meva paraula, però i tu? Què has fet amb la teva? Només cinc anys ha durat la teva fidelitat? —deia—. I et queixes de la fidelitat dels teus nobles? Quan m'he negat a obrir-me de cames? Quan he deixat d'atorgar-te tots els teus capricis? Algun cop m'has estimat?

—No és això —responia el rei—. Ho has d'entendre. Estava...

—Com estaves? —el tallava la reina i no el deixava parlar—. Calent? En zel? Amb desig de tenir un fill mascle a tot preu? Encara que fos bord?

I Gertrudis va considerar que no era bo restar dins de l'habitació. Les discussions reials són íntimes i sempre són cosa de dos, mai de tres, encara que la tercera persona sigui tan sols una espectadora muda i la seva discreció estigui més que garantida.

*** ***

El papa Gregori portava dies malalt. Els metges no acabaven de trobar el què. A certes edats... Però aquella notícia l'havia tret del llit i s'havia alçat com un llamp. No s'ho podia creure i encara va haver de preguntar

188

altre cop per rebre la confirmació, mentre els seus ulls s'obrien de bat a bat i el carnós llavi inferior queia per atorgar-li l'aspecte d'un babau.

—Que dius que li ha fet què?

—Li ha tallat la llengua —afirmà el sacerdot enviat per Berenguer de Palou, el bisbe de Barcelona, que també estava malalt i no havia pogut desplaçar-se ell mateix, com hauria estat la seva intenció, perquè l'assumpte era prou important.

—Però… com ha passat això? —demanà Gregori, incrèdul.

—El rei Jaume es va presentar a Girona, se'n va anar directament a la catedral i, quan es va trobar amb el bisbe, sense ni tan sols badar boca, es llençà damunt d'ell i li tallà la llengua —explicà aquell pobre home—. Diuen que amb tanta sagnada semblava, talment, que haguessin mort un porc —es va quedar mut i es tapà la boca—. Perdoneu-me, no volia pas dir això —va fer, i abaixà el cap ben avergonyit.

—Per què? —demanà Gregori. Poc li importava si el bisbe havia estat comparat amb un porc. El tema era un altre.

—Bé… L'enrenou és molt gros —bufà el sacerdot i mogué les mans amunt i avall, mentre cercava les paraules. No volia cometre un altre error—. Ja sabeu que el rei ha tingut un fill fa pocs mesos, però…

—Però, què?

El sacerdot s'aclarí la gola. Berenguer de Palou l'havia enviat a ell perquè considerava que sabia explicar-se, però era el primer cop que es trobava en presència de tan alta dignitat i se sentia cohibit.

—No és l'únic fill que ha tingut el rei. Només unes setmanes després, Blanca d'Antillon li ha donat un altre nen —li costava parlar al sacerdot.

—Blanca d'Antillon? —cridà l'Apostòlic—. L'esposa de Valles d'Antillon encara pot tenir fills?

—No, ella no. La neta de Valles d'Antillon, que també porta el mateix nom.

—Ah! —es calmà Gregori—. I què? —féu—. Tant greu és que un rei tingui un fill que no és de la seva esposa? Europa n'està farcida i ningú no s'escandalitza. Fins i tot els bisbes en tenen i prou que costa de fer-los entendre que ells són al servei del Senyor i que haurien de mantenir el celibat.

—La reina no en sabia res —va dir el sacerdot.

—I què? —repetí Gregori—. Les reines mai no en saben res, d'aquests afers. I, si en saben, callen. O és que alguna vegada ha estat diferent?

—És que la reina Violant no és com les altres i... bé... és força complicat —es disculpà el sacerdot, va callar un instant, procurà ordenar les idees i, finalment, explicà—: Ningú no en sabia res. Vull dir que ningú no n'havia dit res. Dels que ho sabien, naturalment — aclarí. Mare de Déu! S'estava embolicant amb tantes explicacions. De manera que va tirar pel dret—. Es veu que el rei va demanar de confessar el seu pecat al bisbe de Girona i... pocs dies després, la reina ja ho sabia. Llavors... segons diuen... el rei... Millor dit: sembla que la reina li va dir que era el bisbe que l'havia posada en antecedents i... el rei... doncs... ha cregut que s'ha trencat el secret de confessió i... doncs... li ha tallat la llengua com a càstig.

—Només per explicar que ha tingut un fill natural? —es va quedar bocabadat Gregori—. Amb la vida que porta, què podíem esperar? D'un home i d'una dona que follen… —cridà. Llavors va guardar silenci. Potser havia emprat una paraula massa forta. Però és que aquell sacerdot, amb les seves llargues explicacions, sense anar al gra, el posava més malalt i ja perdia la paciència.

—És que el problema va més enllà —digué el sacerdot.

—Vols acabar d'una vegada? —es desesperà Gregori, i va tossir.

El sacerdot, en veure que Gregori s'ofegava, es va avançar, però l'Apostòlic el va aturar amb un gest de la mà i li ordenà que prosseguís.

—El rei ha concedit Ferran Sanchis, que és així com es diu el nen, la baronia de Castre.

—No n'havia sentit mai a parlar, d'aquesta baronia —s'estranyà Gregori, ja recuperat de l'atac de tos. Respirava pesant i suava. La febre li estava pujant altre cop.

—No existia fins que el rei l'ha creada per al seu fill bastard —alçà les espatlles el sacerdot—. És per aquesta raó que la reina Violant ara exigeix del rei que el seu fill Pere tingui un tracte com es mereix i el rei li ha promès un regne.

—No és possible! —cridà Gregori—. Jaume va signar que el seu hereu seria Alfons, el fill que ha tingut amb Elionor de Castella.

—Però només va signar que Alfons seria el rei d'Aragó i de Catalunya i la reina exigeix que Pere hereti Mallorca i València.

Gregori es quedà pensarós. «Mallorca i València...?», medità. De fet Jaume disposava de prou terres per construir-hi dos regnes i, posats a dir, potser Déu havia determinat que seria més convenient, per tal de tallar el creixent poder del rei Jaume, que arribava acompanyat d'un prestigi potser excessivament important a nivell de tot Europa i de les terres de l'Islam.

«Sí, tal vegada és una bona idea», conclogué, sense badar boca. Jaume era difícil de controlar i si un fill seu continuava les conquestes, el seu regne esdevindria molt poderós i encara més difícil de controlar. Com deia Juli Cèsar: divideix i venceràs. Aragó i Catalunya ja havien crescut massa. Eren un petit imperi que es podia estendre per tot el Mediterrani, perquè havia sentit a dir que Jaume mirava de bon ull Sicília. I després què...? Tal vegada demanaria d'encetar una nova creuada a Terra Santa i llavors dominaria un costat i l'altre del Mediterrani, amb la qual cosa seria l'amo de totes les rutes. I això, ja seria massa.

—Em sembla correcte —va somriure de sobte.

—A vós sí, però als nobles no —digué el sacerdot.

—Si no t'expliques millor...

—Hi ha una bona colla de nobles de l'Aragó i de Catalunya que també tenen terres a Mallorca i a València i no estan gaire d'acord amb la possibilitat de dependre de dos reis, enlloc d'un de sol, perquè les seves possessions quedarien dividides i... ¿a qui haurien de retre lleialtat? —explicà el sacerdot—. Aquest és l'enrenou, perquè quan Jaume ho ha plantejat, se li han girat en contra. Llavors és quan s'ha encès, ha viatjat a Girona i ha tallat la llengua del bisbe. Diu que una llengua sola, sense cap suport, no pot parlar més.

Gregori es va aixecar de la cadira amb esforç. Ell, a l'igual que el bisbe de Barcelona, es trobava malalt i dèbil, i només li mancava aquell problema. Déu no para mai d'enviar noves proves als seus fidels més devots. Què havia de fer?

—L'excomunicaré! —cridà enfollit, i, de sobte, es va plegar a causa del dolor que li arribava del ventre. Es va dur la mà a la panxa i respirà fons—. S'ho mereix! —cridà de nou, i es recolzà a la cadira.

El sacerdot es va espantar i els dos soldats es van atansar cap a l'Apostòlic per ajudar-lo a seure.

—Crideu monsenyor Freitti —ordenà Gregori, i s'assegué de nou, mentre procurava recuperar l'alè.

*** ***

Guillem de Cervera va triar amb molta cura les seves paraules. El rei, des de feia dies i dies, no estava de gaire bon humor. A més li havien tornat els mals de cap. La carta de Gregori no li havia agradat. Gens ni mica! I encara sort que monsenyor Freitti, el prudent ambaixador, havia sabut temperar la ira de l'Apostòlic. Amb aquella habilitat, que tan famós l'havia fet arreu d'Europa, havia trobat la solució.

—Ramon de Penyafort és un home assenyat —va dir Guillem.

—No ho nego, però això és una imposició —replicà Jaume—. Gregori volia, tant sí com no, introduir la Inquisició al meu regne i per fi ha trobat la manera.

—Millor això que no pas l'excomunió —féu Guillem —. Penseu que apartar-vos de l'Església…

—Doncs, hem feu dubtar —el tallà Jaume—. No sé què és pitjor. Ara, suposo que voldrà perseguir els càtars. I què han fet, aquests? Res. Aquí, al meu regne, no han fet res, excepte crear nous negocis i aportar riquesa a les meves arques.

—També ha promès que tots els bisbes i tots els mestres de les ordres us recolzaran amb la vostra petició de repartir el regne entre els vostres fills Alfons i Pere —li recordà Guillem.

—Això és el que encara em fa rumiar —afirmà el rei —. Segur que ha estat idea de Freitti?

—I tant que sí, senyor!

—És hàbil i molt intel·ligent, aquest monsenyor, perquè aconsegueix tots els triomfs per a ell.

—Mal em pesi, ho haig d'admetre —mogué el cap, a dreta i a esquerra, Guillem.

—Per què mal que us pesi? —s'estranyà Jaume— Que no us queia bé?

—Sí, però trencar un regne no és bona solució. Penso que és un gran error.

—Si no hagués estat pel malparit d'aquell bisbe de Girona… —féu Jaume.

—Perdoneu la meva gosadia, però no crec que ell sigui l'únic culpable —se li escapà a Guillem.

—Voleu dir que el culpable sóc jo? —alçà la veu Jaume.

—No ben bé —intentà arreglar-ho Guillem—. Més aviat diria que el… responsable… —va trobar la paraula justa—… és… és… allò que us penja… —i féu un gest prou eloqüent amb les mans, mentre deixava la frase tan penjada com l'element que insinuava.

—Entre les cames…? —li oferí una sortida el rei.

Guillem de Cervera va prémer els llavis, tombà el cap a un costat i, finalment, afirmà amb lents moviments de la seva testa.

De sobte, el rei esclafí a riure fins que li saltaren les llàgrimes.

—Trobo que és una manera molt elegant de descarregar les culpes d'un rei —digué entre riallades—. Envieu una carta a Gregori. Digueu-li que accepto les seves condicions. Però, només si aconsegueix que Pere sigui el meu successor a Mallorca i a València.

—Així serà, senyor.

*** ***

Ni Ferran d'Aragó ni Guillem de Cervera ni Roderic Liçana ni Guillem de Montcada ni Balasc d'Alagó ni cap dels nobles d'Aragó i de Catalunya no van ser d'acord amb la decisió reial i les discussions s'allargaren fins al punt que gairebé esdevingueren disputes de mercat, mentre Jaume els escridassava i els insultava.

—El rei s'equivoca —va dir Guillem de Montcada, reunit amb els altres nobles i homes rics i principals de la cort—. Dividir les terres en dos és un error molt greu. L'economia va bé perquè dominem les rutes del mar. Barcelona creix, Tarragona es fa rica i ja podem competir amb Lleida. Girona per fi ha pogut enviar part de les seves mercaderies a Tunis i tothom està content. El regne és fort perquè està unit.

I per primer cop aquella afirmació era certa. Tots els nobles, des del primer fins al darrer, no volien ni sentir a parlar d'una partició de la qual culpaven la reina, l'ambició de mare, al desig de veure com el seu fill adquiria el rang de sobirà, encara que fos de noves terres conquerides.

Així i tot, els bisbes, els arquebisbes i els mestres de les ordres van votar a favor i les corts es pronunciaren per la trencadissa per un estret marge. La reina havia aconseguit el seu propòsit.

Alfons, el fill primogènit del rei, va protestar, però Jaume no se'l va escoltar. Ja en tenia prou amb Aragó i Catalunya, un regne consolidat i sencer que no oferia greus problemes. Per contra, la conquesta del regne de València encara no s'havia acabat.

—Vau signar que el vostre successor seria jo —va dir Alfons, un dia que eren sols.

—L'herència que vaig rebre serà teva. Així ho vaig jurar i així serà. Però ningú no em pot impedir que engrandeixi les meves possessions per donar al teu germà un nou regne —li contestà Jaume enfadat—. No vulguis més d'allò que et correspon.

—L'hongaresa us domina —va dir Alfons.

Jaume se'l va mirar als ulls i va posar la mà damunt del puny de la daga que duia penjada a la cintura.

—La reina Violant, la teva mare. No pas l'hongaresa —enrogí de ràbia.

—La reina Violant, la vostra esposa. No pas la meva mare —respongué Alfons.

Jaume va estavellar el puny damunt la taula.

—A mi, un marrec com tu, poc m'ha de discutir cap decisió —xiuxiuejà entre dents—. A la teva edat, ja estava fart de córrer per aquelles terres de Déu i jo sóc qui ha conquerit Mallorca i València. Són meves i puc fer amb elles allò que vulgui. No ho oblidis mai.

I va sortir amb un bon cop de porta. El cap li començava a fer mal.

*** ***

Els mesos següents van significar la desaparició de tres homes cabdals. El primer de ser cridat per Déu va ser Berenguer de Palou, el bisbe de Barcelona. Feia dies que estava malalt i es va apagar com una espelma que s'esgota.

Jaume no ho va sentir gaire, ni Violant. S'hi havien enfrontat massa cops i no era un bisbe còmode. A més, tenia força ambició i Mallorca va ser un niu de problemes per culpa seva. A veure si ara, amb Arnau de Gurb, el nou estadant del palau episcopal, les relacions milloraven. Si més no, pertanyia als Gurb, noble família que li era fidel.

El segon torn va ser per al papa Gregori IX. Un home dur i un hàbil negociador, però més polític que no pas religiós. També tenia clar, com els seus antecessors, que l'Església és el regne de Déu i que ell, sent el seu representant i la màxima autoritat espiritual, havia de manar sobre tot el món cristià.

El va succeir Celestí IV. Deien que era més tolerant. Potser amb ell s'entendria millor, pensà el rei.

Tampoc havia sentit gaire pena per la mort de Gregori, sinó un cert alleugeriment. L'havia volgut excomunicar...

Però el tercer ja eren figues d'un altre paner. Ferran d'Aragó va morir en pau, al seu llit de Montaragó. I per ell sí, que Jaume va plorar. El seu oncle havia estat un gran puntal. Era gairebé l'únic que quedava dels que havia tingut al costat en moltes ocasions. Un home que havia anat creixent amb el temps i que havia descobert quin era el seu lloc en aquest món i, allò que era més important, l'havia acceptat. Des d'aleshores els seus consells sempre eren assenyats, malgrat que, de vegades, Jaume no els seguia. El darrer de tots va ser que no trenqués un regne que tant d'esforç havia costat.

Per què tothom li deia el mateix, si hi havia prou terres per Alfons i per Pere? Entre ells ja s'entendrien i col·laborarien. Barcelona es queixava que ara dominava les rutes i després perdria el control. L'única cosa que els havia de preocupar era la seguretat dels vaixells i, si Mallorca estava en mans de Pere, no tindrien cap mena de problema.

El dia que li arribà la notícia de la mort del seu oncle, Jaume va recordar les paraules de Ferran.

—Vigila que algun dia no t'hagis de penedir d'aquesta decisió, perquè quan comences a repartir, encetes les enveges i enfrontes aquells que són germans.

Enfrontar? A qui enfrontava? Educaria a Alfons i a Pere per tal que fossin bons germans. A més, ara, tot era dat i beneït i ja no podia fer enrere allò que havia estat signat. El prendrien per boig i Violant no li perdonaria mai.

Llavors va pensar en la reina. Si més no, les relacions amb Violant havien reprès el camí de l'amor i la concòrdia i ella se sentia feliç. El pecat havia estat perdonat i... bé! Mentre ella fos feliç, ell podria tenir altres aventures.

11.- UN ALTRE FILL

La nit era fosca, sense lluna. El foc de la llar feia bellugar les ombres dels cortinatges, del llit i dels mobles com si fossin fantasmes que miren de fugir i s'hi repensessin i hi tornessin. Jaume havia anat a visitar la cambra de Violant i ara recolzava la seva esquena a les cames d'ella, mentre mantenia les parpelles tancades i gaudia de les fregues que aquelles delicades mans femenines li feien a les temples. Cada cop que el dolor li pujava, el cap amenaçava d'esclatar com una magrana. Mesos, havia dit Salà. I ja podia començar a comptar per anys.

Jaume sospirà llargament i notà un alleugeriment. Prengué les mans de Violant i les besà. Ella s'inclinà i dipositá un petó al front del seu marit, just damunt de la cicatriu que era el record del setge de València. Quan la visitava era tendre i amable, com un animaló afectuós. Sobretot quan venia amb mal de cap i li demanava que li fes una frega.

—Hauries de descansar més —li va dir Violant.

—Un rei no té temps, perquè sempre hi ha un problema que requereix de la seva atenció —contestà ell, i somrigué. Se sentia bé—. Lluís IX de França pretén que la seva frontera arribi fins als Pirineus. Estem discutint sobre la Provença, però Carles d'Anjou no em fa costat i molt em temo que és ell, que va darrere del premi. Recorda que també és fill de Lluís VIII de França. Com vols que dormi tranquil?

—De tota manera, ara mateix no pots fer-hi res.

—Cert, però demà haig de prendre noves decisions i el neguit no em deixa descansar.

—Despulla't i fica't dintre —somrigué Violant—. Ja veuràs si dorms! —féu, i l'empenyé per tal que s'aixequés.

Jaume se la mirà. Quina gran dona! I això que quan li van proposar de casar-se amb ella, va pensar que tant li era una com una altra. Tanmateix, quan va escoltar per primer cop aquella veu, tot pronunciant les primeres paraules en català, es va adonar de seguida que no seria una reina qualsevulla, sinó que, en tot cas, seria alguna cosa més que un ornament al costat del tron. Vora seu s'oblidava del món. Llàstima que, malgrat aquells moments de serenor i d'intimitat, l'entorn tornava a néixer cada matí. I un rei sempre viu enmig d'un món massa gran, massa ric i massa temptador.

*** ***

200

La sala era plena. Les dones dels nobles havien vingut a palau per felicitar la reina en el dia del seu aniversari. Envoltada pels seus fills, Violant les rebia una a una, les saludava i bescanviava algunes frases de cortesia, ensems que agraïa totes les mostres de simpatia.

Ningú no s'hi havia fixat en aquella dona, malgrat que era alta, somreia tota l'estona i caminava amb el cap ben dret, orgullosa. Quan li va tocar el torn, s'inclinà respectuosament i la reina, tal com havia fet amb les altres, l'abraçà. Ella tampoc s'hi havia fixat gaire, però de sobte, quan la seva galta va fregar la d'aquella dona, es posà tensa i s'apartà lleugerament per poder contemplar aquell rostre.

Era jove i morena, amb uns llavis molsuts i uns ulls castanys i grans. Tenia el nas recte i les formes proporcionades. Un rostre atractiu i agradable, seria el veredicte final. I el cos no es quedava enrere. Però no era això el que havia cridat l'atenció de Violant, sinó un detall molt més subtil. Feia olor de llessamí amb pessics de violeta. I la seva memòria li va retornar aquell perfum, que no li era estrany.

—Quin heu dit que era el vostre nom? —demanà.

—Berenguera Fernandes, senyora —respongué aquella dona.

—No us havia vist, fins ara.

—El meu marit ha estat nomenat notari del regne i ens hem traslladat a viure a Barcelona —explicà Berenguera.

—Fa molt, d'això?

—Cinc mesos, senyora.

—Cinc mesos... —xiuxiuejà la reina, i la seva memòria li portà el record de les tres ocasions que aquell perfum li havia arribat al nas—. Us agrada Barcelona?

—Molt, senyora. És una ciutat gran i rica.

Llavors, Violant va contemplar totes les dones que hi havia a la sala.

—És una llàstima que el rei no hi sigui —comentà—. Ha hagut de marxar cap a València i a mi m'hauria agradat que fos aquí, amb mi —es va tombar cap a Berenguera—. El coneixeu, el rei?

—L'he vist algun cop, quan ha anat a visitar el meu marit per algun afer del regne.

—Jo em pensava que són els notaris, els que visiten el rei, i no pas a l'inrevés —s'estranyà la reina.

—No hi entenc, d'aquestes coses —li dedicà un somrís Berenguera.

—I de què hi enteneu?

—Només de coses de dones —respongué Berenguera, ben submisa.

—On vivíeu abans de venir a Barcelona?

—A Figueres, senyora.

—Sembla que darrerament el rei hi té tirada, cap aquelles terres —la mirà Violant—. Deu de ser un bon notari, el vostre marit.

—Per què ho dieu, senyora?

—Perquè el rei sap triar molt bé els seus homes de confiança. Sobretot li agraden aquells que són fidels, prudents, discrets i reservats. Dels que no parlen gaire i accepten de bon grat tots els sacrificis que el seu servei els imposa —féu un curt silenci, i preguntà—: És així el vostre marit?

—Suposo que sí, senyora. Un notari bé ha de tenir totes aquestes qualitats i un home que serveix el seu rei, encara més.

—M'agradaria conèixer-lo. Digueu-li que em vingui a veure. Haig de demanar-li consell sobre algunes coses.

Berenguera s'inclinà en una reverència i s'apartà. Violant va somriure a la dona que venia al darrere i apartà la mirada d'ella, però no la ment.

El primer cop que va sentir l'olor d'aquell perfum havia estat sis mesos enrere. I era Jaume, que el duia enganxat a la pell. Més tard el va tornar a olorar en una camisa que la donzella retirava dels peus del llit, la que Jaume havia deixat una nit que l'havia visitada a la seva cambra. I, finalment, havia copsat el mateix perfum barrejat amb les olors de les viandes que un matí omplien la taula del menjador. I com deia Victòria Terrades, quan un perfum està massa enganxat... algú s'ha de començar a preocupar.

Ningú no es va adonar de tots aquells detalls. Ningú, excepte... Joana de Mediona. Ella sempre estava pendent de les mirades, dels gests i de les paraules mai pronunciades i poc se li havia escapat la reacció de Violant quan va abraçar Berenguera. Va somriure i va mirar aquella dona jove i d'aspecte sa i tímid. «Caldrà vigilar-la», va concloure.

*** ***

El dia que el metge li va confirma allò que ella ja sospitava, l'esclat d'alegria va omplir l'habitació de gom a gom. Tornava a estar embarassada. Jaume no hi era. Havia anat a València per posar pau entre Guillem d'Aguiló i els sarraïns. De manera que Violant va enviar un missatger i la resposta va trigar unes setmanes, però l'hi va portar el mateix rei en persona.

Arribava feliç. Un altre nen, no parava de repetir, mentre li posava l'orella damunt la panxa per veure si podia escoltar els seus batecs. La reina el mirava, li acaronava el cabell, somreia i resava en silenci per tal que Déu escoltés els seus precs. Si era mascle, tot aniria bé.

—El regne i el rei necessiten homes de debò —va dir Jaume, i la seva veu s'omplí de ràbia i de dolor—. Homes en els que pugui confiar.

—Què ha passat? —demanà Violant.

—Guillem d'Aguiló amb uns quants almogàvers ha atacat diverses alqueries dels sarraïns i els ha pres tot allò que era seu —explicà Jaume—. He hagut de perseguir-los, a ell i als seus homes. Una part ha fugit cap a Castella i l'altra cap a l'Aragó. Finalment, l'he enxampat i li he ordenat que repari les destrosses que ha infringit els sarraïns. M'ha dit que atacar i robar els que no creuen en Déu no és cap malifeta. Llavors l'he amenaçat de prendre-li Algerós i Restanya, que li havia donat en pagament pels seus serveis durant la conquesta de València. I saps que m'ha respost? Que les havia empenyorades. De manera que no he pogut fer res de res —sospirà—. Ningú no fa cas de les meves ordres. Els nobles volen més terres, més riqueses i més poder. Mai no en tenen prou. I quan venia cap aquí, m'ha arribat un missatge d'Atbran, el batlle de Montpeller. Allà tothom pren decisions sense comptar amb mi. Estic més que fart! —aixecà la veu i premé els ulls. Ja tornava a tenir mal de cap.

—Et donaré tants fills que podràs crear el teu propi exèrcit i no hauràs de comptar amb cap d'aquests babaus que no fan altra cosa que trair-te —l'abraçà Violant—. I et seguiré pertot arreu on vagis —afegí.

L'endemà Jaume va sortir cap al nord acompanyat de Violant. Tornava a tenir mal de cap. El tenia cada vegada que se sentia enfadat o neguitós, i la reina cada cop estava més preocupada. Salà havia dit que els mals de cap desapareixerien en només uns mesos i quan li retreia la resposta era la mateixa:

—Senyora, les ferides al cap són de mal predir. Només el temps les guareix. Conec unes herbes que poden ajudar...

Però ni les herbes ni els pegots que li posava al front aconseguien apaivagar aquell dolor. Només les fregues de la reina i una vida en pau amagaven un mal que s'aixecava de nou cada vegada que Jaume rebia una notícia dolenta.

Mesos després Jaume va aconseguir posar pau a Montpeller, però seguia preocupat perquè els nobles d'aquella regió i de tota Provença dirigien els seus ulls cap a Lluís de França. Una pau inestable i uns nobles que volien desenganxar-se d'ell. Semblava com si tothom fugís del seu costat. Sort que Atbran vetllava pels seus interessos. En aquells dies, Violant va complir la seva paraula i va parir un nen sa i fort.

—És cert, allò que diuen sobre la teva mare? —li va demanar a Jaume, just quan acabava de parir i el rei s'estava agenollat al costat del llit, jugant amb les mans d'aquella criatura i un somriure de felicitat als llavis.

—A què et refereixes? —aixecà els ulls Jaume.

—Al teu nom —somrigué ella—. M'han dit que el va triar després de deixar que cremessin unes espelmes que havia encès a diversos sants i que la de Sant Jaume va ser la darrera d'apagar-se.

—No ho sé. Ni tan sols la recordo. A mi també m'ho han explicat.

—Vull que es digui Jaume, com tu, perquè, a l'igual que tu, ha nascut a Montpeller.

—Es dirà Jaume —féu el rei, i prengué aquell nen en braços—. És dirà Jaume —repetí orgullós—. Jaume, Jaume, Jaume,… —li parlà, com si el pogués entendre—. Ens quedarem aquí durant un temps i viurem plegats. El vull veure créixer i anar a caçar amb ell.

Tanmateix, el rei no va poder complir la seva promesa. Xàtiva es resistia amb més força de la que havien previst i tothom reclamava la presència del rei, perquè notícies de València l'alertaven sobre la pretensió de l'infant Alfons de Castella, el fill del seu amic Ferran, de conquerir Xàtiva, tot al·legant-hi que pertanyia al regne de Múrcia i que Jaume havia donat paraula que aquest regne seria de Castella, per la qual cosa demanava que l'exèrcit d'Aragó i de Catalunya es retirés de les muralles d'aquella ciutat.

Amb tristor, Jaume es va separar de Violant i del seu fill, d'aquell que duia el mateix nom. La reina encara estava massa dèbil i no podia acompanyar-lo.

—Tan bon punt pugui, em reuniré amb tu —li va prometre.

—Dirigeix-te a Barcelona i espera'm allà —va respondre Jaume—. Acabaré amb Xàtiva i amb tots els entrebancs que em posin al davant i ningú no m'impedirà ser amb tu.

Jaume va marxar cap al sud i Violant, dues setmanes després, tal com havien quedat, se'n tornà a Barcelona i el va esperar.

Dos mesos després, les notícies eren alarmants. Alfons de Castella havia exigit que Jaume es retirés de Xàtiva i la deixés per a ell. Fins i tot l'havia amenaçat amb un enfrontament al camp de batalla, mentre Ferran es mantenia al marge perquè havia donat paraula al seu fill de respectar les seves decisions.

Mare de Déu! Tot es va embolicar. Jaume va reaccionar violentament i va prendre Villena i Sax. «Per donar una bona lliçó a aquest aprenent de rei», havia dit. Però Violant era conscient que no podia culpar només l'infant Alfons. Jaume perdia els estreps amb molta facilitat i ja s'imaginava les discussions entre el seu marit i el futur successor de Ferran de Castella. Si ella no hi intervenia, allò seria un desastre.

Tres dies després va ordenar preparar l'equipatge. Sortiria cap al sud i intentaria temperar la ira del seu marit i procuraria raonar amb Alfons, a qui no coneixia gaire, però que sabia que era intel·ligent i assenyat, malgrat que encara era molt jove i inexpert.

Abans de sortir havia parlat amb Alfons d'Aragó, que mantenia una ferma amistat amb el fill de Ferran de Castella, però el fill de Jaume encara estava dolgut pel testament que Jaume havia signat i les relacions eren tibants.

—A més, si el problema és a València, jo no hi tinc res a fer —havia respost, sec, i havia abandonat la cambra.

Jaume va rebre el missatge que la reina havia arribat a València i es va posar content. Potser volia repetir l'èxit de la conquesta d'aquelles terres i ser la seu costat quan s'enfrontés amb Alfons, derrotés aquell babau que ja s'imaginava que era rei i després entrés a Xàtiva. De manera que anà immediatament a València.

Només entrar a palau, li van anunciar que Violant l'esperava a la sala dels tapissos, aquella cambra decorada amb motius sarraïns que no havien volgut canviar, perquè la riquesa dels seus ornaments no podia ser igualada per cap dels mestres cristians.

La reina es va aixecar de la cadira i el va abraçar amb força. Ell la va estrènyer i la besà als llavis. Li agradava tenir entre els braços aquell cos que s'emmotllava al seu com una segona pell i aspirà el seu perfum encisador.

—No havies d'haver fet aquest viatge. Encara no t'has recuperat del part —la va renyar, però amb un somriure. Se sentia orgullós d'ella, del seu valor, de la seva decisió i de l'amor que li professava.

—Tenia ganes de ser amb tu. Vas amunt i avall i mai no t'atures més de dos dies a Barcelona —li respongué ella.

—No em deixen —es queixà ell.

—Avui descansaràs aquí, a palau, i dormiràs tota la nit.

—No puc.

—Per què? —s'estranyà ella.

—L'imbècil d'Alfons de Castella vol més d'allò que li pertoca i no ho puc consentir —contestà Jaume amb un deix de vehemència—. Haig de prendre Xàtiva a qualsevol preu

—No en tens prou de lluitar amb els sarraïns que ara també vols enfrontar-te a Castella?

—No em facis culpable a mi. Són ells, que no volen respectar els pactes. I Ferran... no sé que pensa! S'ha begut l'enteniment.

—I no seria millor parlar amb Alfons i fer-li veure?

—És un idiota que no raona i el seu pare, que pensava que era com jo, ha decidit respectar més la paraula donada al seu fill que no pas la que em va donar a mi. Múrcia serà seva, però Xàtiva és meva! —cridà.

—Tens França al nord, Múrcia al sud i Castella a l'oest. Si t'enfrontes als tres, només podràs aliar-te amb el mar —reflexionà Violant—. Castella també està lluitant amb Portugal i amb Granada. Penso que a tots plegats ens convé una bona aliança. No creus?

—Quina aliança puc tenir amb algú que no compleix la seva paraula? No m'aturaré fins que aquest babau no aprengui la lliçó.

Si més no, Violant el va convèncer per tal que dormís amb ella aquella nit. El setge de Xàtiva ja durava tants mesos que un dia més no seria res. I li va esprémer fins la darrera gota, fins que la son l'atrapà.

L'endemà Jaume es va llevar tard, però de bon humor. No li feia mal el cap. Va esmorzar de valent i, quan s'aixecava de taula, un missatger va arribar. Duia una carta de l'infant Alfons de Castella.

—Vol parlar —va fer Jaume, feliç.

Violant va prendre la carta entre les seves mans i la llegí. Alfons proposava una entrevista entre ell i el rei d'Aragó i de Catalunya. Seria a Almirra, el Camp de Mirra, a prop de Villena.

—Què faràs? —li demanà Violant.

—Me'n vaig a veure que vol aquest babau, que espero que hagi après la lliçó. T'ho juro que, si cal, el rebregaré per terra i l'obligaré a demanar-me perdó per totes les ofenses —va fer, i va ordenà que ho preparessin tot per l'endemà.

Només despuntar el sol, Jaume estava eufòric, es passejava per les cavallerisses i reia de valent, mentre contemplava com preparaven els cavalls. Però, en l'instant que va pujar al cavall, aparegué la reina i es posà davant d'ell.

—La reina Berenguera de Castella ha mort —va dir —. M'ho acaba de comunicar un missatger. Sé, perquè així ho vaig veure, que Alfons estava molt unit a la seva àvia, que va ser reina de Lleó. Potser és per aquesta raó que t'ha proposat negociar o, tal vegada, és Ferran qui li ho ha demanat.

—Doncs, tant ell com Ferran s'ho podien haver rumiat abans i no esperar que la desgràcia els fes reflexionar —respongué Jaume i va aixecar la mà per donar l'ordre de partida, però la reina li va barrar el pas.

—Ara no pots tractar-lo sense cap mena de consideració. El dolor per la pèrdua d'una mare i d'una àvia, s'ha de respectar.

—No barregis les coses. Berenguera va ser una bona reina de Lleó, va tenir la intel·ligència de seure Ferran al tron de Castella i va aconseguir que el seu fill aplegués dos regnes que ara són poderosos, però Xàtiva és meva i no la cediré davant d'unes llàgrimes.

—T'hi acompanyaré —digué Violant, ben decidida.

—El resultat serà el mateix.

—Malgrat tot, vindré amb tu —repetí la reina.

*** ***

Alfons era un jove alt i fort, moreno, amb un front ample i uns ulls grans. Duia una barba que encara no s'havia fet del tot i que no podien amagar uns llavis ben proporcionats. La barbeta quadrada donava la mida exacta de la seva voluntat ferma i les espatlles amples li conferien la força del guerrer. Així i tot, era més baix i menys corpulent que el rei d'Aragó i de Catalunya.

—Sigueu benvinguts —els saludà, quan Jaume i Violant entraren a la sala dels cavallers—. Potser arribeu afamats i assedegats?

Alfons havia ordenat que omplissin la taula de fruites, formatge, pa, pollastre, aigua i vi.

—El rei Jaume i jo hem sentit profundament la vostra pèrdua —s'avança la reina i l'abraçà—. Us prego que feu arribar el nostre dolor als vostres pares, a Castella i a Lleó. Dos regnes amics.

No era pas aquesta, la idea que Jaume duia al cap, sinó que ell arribava amb la intenció d'enllestir aquell afer com més aviat millor i deixar ben clar que ell estava per damunt del pobre infant que volia mesurar les seves forces de cadell amb les del lleó. Tanmateix, ja coneixia prou la reina i s'hi havia fixat que durant tot el camí havia romàs callada. Primer havia pensat que estava enfadada, però ara veia prou clar que en duia alguna de cap i, com la seva intuïció sempre l'havia encertat, més valia deixar-la fer. Les dones, en aquestes coses de les negociacions, sempre hi afegeixen un punt de dolçor. De manera que també manifestà el seu dolor, acceptà la invitació i s'assegué per prendre un got de vi. Berenguera havia estat una gran dona i el vertader assumpte podia esperar. No gaire, però.

—Abans que no tracteu els afers dels homes, us he de dir que he acompanyat al meu marit, el rei Jaume, perquè fa temps que penso en el vostre pare, el rei Ferran —encetà la conversa Violant—. Ja em va impressionar el dia que el vaig conèixer, tot i que el meu marit me n'havia parlat molt. Ell sent un gran afecte per l'home que sempre ha sabut governar Castella amb mà ferma. Tant és així, que volia parlar amb ell —callà un instant, i mirà Jaume—. Millor dit: amb la vostra mare Beatriu, per qui sempre he sentit un gran amor. Però no hi ha hagut ocasió.

—Si voleu, jo puc transmetre les vostres paraules als reis de Lleó i de Castella, els meus pares —somrigué Alfons. Ell també havia quedat impressionat quan va conèixer una reina capaç de temperar les, de vegades, absurdes reaccions del seu marit.

Jaume els observava amb interès creixent. «Per on sortirà Violant ara?», es demanava.

—Us ho agrairé de bon cor. Els nostres regnes són amics, perquè els reis són amics i les reines són amigues —li tornà el somrís Violant—. Bo serà que aquesta amistat perduri i que res no la pugui trencar. Castella és cristiana i Aragó i Catalunya, també. La vida segueix el seu curs i els uns succeeixen els altres. El dia que vós succeïu el vostre pare i el dia que el nostre estimat Alfons succeeixi el meu marit, que Déu vulgui que sigui d'aquí molts anys, en vosaltres seguirà vivint la nostra amistat. El rei i jo pensem que seria convenient refermar-la encara més i, per aquesta raó, el meu marit, el rei Jaume, ha decidit que tracti el matrimoni de la nostra filla Violant amb vós. Llavors, a més d'amics, seríem parents.

Jaume va haver de fer un notable esforç per no posar cara de babau. Havia vingut allà per tractar de la repartició d'aquelles terres i per donar una lliçó i, de sobte, es trobava discutint una boda reial. No obstant això, va procurar dissimular tot el que va poder, perquè aquella sortida era pròpia d'una ment genial.

—Comunicaré la vostra proposició als meus pares i us dono paraula que, si ells acorden el tracte, jo em sentiré molt honorat —féu una profunda reverència Alfons—. Estic ben segur que la meva àvia així ho hauria desitjat.

—Haig de tornar a València —digué Violant—. Els assumptes dels homes són cosa de vós i una pobra dona, malgrat que sigui reina, poc hi ha de fer —somrigué a Jaume.

Els dos dies següents van ser de pau. Violant havia tornat a València i Jaume i Alfons van tenir temps per parlar i conèixer-se de valent. No hi va haver discussions. Alfons era intel·ligent i havia sabut copsar tota la càrrega que duia el missatge de Violant. Un missatge de concòrdia. Jaume, per la seva banda, va acceptar amb orgull les paraules de lloança que l'infant de Castella no parava de dirigir cap a la seva esposa. Sí, estava casat amb una muller que era molt més que una esposa i una reina. Era la seva intuïció.

Xàtiva seria seva. Ara sense discussió. A canvi, Alfons rebria Villena i Sax, a les quals s'aplegarien Almansa i totes les terres a l'oest i al sud de la línia divisòria que passava per la confluència del Xúquer i del Cabriol i seguia per Aiora i Biar fins atrapar el Mediterrani per Aigües de Busot. Ensems, La Mola, Castalla, Relleu, Aigües, Altea, Biar, Finestrat i Polop quedaven en mans de Jaume. Un tracte just, van convenir ambdós.

Un cop signades totes les cartes i tots els compromisos, Jaume se'n tornà a València, on la reina l'esperava.

—Potser em vaig precipitar, perquè no te n'havia dit res, de la idea de la boda, però quan vaig rebre la notícia de la mort de Berenguera i et vaig veure davant d'Alfons, que el miraves com si volguessis esclafar-lo, vaig recordar les teves paraules. «Deixa sempre una sortida a l'enemic, per tal que pugui retirar-se amb honor. Llavors, tindràs un nou aliat».

Jaume esclafí a riure i va abraçar la reina. Quin tros de dona! Amb quina habilitat havia desfet la boira que l'envoltava! I havia marxat deixant darrere seu un sol de primavera, perquè Alfons va acceptar de seguida les seves propostes i ell, fins i tot, va ser molt més generós que no pas havia pensat de bon començament. El de Castella era un jove intel·ligent i ambdós sabien que la pau era un guany per als dos regnes.

El fet que la seva filla Violant només tingués set anys, no era cap impediment per l'aliança de dos regnes que havien de ser amics. Alfons es casaria amb ella, però no la veuria fins que no fos dona. Així resava la llei castellana i així es compliria.

*** ***

Xàtiva disposava de dos castell. Un de més gran i un de més petit. Davant de les muralles Jaume va rebre Abolcassim, el missatger de l'alcaid de la ciutat. Vestia les riques teles que els arribaven de Tunis i duia la barba ben retallada i les mans netes, com és el costum dels adoradors d'Al·là.

—Senyor, el meu amo m'envia per fer-vos arribar el seu missatge de concòrdia. Ja fa dies que lluitem i ell no us vol cap mal —digué Abolcassim.

—Aquestes terres són meves per desig d'Abu Said —respongué Jaume—. Si el vostre amo no vol rendir-les en pau, les rendirà en guerra.

—El meu amo i senyor us demana que aixequeu el setge i, en prova i en pagament del favor, us rendirà el castell petit. D'aquesta manera disposareu d'un lloc des

215

d'on els vostres homes poden protegir el vostre regne i vós us sentireu segurs.

El rei va acomiadar Abolcassim i, tal com havia fet altres vegades, es dirigí a València en companyia de Guillem de Montcada. Després de l'èxit d'Almirra, bo seria consultar la seva millor consellera. I així ho va fer.

En presència de Guillem de Montcada, d'Uc Fullaquer, del mestre de l'ordre de l'Hospital, d'Eixemén Periç d'Arenós, del cavaller Carroç i d'Eixemén de Tovia, un cavaller que era força respectat pels sarraïns, va exposar a la reina la proposta del sarraí.

—Què en penses? —li preguntà.

—Quin consell vols que et doni? Si has arribat fins aquí i has combatut durant tot aquest temps, per què te n'has d'anar només amb les engrunes?

—La reina té raó —digué Guillem de Montcada.

Dies després Jaume va enviar un missatge a Xàtiva. No acceptava la seva proposta i lluitaria fins al final. Però, al contrari d'allò que havia imaginat, l'alcaid de la ciutat va enviar de nou Abolcassim. Només que aquest cop venia acompanyat de dos altres dignataris.

—Senyor, el meu amo coneix el vostre valor i sap del vostre prestigi i que us diuen el Conqueridor. També coneix que mai no us heu fet enrere i que, malgrat ser ferit a València, vau entrar com a rei —digué el sarraí—. Us retrà ara mateix el castell petit i d'aquí dos anys, quan vós decidiu quina part li permetreu conservar, us rendirà el gran.

—Quina prova tinc que complirà la seva paraula?

—Vós sabeu que el meu amo respecta Eixemén de Tovia, i hi confia. Marxeu en pau i deixeu-lo a ell amb nosaltres. Que sigui la seva presència la que us garanteixi la nostra paraula.

—Si és així, digueu-li a l'alcaid que per a ell tindrà Montella i Vallada.

I Xàtiva caigué a les seves mans, mentre ell es dirigia cap a Biar, on l'esperava un nou setge i una nova victòria.

La reina Violant, un cop més, havia encertat amb la seva intuïció i els nobles de Catalunya que l'acompanyaven van quedar prou contents, perquè la part que els pertocava del repartiment era més que interessant.

12.- EL TESTAMENT D'UN BOIG

Joana de Mediona va entrar a la cambra reial. El seu missatge havia arribat a la reina amb tota la claredat que unes paraules femenines, pronunciades en veu baixa, són capaces d'insinuar. I la reina la va rebre, perquè Joana tenia una habilitat especial per obtenir els seus objectius. Durant aquells anys havia aconseguit situar-se per damunt de les altres dones principals i Violant se l'escoltava.

—Senyora —saludà amb una estudiada reverència.

—Atanseu-vos i seieu aquí, a la vora —l'indicà Violant una cadira a la seva esquerra.

Joana es va avançar, segué al costat de la reina i creuà les mans damunt la falda amb el posat submís que adoptava cada cop que estava en presència reial. Talment semblava que mai no havia fet res de dolent.

—Tinc entès que volíeu parlar amb mi —va dir la reina.

—Senyora —abaixà la mirada Joana—. Vós sabeu que només visc per servir-vos.

—Sí, sí, ja ho sé, que vós penseu molt sovint en el meu bé. Cosa que us agraeixo de valent —afirmà Violant.

—Veureu, senyora. M'he assabentat que un lleial servidor del rei serà pare d'aquí poc. I vull... —es mossegà el llavi.

—Demanar algun favor per a ell?

—No, senyora.

—Per a vós?

—Tampoc, senyora. Només desitjo que no us assabenteu per llengües que persegueixen el mal —digué, i es fregà les mans simulant un neguit inexistent.

—Parleu sense embuts. Us ho prego —s'interessà la reina.

—Es tracta de Berenguera —digué, i esperà pacientment que la reina recordés aquell nom, però Violant no hi queia—. L'esposa de Fernandes, un dels notaris reials —afegí amb timidesa.

Llavors, Violant la va recordar. Llessamí amb un toc de violeta. Perfum que fa uns mesos encara havia olorat a la pell de Jaume.

«Com pot ser?», pensà. Ella tornava a estar embarassada. És que Jaume mai no en tenia prou? Tanmateix, pel moment, no hi havia res a dir. Berenguera estava casada, era jove i sana i bé podia deixar-la prenyada el seu marit.

219

—Què hi té a veure ella amb mi? —demanà.

—Oh, senyora! —féu Joana i va baixar el cap avergonyida—. Potser he fet cas de les veus que parlen que el rei visita amb massa freqüència la casa del notari, quan el més normal seria que el seu servidor visités palau —esclatà a plorar—. Perdoneu-me, senyora! No havia d'haver vingut i, menys encara, dir-vos això, quan tothom no para de comentar el molt que el rei us estima i la gran devoció que sent per vós.

—El rei és lliure de visitar la casa dels seus súbdits i, si ell decideix que així ha de ser, els seus motius tindrà —respongué Violant.

Tots els plors de Joana van desaparèixer en el mateix instant de creuar la porta i van ser substituïts per una rialla. Ja era el segon cop que s'avançava als esdeveniments i allò li podia reportar bons beneficis, més que no pas amb la primera confidència, quan li va comunicar que Jaume havia estat pare de dos nens en ben poques setmanes. Des d'aleshores la reina no li negava cap petició.

—Oh, senyora! —li havia dit, quan la llengua d'un bisbe havia servit per tapar la culpa de la seva indiscreció—. Si jo hagués sabut que el rei anava a reaccionar d'aquesta manera…

—Vós no sou responsable de res, sinó el rei. Ell s'ha precipitat i ha tret conclusions que no eren certes —la consolà Violant—. Vau venir a mi per fer-me una confidència i jo us he guardat el secret. Si vós sou culpable, jo també en sóc.

I ara somreia perquè, malgrat que la reina havia simulat que no atorgava cap mena d'importància a un fet tan trivial com que una dona quedi embarassada, Joana sabia que no era així i que les seves paraules tindrien el seu efecte i que, si, tal com pensava i estava convençuda, l'encertava, Violant li deuria un gran favor. Llavors seria el moment de recordar-li que el seu marit volia establir un negoci d'importació d'articles de luxe i que estava massa ocupat com per preocupar-se per la creixent competència d'altres homes rics que perseguien el mateix. Una exclusiva seria un bon preu per aquell servei. Oi que sí?

*** ***

En aquells dies Guillem de Cervera, l'home fidel, el conseller assenyat, a qui l'edat li permetia veure molt més enllà, va morir al monestir de Poblet. Feia unes setmanes que les forces l'abandonaven i Déu el va cridar al seu costat després d'una mort dolça. Jaume va assistir al funeral en companyia de Violant i va sentir la seva mort i va veure com els homes que l'havien acompanyat durant anys desapareixien. Ramon de Plegamans, que li va proporcionar els vaixells per conquerir Mallorca i a qui també s'escoltava, tampoc figurava entre els vius. I és clar que també desapareixien altres que havien estat un bon entrebanc. Balasc d'Alagó ja no tornaria a desitjar un comptat independent. La mort havia acabat amb la seva cobdícia.

Mesos després, naixia una criatura. Pere, li van posar per nom. Fernandes, va rebre el cognom del seu pare. Senyor d'Híxar, el van nomenar secretament a les corts, per petició expressa del rei. I aparegué una nova baronia que creixeria amb el temps, però que, pel moment, havia de romandre en silenci.

Tanmateix, el silenci no sempre és sinònim de desconeixement i la reina s'assabentà del nou títol per llavis de Joana, que va incloure entre les seves confidències el favor que havia de menester per al seu marit. I, naturalment, l'obtingué.

*** ***

Guillem Bernat d'Entença no era capaç de donar cap explicació. Jaume se'l mirava des de l'altre costat de la taula i es fregava el front. Ja començava a tenir mal de cap. Pere Ferrandes d'Açagra, que havia substituït Guillem de Cervera, callava. Ell tampoc s'ho explicava.

—Com se n'ha assabentat la reina? —va demanar de nou Jaume. El to de la seva veu havia pujat des de la darrera pregunta, i la ràbia també.

—No ho entenc, senyor. Us juro que...

—No jureu allò que desconeixeu —s'enfadà el rei, i s'aixecà per caminar amb llargues passes per tota l'estança—. Déu meu! Sabeu que m'ha demanat? —s'aturà de sobte i mirà els dos cavallers—. Si a cada fill bastard li atorgo una baronia, cadascun dels seus ha de tenir un regne. Això ha dit la reina. I prou sabeu que, quan ella diu alguna cosa...

—Això és impossible, senyor! —s'espantà Pere Ferrandes.

—L'acord amb Alfons de Castella ens deixa les mans lligades per conquerir més terres, com no siguin a l'altre costat del mar —digué Guillem Bernat d'Entença.

222

—Prou que ho sé! —cridà Jaume i estavellà el puny a la taula. Es quedà quiet i premé les parpelles amb força. Maleït mal de cap!

—Què fareu, ara?

—No puc portar a judici allò que em penja entre les cames —digué, tot recordant les paraules de Guillem de Cervera, quan va descarregar la responsabilitat del rei en algú que, per molt que aixequi el cap, no pot parlar. I aquest pensament va alleugerir l'opressió que sentia al front i el va fer esclafir a riure.

Els dos cavallers es miraren. No parlaven, però prou que s'entenien. El rei era massa gall per a una sola gallina i allò que al corral és benedicció de Déu, a la cort dels homes és maledicció del diable.

—Confio en vós com en ningú. Sé que els vostres consells sempre han estat assenyats i us demano que cerqueu una solució —digué Jaume, i abandonà el despatx.

Un cop sols, els dos cavallers no sabien què dir. Una solució, demanava el rei. Quina solució li podien donar? Coneixien prou bé la reina i sabien que no s'aturaria davant de res ni de ningú. Si demanava un regne per a cadascun dels seus fills barons, només calia resar i esperar que no en parís cap més. Però, tot i així, quedava Jaume, el tercer dels fills del rei, que encara no tenia un regne.

—Mallorca per a Jaume —digué Pere Ferrandes—. No hi ha cap més solució. Que Alfons sigui el rei d'Aragó i de Catalunya, que Pere es quedi amb València i que Jaume hereti Mallorca.

—No ens precipitem —respongué el d'Entença—. Ja vam tenir un bon enrenou quan va partir l'herència entre Alfons i Pere i les ferides encara no s'han tancat. Alfons mira amb recel el seu germà Pere i no acaba d'acceptar que les terres conquerides no entrin dins de l'acord que Jaume va signar per obtenir el seu divorci d'Elionor. Sort que Pere és un infant i no s'assabenta de res. A més, com s'ho prendrien, els altres nobles, si ara han de partir la seva lleialtat entre tres, enlloc de dos senyors? No oblideu que el de Montcada, per posar un exemple, té terres a Catalunya, a València i a Mallorca.

—Múrcia, seria la solució —apuntà Ferrandes.

—I el tractat d'Almirra?

—Castella encara no està preparada per atacar Múrcia. Si el rei la pren, sempre pot establir un nou acord, pel qual Jaume esdevindria rei vassall de Ferran de Castella.

—I què hi diria Alfons de Castella?

—Ell heretarà el regne del seu pare.

—Sí, però amb una nova imposició. Meditem-ho —repetí el d'Entença—. Abans de proposar-li una solució, val més que reflexionem.

—Doncs no hi veig cap més solució. O Múrcia o Mallorca. I, si és Mallorca, no sé com reaccionarà la reina.

—Déu ens ajudi —féu Guillem Bernat.

—No sé si en tindrem prou amb l'ajut de Déu —digué Ferrandes, i féu el senyal de la creu per demanar perdó per la blasfèmia.

*** ***

La reina es va mirar Jaume amb un posat que semblava preguntar-li si l'havia pres per idiota.

—Un fill teu, que ha nascut a la mateixa ciutat que tu i que porta el teu nom —digué amb veu pausada. Llavors alçà el to—. Com pots ni tan sols imaginar que serà rei vassall d'algú? Múrcia no és per a ell!

—No tinc altra cosa —féu Jaume.

—Montpeller ha de ser seu i totes les terres de més enllà del Pirineu.

—Ningú no acceptarà que d'allò faci un regne. I menys Lluís de França —replicà ell—. Tinc problemes amb el comte de Foix, que encara va a estira cabells amb el bisbe de la Seu d'Urgell per culpa d'Andorra, i els nobles de Provença fan i desfan a la seva conveniència.

—Llavors hi has d'afegir Mallorca.

—No puc. Mallorca i València són per a Pere. Així ho vam acordar.

—Abans que conquerissis aquelles terres, València era un regne i Mallorca un altre. Tothom ho sap i tothom ho ha d'acceptar.

Jaume va callar i va sortir de la cambra de la reina. Discutir amb ella era picar ferro fred. Ja portaven setmanes amb el mateix tema i no hi havia manera de convèncer-la. El d'Entença i el d'Açagra haurien de buscar una altra solució. Múrcia no valia.

*** ***

El papa Celestí IV només va ser al pontificat poc més de dos anys. Per això havien triat un successor més jove i, naturalment, més fort en tots els aspectes. Innocenci IV feia honor a aquestes qualitats i havia heretat el mateix tarannà i la mateixa visió d'estat del Papa que havia portat aquell nom, l'home que va triar Jaume per tal que fos rei d'Aragó i de Catalunya, que va perseguir els càtars en una creuada brutal i que va convocar el IV concili de Laterà.

Un any de pontificat i el nou Apostòlic ja havia pres decisions importants. Polítiques, evidentment. No feia ni dos mesos que havia deposat Frederic II, l'emperador romano-germànic coronat per Honori i excomunicat per Gregori, rei de Romans, rei de Sicília, rei de Germania i rei de Jerusalem gràcies a la creuada que li havia permès obtenir aquell regne. Però, malgrat els seus èxits, Innocenci ja havia decidit acabar amb ell i ho va aconseguir tot recolzant una nova revolta. Ara s'havia retirat al castell Fiorentino i el seu imperi s'havia desmembrat. Però no content amb aquesta victòria, el Papa no havia acceptat coronar emperador Conrad IV de Germania i tot apuntava cap a una nova destitució.

Monsenyor Freitti romania callat, mentre l'Apostòlic no parava de cridar.

—S'ha tornat boig! —feia, enrogit per la ràbia—. No hi ha cap altre rei que em porti tants mals de cap com ell. Gregori, que Déu tingui a la seva glòria, l'hauria d'haver excomunicat quan va tallar la llengua del bisbe de Girona. Així s'hauria acabat tot —es va quedar pensarós—. Com pot trencar un pacte sagrat? —va fer, de sobte—. El destituiré.

—No podeu, Santíssim Pare —digué monsenyor Freitti—. No ha estat coronat emperador.

—Doncs tota Europa i tots els regnes musulmans el tenen per un emperador. És rei d'Aragó, de Catalunya, de Mallorca, de València, senyor de Montpeller... —nomenà tots els títols que adornaven Jaume—.

L'excomunicaré i després el destituiré —féu, ben convençut.

—Sí, però encara no és emperador de forma oficial —repetí Freitti—. D'altra banda, una excomunió encara l'encoratjaria més. Recordeu el que va passar amb l'excomunió de Frederic II. No va servir perquè deixés el poder. Al contrari, encara va ser capaç de conquerir Jerusalem. No podria passar el mateix amb Jaume?

—Frederic s'ha trobat amb una revolta —somrigué Innocenci.

—Sí, Santíssim Pare. No obstant això, no oblideu que l'economia d'Aragó i de Catalunya va bé i que, quan la gent viu bé, ningú no pensa en revoltes. No és el mateix cas, no serà senzill i, potser, hi ha altres camins.

—Mai no el coronaré emperador! —cridà Innocenci.

—Tal vegada, no caldrà fer-ho —somrigué Freitti.

—Què voleu dir?

—Pretén trencar Aragó i Catalunya, el germen de tot el seu poder. Ha proposat que l'Aragó sigui per a Alfons, Catalunya i València per a Pere i Mallorca i Montpeller per a Jaume. Per tant, no hi haurà emperador i poc ens haurem de preocupar del seu poder que ja amenaça d'estendre's pel Mediterrani —explicà Freitti—. Hem de deixar que el gos bordi, salti, s'enfadi i es pengi amb la corda que ell mateix ha lligat al seu coll.

—Els nobles no ho acceptaran.

—El més vehement, en aquest aspecte, és el de Montcada. Si el convencem, tot anirà bé —alçà les espatlles monsenyor Freitti.

Innocenci es va mirar el bisbe. Monsenyor ja era molt gran i es trobava malalt, però havia estat un gran puntal per a Gregori, per a Celestí i, ara, per a ell. No ho podia negar i tan de bo Déu el mantingués amb vida molts anys, perquè una ment com aquella i una experiència tan dilatada en afers d'alta política el feien inestimable. Si no fos per la seva edat, de ben segur que aquell home es mereixeria estar assegut a la cadira més alta de l'Església. Ho sabia tot sobre tothom.

—Deixo aquest afer a les vostres mans —digué.

Monsenyor Freitti va fer una reverència i abandonà la sala. Innocenci no quedaria defraudat pels seus serveis, i el desig de Déu, perfectament interpretat per ell, com sempre, es compliria.

*** ***

Les corts estaven reunides al palau de Barcelona. L'enrenou era d'allò més. El rei els anava a presentar el darrer testament per tal que el ratifiquessin i els partidaris i els detractors ja s'havien enfrontat abans d'arribar a la gran sala. Les posicions eren extremes, fortes i fermes i el punt de consens no podia existir, perquè els plantejaments eren radicalment oposats.

Jaume va entrar i els crits esdevingueren murmuris i els murmuris acabaren en silenci. Va caminar entre els nobles i els homes rics i es va seure a la cadira que li estava reservada, davant de tots aquells rostres que se'l miraven sense dir res.

Guillem Bernat d'Entença va ser l'home triat pel rei per a exposar els nous terminis de la decisió reial i el noble, tot i que no hi era d'acord, es va alçar i va fer la lectura del document amb una veu que no podia amagar el seu descontentament i el que li costava representar un paper que no havia demanat.

Ningú no va dir res fins que s'acabà la lectura. Ningú no havia badat boca perquè ja sabien a l'avançada el contingut de les voluntats de Jaume i ja havien exhaurit tota la saliva de que disposaven, per la qual cosa van dirigir els seus ulls cap a Guillem de Montcada. Ell parlaria per tots i esperaven amb deler que encetés el camí.

Durant una estona, curta, però interminable, el de Montcada va romandre amb la mirada al terra, mentre es retocava la vora del seu vestit i repassava el caient de les mitges. Semblava no tenir pressa. Potser, reflexionava. Però, què havia de pensar? Ho tenien tot parlat i ben parlat i ell havia estat el principal instigador de l'oposició. Llavors, amb parsimònia, es llevà.

Dempeus, es va agafar la pitrera amb les mans i aixecà el cap, ben orgullós, mentre es feia el silenci absolut. Ara, el rei sabria la resposta de tots els nobles i dels homes rics i de bona part dels prelats de l'Església.

—Senyor —va fer una reverència el de Montcada—. Senyors —va fer una nova reverència cap a la resta dels presents—. Vós sou el rei i vós heu de decidir sobre el futur de la corona. Allò que el rei ha decidit, és el desig dels seus servidors —va fer, i es va tornar a seure.

Si en aquell moment hagués caigut una ploma al terra, tothom hauria pogut escoltar el soroll, tan gran era el silenci dels presents. I més gran que el silenci, encara era la sorpresa dels que havien escoltat l'exigu discurs de Guillem de Montcada. Fins i tot, Pere Ferrandes es va quedar bocabadat, i va mirar, sense entendre-hi res, Guillem Bernat d'Entença, mentre li feia un gest d'interrogació.

Guillem Bernat va dirigir els seus ulls cap al bisbe de Barcelona i després cap al de Girona, que exhibien una actitud majestàtica, com si tot allò no anés amb ells. I llavors ho va entendre. Guillem de Montcada havia rebut un bon preu pel seu vot. Tal vegada, un estatut especial per a ell i per a les seves terres? I, ara, qui gosaria oposar-se al rei, si el seu més gran opositor li feia costat?

Déu meu! Tothom havia perdut el seny. El seny i la votació.

Catalunya i Aragó van quedar dividits damunt del paper, tot i que no va ser una tasca senzilla acceptar la línia divisòria, perquè Jaume va exigir que Lleida sencera, fins i tot Montsó, passés a dependre dels catalans mentre els aragonesos veien com el seu regne quedava malmès i com l'infant Alfons perdia la major part de la seva herència.

—I ara què? —va fer Pere Ferrandes d'Açagra—. Estem en mans d'un foll.

No feia ni uns mesos que li havia jurat fidelitat i que havia renunciat al seu estatut d'independència, perquè, fins i tot, li havia venut un castell per poder fer front als seus deutes. I la pregunta seguia sent: i ara què?

El bisbe d'Osca, el sempre assenyat Vidal de Canyelles, va guardar silenci i va marxar el més aviat que va poder. Les ordres de l'Apostòlic eren clares, però ell tampoc hi estava d'acord, malgrat que s'havia vist obligat a votar a favor.

No, no va dir res, però pensava el mateix que el d'Açagra. El rei s'havia tornat boig, perquè era el primer cop, en tota la història, que un rei trencava el reialme original i de poc serviria que Jaume hagués nomenat senyor de l'Aragó el seu fill Alfons i li hagués atorgat amplis poders. Aquella ofensa, tard o d'hora, esdevindria font de problemes molt més greus.

13.- EL TERCER BASTARD

La conquesta del regne de València s'havia acabat, però la repartició del regne entre els fills de Jaume va ser interpretada pels sarraïns com una mostra de debilitat. I només va faltar que el rei comencés a rodejar-se de jueus i els encomanés tasques de justícia i de govern. Allò va encendre els nobles i, encara més greu, els prelats. Però el major problema va ser Alfons.

—He parlat amb el fill del rei de Castella i ell em recolzarà amb un exèrcit si decideixo atacar el meu pare —va dir un dia, a casa del bisbe d'Osca—. Ferran està malalt i confia plenament en el seu fill. A més, el meu pare no ha volgut parlar amb ell ni escoltar-se'l.

—No podem encetar una guerra civil —li contestà Vidal de Canyelles—. Seria la fi de tot.

—No podem deixar que un boig governi el regne —replicà Alfons—. Perquè això sí que serà la fi de tot. Ja heu vist allò que passa a València. Balasc Ximenes, el fill del baró d'Arenós, va anunciar la seva boda amb la filla d'Abu Said i el rei s'hi va oposar, perquè aquesta unió seria massa forta. No li ha quedat més remei que tornar a València i prendre Segorbe per poder mantenir la seva posició. Després ha atorgat a Saragossa, a València i a Mallorca més autogovern. Ara està enemistat amb Castella, amb Navarra i amb el rei de França; ha nomenat dos jueus, Salomó Bonofos i Salomó Vidal, com administradors a Catalunya i a València; a tot això, els sarraïns de València s'han aixecat i ha hagut de recórrer als nobles per apagar el foc. Al-Azraq ha estat vençut, però ha fugit cap a Granada amb molts dels seus seguidors i pot tornar.

—Ha d'haver una explicació per a les decisions del vostre pare, el rei Jaume —comentà el bisbe.

—Sí —afirmà Alfons amb forts cops de cap—. Que s'ha tornat boig i que les seves decisions són absurdes. Va voler expulsar tots els sarraïns de terres valencianes, quan ell sempre els havia respectat. Sort que els nobles van ser molt més assenyats, perquè, si feia fora tota aquella gent, qui treballaria les terres?

—No puc negar que semblen els actes d'un foll, però el vostre pare no ha estat sempre així i ha d'haver alguna altra explicació —medità Vidal de Canyelles.

—Llavors, només ens queda una altra opció: la cobdícia de la reina hongaresa i com el té agafat —va fer Alfons amb menyspreu—. Una reina que no fa altra cosa que parir nous infants i demanar noves reparticions.

—No em digueu que torna a estar embarassada? —s'espantà el bisbe.

—Comenceu a resar per tal que sigui nena, com la darrera, perquè, en cas contrari, hi haurà un nou repartiment i jo em demano: quina part em prendrà ara?

—No crec que s'hagi begut el seny fins aquest punt —negà Vidal de Canyelles

—N'esteu segur?

—Que encara n'hi ha més?

—Per ser un prelat, no esteu gaire ben informat —respongué Alfons—. Sabeu que el rei ha decidit escriure unes memòries? —digué amb un somriure—. Millor dit: ja ho està fent. Les està dictant a un canonge —afegí.

—Qui és?

—El canonge Josep d'Artal.

—El conec. Fa anys va servir a les meves ordres, quan encara no era bisbe i m'estava a Girona —afirmà Vidal de Canyelles.

—I, segons diuen, ho explica tot —va fer Alfons, amb un to que amagava més que no pas ensenyava.

—Què voleu dir?

—Que no se'n salva ni un —aixecà les celles—. Ni noble ni prelat. Diuen que són tan sucoses que, fins i tot, relata les seves aventures al llit.

—Verge Santíssima!

—I suposo que tampoc sabeu que espera un altre bastard.

—Amb qui, aquest cop?

—Elvira Sarroca.

—Ara sí que hi haurà nou repartiment —afirmà el bisbe. Per a ell era evident que la reina, tard o d'hora, se n'assabentaria i llavors... No volia ni imaginar-se'n les conseqüències—. Ha arribat el moment de fer alguna cosa —mormolà.

—Matar el rei? —preguntà Alfons. Més proposició que pregunta.

—Ni tan goseu tenir aquest pensament —s'esgarrifà Vidal de Canyelles.

—Potser altres el tenen per nosaltres —somrigué Alfons, enigmàtic—. La pregunta és: què proposeu?

—Pel moment, resar. Déu ja proveirà.

—Quan estigueu sol davant de l'enemic, sense ajut, encomaneu-vos a la Verge i no correu —replicà Alfons—. Ja veureu quin és el resultat.

Vidal de Canyelles es va quedar sol. I és clar, que sabia allò que passava! Osca quedava molt lluny de Barcelona, però les notícies sempre arribaven. L'havia deixat parlar, perquè el jove príncep necessitava desfogar-se i s'havia fet el babau, com si vingués de l'hort, malgrat que prou que coneixia que el rei estava redactant unes memòries. Com no ho havia de saber, si les tenia ell, tancades en un cofre?

No havia estat cap mala pensada deixar parlar Alfons i esperonar-lo per tal que deixés anar tota la ràbia que duia dins seu. Ara ja tenia la mesura exacta de la situació, i no era gens afalagadora.

Feia dies i dies que Vidal de Canyelles cercava una solució per a tot aquell enrenou. Matar el rei, li havia proposat Alfons. Matar el rei? Allò sí que era una bogeria. El primogènit de Jaume encara estava un xic verd per governar, Pere tenia nou anys, el tercer fill Jaume comptava només cinc i el quart, Sanç, tot just començava a caminar. Sort que, en néixer el darrer, la reina no havia demanat un nou regne per a ell. No hi havia motiu, però quan s'assabentés que el rei havia deixat embarassada una altra dona, quina seria la seva reacció? I, si tal com temia Alfons, la reina paria un altre nen, què passaria llavors?

*** ***

Els negres presagis es van complir per partida doble. Elvira Sarroca havia parit un infant i, en un acte que no mereixia cap qualificatiu prou suau, li va posar per nom Jaume. Una ofensa que es repetia, perquè ja n'existien dos que duien el nom de Pere. Tanmateix, aquesta vegada no va aparèixer cap nova baronia.

I com sempre havia passat, el fidel ocellet de la reina, la subtil Joana, va volar per dur-li les noves i Violant, furiosa, en parir el quart baró, al que van posar per nom Ferran, va exigir que el rei complís el seu deute. Només que, ara, el pastís hauria de tenir cinc trossos. Un nou repartiment que encara dividiria més l'imperi, i tothom es demanava com seria el prodigi de repartir quatre regnes entre cinc infants.

*** ***

Feia vent, força vent, però els estrets carrers de Girona i les muralles permetien que els seus estadants poguessin caminar sense entrebancs. Vidal de Canyelles va abandonar el palau episcopal i va baixar el pendent que el conduiria fins al carreró que era el cor del barri jueu. Feia tres dies que havia arribat a la ciutat. Una visita al seu col·lega, era l'excusa, però no el motiu principal. El dia anterior havia enviat una nota a Mosse ben Nahman, el rabí que havia fundat una escola i que era famós pels seus estudis sobre la Cábala i pels seus coneixements de la ment i del cos humà. L'havia conegut molts anys enrere, quan era sacerdot en aquelles contrades i havien parlat en diverses ocasions. L'havia sorprès, aquell home gran i amb un nas corbat que mirava fixament i avançava el cap com una àliga que ensuma la presa.

Nahman havia respost de seguida. Delicat havia de ser el tema, quan el bisbe d'Osca li proposava visitar-lo a casa seva, quan el més normal era que el rabí es desplacés a palau.

Vidal de Canyelles venia sol. Havia rebutjat la protecció de l'escorta i havia sortit per una porta lateral, lluny de les mirades. Tampoc vestia roba luxosa ni cridanera, sinó que mirava de passar desapercebut. L'únic objecte que destacava era el paquet que duia als braços.

Va arribar a la petita porta que donava pas al pati interior i va trucar. Poc després, Nahman va aparèixer amb un somriure als llavis i una actitud amable.

—Sigueu benvingut a casa meva —saludà amb una lleugera reverència.

—Que Déu sigui amb vós —respongué Vidal de Canyelles.

—Fa molt de temps que no parlàvem.

—I ho he trobat a faltar —afirmà el bisbe, amb el cap.

—Entreu. Us ho prego —va dir Nahman i es va fer a un costat.

Ambdós havien envellit i les arrugues adornaven els seus rostres. Són el signe del pas del temps i, potser, de la saviesa, perquè cada una d'elles representa una lliçó que la vida ens ha presentat. Si l'hem après, l'arruga esdevé premi i és neta i elegant; si no l'hem après, allà queda per sempre més com testimoni desdibuixat d'una ocasió perduda.

El rabí va conduir el bisbe fins a una petita cambra plena de llibres, de documents i d'objectes curiosos que ningú no sabia ben bé per a què servien i que el seu amo poc explicava. Enmig de la cambra, damunt d'un basament de fusta, com si fos un altar, reposava una pedra de color negre amb arestes rectes. Vidal de Canyelles mai no havia estat allà.

—He acomiadat tots els deixebles i, fins i tot, els meus fills i la meva esposa, perquè he deduït de la vostra nota que el motiu de la vostra visita ha de ser estrictament confidencial —va dir Nahman, quan ja s'havien assegut i havia ofert el bisbe una tassa d'infusió de camamilla calenta, que prou que s'hi adeia, amb el dia.

—Heu interpretat correctament el meu desig, i us ho agraeixo infinitament —somrigué Vidal de Canyelles.

—En quina cosa us puc servir? —va fer Nahman amb humilitat.

—Estimat Nahman, més que no pas servir, ajudar —respongué el bisbe, també amb humilitat.

—Doncs, en què us puc ajudar? —corregí la pregunta el rabí.

—És un tema força delicat i no sé com haig de començar —dubtà el bisbe.

—Pel començament —somrigué Nahman.

Era un home afable que escoltava amb molta atenció. Al seu costat tothom se sentia bé i aquella petita estança, on la intimitat convidava a parlar, li servia per crear el clima adient a les confidències.

—Suposo que sabeu que el rei darrerament ha pres decisions... estranyes.

—Pròpies d'un foll...? —suggerí Nahman.

—No hauria gosat emprar aquesta paraula, però ja que l'esmenteu... —mogué el cap amunt i avall el bisbe. Per què anar amb embuts?—. El cas és que ara la reina li ha donat un altre fill.

—Benedicció del cel —digué Nahman.

—Acompanyada d'una maledicció del diable, perquè també ha engendrat un altre fill bastard —corregí el bisbe—. I la reina exigeix nous regnes per als seus fills.

—I no n'hi ha —afirmà Nahman amb el cap.

—I no n'hi ha —repetí el bisbe.

—I jo? —preguntà, confós—. No sé en què us puc ajudar.

—Veureu, amic meu. El rei no sempre ha sigut així. En altres temps era assenyat i prudent, però ha canviat. Vull saber quan i per què ho ha fet i, allò que és més important, si podem redreçar la torta.

—Em demaneu que empri arts endevinadores per a vós? —demanà Nahman, encara més confós—. Això està castigat per la vostra església i es considera un pecat mortal patrimoni dels dimonis. La Inquisició ho persegueix i no crec que Ramon de Penyafort deixi passar una ocasió com aquesta per culpar el meu poble d'un acte tan ignominiós —es posà en guàrdia.

—Mai no gosaria demanar-vos res que posés en perill la vostra vida —es disculpà el bisbe—. No busco les arts endevinadores, sinó els vostres coneixements. Recordo, quan era aquí, a Girona, i parlàvem vós i jo, que em dèieu que la ment humana és força estranya i que les passes que fa endavant també les pot fer enrere i que cada cop que ens movem, que parlem, que mirem o que fem qualsevulla acció, estem explicant els altres qui som, perquè el nostre exterior és el reflex del nostre interior. Ho recordeu?

—Així sembla i l'experiència ho corrobora —confirmà el rabí.

—El rei ha escrit les seves memòries —allargà el bisbe el paquet que havia dut amb ell—. Són aquestes. Si és cert tot el que em vau explicar, en elles podreu llegir el seu interior i dir-me qui és i per què ha canviat.

Nahman va prendre el paquet i retirà la tela que l'envoltava. Tot un seguit de fulls manuscrits van aparèixer.

—Les ha escrites ell, personalment?

—No. Les ha dictades.

—M'ho imaginava. No és la lletra que correspondria a un home d'acció sinó més aviat la d'una persona que no fa exercici, que tot el dia està tancada i asseguda —afirmà Nahman.

—El canonge Josep Artal —informà el bisbe, gratament sorprès per les apreciacions de Nahman—. Malgrat no ser la seva lletra, ho podeu fer? Podeu canviar el pensament del rei?

—És delicat i algú podria pensar que intento embruixar-lo —medità Nahman—. I això encara seria més perillós. No tan sols per a mi, sinó també per al meu poble.

—Els meus llavis mai no pronunciaran cap paraula, fora d'aquí. A més, penseu que, si al rei li arribés alguna cosa, perdríeu la vostra protecció i la protecció del vostre poble. Ara gaudiu de pau i de prosperitat i ningú no gosa fer res contra vós, però... —va dir el bisbe i va deixar la frase penjada. No calia acabar-la.

—I els jueus d'Osca, també gaudiran de la vostra protecció?

Vidal de Canyelles va somriure. Coneixia prou bé els jueus i el seu tarannà. Eren una gent que s'ajudaven els uns als altres, que sempre tenien un plat a taula per als seus companys de religió, que vetllaven per tot un poble, i aquesta era la seva gran virtut i la font del seva força.

—Us garanteixo que, mentre jo sigui bisbe, ningú no tocarà cap jueu.

—Tindreu notícies meves —respongué Nahman.

Dos dies després el bisbe va rebre una nota. Mosse ben Nahman volia parlar amb ell. I Vidal de Canyelles va refer el camí fins al carreró on vivia el rabí i va entrar de nou a la petita habitació plena de documents.

—Heu trobat la resposta? —demanà, quan tornaven a seure davant d'una tassa d'infusió.

—He trobat les preguntes que cal fer per tal d'obtenir una resposta.

—No us entenc —se'l mirà interrogant.

—A València, durant el setge, el rei Jaume va ser ferit al cap —va dir Nahman, i va prendre el manuscrit de les memòries del rei—. Si llegiu atentament aquestes pàgines, us adonareu que hi ha un canvi a partir d'aquest moment. No ho heu notat?

—L'única cosa que puc dir és que, des d'aleshores, pateix freqüents mals de cap —respongué el bisbe. Evidentment no ho havia copsat.

—I no els tindrà, per casualitat, quan s'enfada?

Vidal de Canyelles es va prendre el seu temps per respondre. Coneixia prou bé Nahman i sabia que sempre cercava respostes exactes.

—Sí. Em sembla que sí.

—Doncs, aquí, probablement, teniu la causa —digué el rabí, com si fos una evidència.

—I per què no li fa mal el cap quan lluita? —s'estranyà el bisbe.

—Perquè la lluita, per a ell, no és motiu per enfadar-se, sinó que l'accepta com part de la seva vida i encara l'ajuda a treure fora tota la ràbia que omple el seu cor. Sempre ho ha fet i no és cap contrarietat, sinó un repte —explicà el rabí—. També ho podeu descobrir en les seves memòries. Fixeu-vos que ho explica amb orgull, amb passió i amb un regust de plaer.

—I què hi podem fer?

—Podem mirar de guarir-lo. Si eliminem la boira, apareix el sol —va obrir el rabí els palmells enlaire.

—Com? —demanà el bisbe.

—Aquesta és una pregunta bastant més difícil de respondre —mogué el cap a dreta i esquerra el rabí—. Per fer-ho, l'haig de veure i, sobretot, l'haig de poder examinar —mirà als ulls al seu visitant—. Acceptarà ell?

Vidal de Canyelles es va aixecar de la cadira i caminà unes passes amb el cap baix. Acceptaria el rei? Bona pregunta, meditava. I bo seria trobar-ne la resposta, perquè en cas contrari… Mare de Déu!

14.- EL METGE CEC

Jaume no estava de gaire bon humor. Li havien arribat a les orelles els comentaris dels nobles i dels homes rics de Barcelona. Deien en veu baixa que s'havia tornat boig. Per què? Per intentar complir una promesa? Qui s'havia tornat boja era Violant! I Guillem Bernat d'Entença anava de corcoll tot cercant la solució per dividir el regne en cinc parts. Ho havia de fer ell, tot sol, perquè Pere Ferrandes havia mort feia uns mesos. Déu meu! Arriba un punt en el qual tots els que ens envolten se'n van i ens deixen sols.

—És impossible, senyor —deia el d'Entença—. No podem bellugar les fronteres i no podem trencar els regnes que existeixen. Tampoc podem convertir cada illa en un regne.

—Doncs conquerirem Múrcia —bramà el rei.

—Llavors un dels vostres fills serà vassall del rei de Castella.

—Ni parlar-ne. La conquerirem i ens la quedarem. No és això el que volen els nobles?

—Però, senyor!

—Què? —féu Jaume.

—Alfons de Castella és el vostre gendre —digué Guillem Bernat—. A més, hi ha el tractat d'Almirra.

—Doncs el trencarem.

—Això significarà la guerra amb Castella —féu el d'Entença, força espantat.

—I què?

—Que ja tenim prou problemes amb França com per encetar una guerra amb Castella.

—Doncs... doncs... modifiqueu els regnes —es desesperà Jaume—. Féu el que us dic i no m'atabaleu més —l'acomiadà.

Aquell matí el mal de cap era més fort que de costum i li costava raonar. O millor dit: eren els altres que no volien raonar, va pensar, força empipat. Violant no volia fer-li fregues a les temples i les altres dones no en sabien. O, tal vegada, era que ja no hi havia res que pogués apaivagar aquell dolor que cada dia era pitjor i que no marxava ni ara ni mai.

Havia acceptat de rebre Vidal de Canyelles perquè li portava un regal, però, ara, dubtava. Per a què volia un regal, si no podia gaudir de res? El millor regal seria poder dormir tota una nit sencera i trobar-se que l'endemà, quan obrís els ulls, els nobles, tots ells!, haguessin desaparegut per sempre més. No feien altra cosa que oposar-se al seu desig. Maleïts!

Bé! Enllestiria amb el bisbe d'Osca i es retiraria a descansar una estona, va decidir. I aixecà la mà per donar l'ordre que el fessin entrar.

Vidal de Canyelles va entrar acompanyat d'un home que duia un cofre a les mans. El seu rostre li sonava d'alguna cosa, però no sabia ben bé de què.

—Senyor —va fer una reverència el bisbe, a la que el rei va respondre amb una lleugera inclinació del cap—. Recordeu Mosse Ben Nahman? —preguntà. I en veure que el rei no responia, afegí—: El rabí de Girona.

—Ah! —féu el rei. Ara el recordava—. Vós sou la veu del vostre poble, a Girona. Sí. Ens vam conèixer al palau del bisbe, d'aquell babau que parlava més del compte.

—Així és, senyor.

—I què em porteu?

—D'aquí pocs dies farà trenta-cinc anys que sou el nostre rei i he demanat a monsenyor Vidal que m'acompanyi, perquè ell també ha contribuït en l'obsequi —explicà Nahman—. Potser ens avancem al temps, però com havia de venir a Barcelona, he pensat que us faria il·lusió aquesta talla.

—Una talla? —s'interessà el rei.

—De la fusta més rica que hem pogut trobar i l'ha fet el nostre millor artesà —digué Nahman, s'agenollà, dipositià el cofre al terra i l'obrí—. Vós sou el Conqueridor i us mereixeu ser immortalitzat —tragué l'objecte i el mostrà.

Era la figura del rei, a cavall, amb l'espasa ben enlairada i a punt de donar l'ordre d'atac.

Jaume es va aixecar de la cadira i s'atansà per mirar-se-la. Era magnífica. La prengué i li va donar voltes i més voltes, extasiat, però, de sobte, una punxada li va fer acotar el cap. El d'Entença, amb els seus entrebancs li havia portat un bon mal de cap. Tan gran que es va recolzar a la taula.

—Senyor? —va fer Nahman, i el va voler ajudar.

—No és res. Un simple i estúpid mal de cap.

—Voleu dir? —el mirà el rabí amb estranyesa—. No m'ha semblat que fos tan simple i, pel vostre posat, diria que ja fa dies que dura.

—Sou metge? —demanà Jaume.

—Metge, dieu? —s'avançà el bisbe—. És un mestre i tots els grans metges han après amb ell. Salà, sense anar més lluny, va ser el seu deixeble.

—Salà és el vostre metge? —demanà Nahman.

—Sí, però em sembla que l'acomiadaré, perquè no aconsegueix allunyar de mi aquest mal de cap.

—Em permeteu? —va dir Nahman, mentre aixecava lleugerament la mà i assenyalava el cap del rei.

Jaume es va mirar el bisbe, interrogant. De debò era tan bon metge com deien?

—No hi perdeu res —va somriure Vidal de Canyelles, i Jaume va assentir.

—Seieu, si us plau.

Nahman es va situar al costat del rei i li va demanar on sentia el dolor. Jaume va senyalar la part esquerra del cap. Llavors el rabí va examinar la cicatriu del front amb molta cura. Després, va treure una petita capsa que duia sota la túnica, la va obrir i va extreure una pedra negra que semblava germana de la que Vidal de Canyelles havia vist a casa seva, a Girona. Es fregà les mans repetides vegades amb aquella pedra, la guardà, tancà les parpelles i va posar les mans damunt del cap del rei, mentre les movia lentament, respirava fons i entonava un càntic estrany que ningú no podia entendre.

Una estona després, obrí de nou els ulls i enretirà les mans.

—Millor, ara? —preguntà.

—Sembla un miracle —respongué el rei, meravellat. El dolor havia desaparegut.

—Com us vau fer aquesta ferida? —s'interessà Nahman.

—La fletxa d'un sarraí —somrigué Jaume.

—I qui us va curar?

—Salà.

—El podríeu cridar? —demanà Nahman.

—És ell, el responsable dels mals de cap? —féu Jaume—. Voleu dir que no va curar bé la ferida?

—No —negà Nahman—. Al contrari. Ell ha fet un bon treball.

—Llavors?

—Necessito saber fins on va entrar la fletxa.

—Crideu Salà —ordenà el rei.

Poc després entrava el pobre metge. Quan va veure Nahman, el va saludar amb una reverència de respecte. Feia anys que no es veien, però el recordava com l'home més savi que mai no havia conegut.

—Oh, rabí i gran mestre! —va fer, i li va besar la mà —. Els meus ulls s'omplen d'alegria en veure-us de nou.

—Els meus també, estimat Salà —enretirà la mà el rabí i l'abraçà—. He demanat que us fessin venir perquè haig de fer-vos alguna pregunta sobre aquesta antiga ferida del rei.

Salà es posà neguitós i va començar a tremolar.

—Està ben curada —titubejà—. Els mals de cap...

—No ho poso en dubte —el calmà Nahman—. La cicatriu mostra el vostre bon treball. Tanmateix, vull demanar-vos que m'expliqueu fins on va entrar la fletxa i com la vau extreure.

—El casc va aturar el cop i la sageta només va travessar l'os una punta, ni el gruix d'una ungla. I la vaig extreure seguint els vostres ensenyaments, gratant lleugerament l'os i alliberant-la —explicà Salà.

—No vau ni tibar ni la vau bellugar?

—No, malgrat que va ser difícil perquè només hi quedava la punta.

Nahman es va tombar cap al rei, que els escoltava amb molta atenció.

—Es va trencar la fletxa quan us va ferir?

—No —rigué el rei, orgullós—. La vaig trencar jo.

—Vós? Com? —va demanar Nahman.

—Així —respongué el rei i va fer un gest amb ràbia, com si s'agafés una fletxa imaginària i la trenqués amb una sola mà.

—Amb una sola mà? Tal com esteu dient? —insistí Nahman.

—Sí, així mateix —repetí el gest Jaume.

—I des d'aleshores patiu mals de cap?

—Sí.

—Sobretot quan us enfadeu?

—Sí.

—Ara ho entenc tot —mormolà Nahman, abaixant la mirada, com si medités.

—Què és el que enteneu? —demanà el bisbe, que havia romàs en silenci tota l'estona.

—Que res no pugui curar els mals de cap del rei, que els pegats i les herbes no facin cap efecte i que ni Salà entengui allò que passa —contestà Nahman.

—Per què? —preguntà el rei.

—Perquè és evident que la causa del mal segueix dintre.

—Llavors, Salà no va extreure bé la fletxa —s'aixecà Jaume d'una embranzida.

—Sou vós, i perdoneu-me, qui ha fet allò que no hauríeu d'haver fet —respongué Nahman amb una humil reverència—. En trencar la fletxa d'aquesta manera tan poc ortodoxa i no esperar que la tractés Salà, vau deixar un petit tros de ferro dins del vostre cap i cada cop que us enfadeu ell es belluga i respon.

—I ell no ho sabia, això? —demanà Jaume, dirigint una mirada poc amigable a Salà, que no parava de tremolar.

—No ho podia saber i jo poc li ho podia ensenyar quan era el meu deixeble —respongué Nahman—. Penseu que aprenem amb el temps, amb l'estudi i amb l'observació i en aquells dies jo no sabia el mateix que avui.

—Hi ha solució? —preguntà el bisbe.

—Ho haig de meditar.

Un cop fora, Vidal de Canyelles li va agrair profundament que l'hagués acompanyat i li va preguntar de nou si existia remei.

—Ja he dit que ho he de meditar i, si em permeteu, voldria parlar a soles amb Salà. Hem de pensar allò que cal fer i allò que no podem fer.

El bisbe els va deixar i Salà va conduir Nahman fins a una habitació que li servia per tenir tots els seus estris i fer les cures.

—Com ho heu sabut, això del petit tros de ferro? —preguntà el pobre metge.

Nahman va somriure, va treure de nou la petita casa i li va mostrar la pedra negra.

—M'ho ha dit ella —va fer, i va atansar la pedra a un escut que penjava de la paret. Es va escoltar un cop metàlic i la pedra va quedar enganxada a l'escut—. Es diu magnetita, que prové del llatí *magnes*. Les seves propietats, que la gent ignorant es pensen que són màgiques, es limiten a atreure el ferro, però poden passar a les meves mans i, quan tanco els ulls, puc percebre vibracions.

—És per això que us nomenen el Metge Cec? —preguntà Salà.

—Sí. Perquè quan tanco els ulls la gent es pensa que busco el mal a cegues —somrigué Nahman.

—Hi ha remei per al rei?

Era el tercer cop que li feien la mateixa pregunta i els dos anteriors no havia volgut contestar, perquè hi havia massa gent, però amb Salà, a qui coneixia prou bé, podia parlar amb llibertat.

—N'hi ha, però és perillós i difícil i hem d'estar molt segurs quan ho fem.

—Què voleu dir amb això de quan ho fem? —s'estranyà Salà. Nahman havia parlat en plural.

—Doncs, el que he dit. Quan vós i jo ho fem —confirmà Nahman.

—Hi ha perill que el rei mori?

—Sí —afirmà Nahman.

—Llavors, per què ens hem d'arriscar?

—Perquè Jahvè és poderós i té cura del seu poble. El que em sorprèn és que el rei Jaume encara sigui viu i el que em preocupa és que cada cop els mals de cap són més intensos —respongué Nahman, però, en veure que Salà no l'entenia, afegí—: Si Ell, en la seva immensa saviesa, posa a les nostres mans l'ocasió de salvar un rei que ens protegeix, deixarem d'escoltar la seva veu?

—I si mor?

—Això és el que hem d'impedir, perquè, llavors, el nostre poble gaudirà de l'eterna gratitud d'un monarca i podrà viure en pau.

*** ***

El rei estava estirat damunt la taula, quiet, mentre Salà el lligava de mans i de peus i ficava el seu cap dins d'un estrany giny de fusta que Nahman havia ordenat construir. Una mena de capça sense costats, només amb arestes, que permetia que les mans del mestre poguessin arribar fins al seu front i bellugar-se amb total llibertat.

El metge procurava que els nusos fossin ben forts, tal com li havia ordenat el mestre, i que el cos del rei quedés fermat a la taula, sense cap possibilitat de moure's, però els seus dits tremolaven.

—Teniu vós més por que no pas jo —rigué Jaume.

Salà somrigué nerviós i seguí amb la seva feina.

No havia estat senzill convèncer-lo que l'havien de lligar. No parava de repetir que ell tenia prou valor per suportar qualsevol mal.

—Mai no gosaria posar en dubte el vostre valor, senyor —li havia dit Nahman—. Prou que l'heu demostrat en cent combats. Però aquí no es tracta de demostrar res, sinó de salvar-vos la vida. No és per vós, que us lligo, sinó per mi, perquè no vull que la meva mà tremoli tot pensant que us podeu bellugar.

Després havia arribat el moment de parlar amb la reina. Això va ser força més delicat, perquè Violant no s'empassava que tanta disbauxa i tanta aventura en altres llits tinguessin per causa una ferida produïda anys enrere, malgrat que ella mateixa va acabar confessant que en més d'una ocasió la seva intuïció li havia dit que el cap del rei no estava en condicions. Finalment, ho va acceptar, perquè, tot i les constants traïcions, el seu amor podia més que totes les ofenses del món. I, fins i tot, havia dit que hi seria present i que s'estaria vora el rei.

—Serà dur i difícil. El rei patirà de valent. Creieu que ho podreu resistir, senyora? —li havia preguntat Nahman.

—Jo hi seré present —havia fet ella, ferma i decidida.

—Si el mestre Nahman diu que... —va intentar intervenir-hi Vidal de Canyelles.

—Jo seré en tot moment al costat del meu senyor — l'havia tallat la reina.

—Si us desmaieu, no us podré atendre.

—Vós feu allò que heu de fer, que jo també ho faré — i ja no hi va haver cap més discussió.

Nahman va disposar damunt la taula, al costat del cos del rei, els estris que havia netejat i afilat acuradament. La reina se'l mirava i no perdia detall de cap dels seus moviments. Ganivets, garfis i culleres de diverses mides; dos cossis amb aigua calenta i panys del més fi dels fils. Llavors va veure que treia la pedra de dins de la petita capsa i també la deixava damunt la taula.

—Vós li mantindreu ben quiet el cap —ordenà a Salà—. No vull que es bellugui ni un pèl.

—I jo, què hi puc fer? —preguntà Violant.

—Agafeu-li les mans i premeu-les amb força.

—Això és tot? Per a què servirà, si ja les té lligades? —somrigué la reina. Era evident que estava convençuda que Nahman pretenia enganyar-la amb una missió estúpida.

—Senyora, us haig de dir que el vostre paper en aquesta obra és més important d'allò que us imagineu. No us demano que les immobilitzeu, sinó que les sosteniu. Quan el mal sigui insuportable, ell tindrà un lloc on agafar-se i sentirà la vostra força —explicà el mestre amb veu dolça.

—I jo? —demanà el bisbe d'Osca, que també hi assistia.

—Vós, heu de fer allò que més sabeu —li contestà Nahman amb un somriure, i el bisbe encetà una oració.

—Preparat, senyor?

—Preparat —contestà el rei.

—Doncs, mossegueu amb força —li digué Nahman, i li ficà un bastó a la boca.

Salà va veure com els dits de Nahman es movien amb agilitat. Buscava el lloc exacte per on hauria d'entrar. I s'hi va estar força estona fregant-se les mans amb la pedra i passejant-les pel front del rei, amb els ulls clucs, fins que va tenir la certesa absoluta.

Primer un tall ben net, just damunt la cicatriu; després va separar la carn i la sang començà a brollar. Va eixugar la ferida i va agafar una mena de garfi. El contemplà uns instants. La punta era molt afilada. Va respirar tres o quatre cops i començà a rascar l'os.

Els llavis del rei es convertiren en una línia fina i les dents serraren amb força el tros de fusta, mentre un crit s'escapava de la seva gola i el semblant se li empal·lidia. Violant va escoltar el soroll esgarrifós del garfi que anava gratant l'os i per un instant va pensar que no ho resistiria, va tancar les parpelles i va prémer amb força les mans del seu marit. No sabia ben bé si era ella qui donava forces al seu marit, o a l'inrevés. I va seguir escoltant aquell esfereïdor so que semblava el carrisqueig de les dents.

Nahman s'aturava de tant en tant, observava amb molta cura la ferida, atansava la pedra, l'enretirava i l'examinava. Després seguia gratant amb el garfi.

Violant no sabria dir quanta estona va transcórrer, fins que es va fer un silenci perllongat. Llavors, va obrir els ulls i va veure que Nahman prenia la pedra negra i la bellugava pel front del rei, tot atansant-la a la ferida. Salà, amb els ulls clavats a la pedra, el cor encongit i una oració als llavis, va copsar com una petita bola blanca sortia de la ferida i quedava enganxada a la pedra.

Nahman va respirar fons. Estava cansat, més per la tensió que per l'esforç. Tornà a examinar la ferida, amb molta cura. El forat que havia fet a l'os era molt petit, just perquè hi passés aquella mena de gra d'arròs. Finalment afirmà amb lents moviments. Allò era un signe de satisfacció. Va prendre fil i agulla i va cosir la carn. En acabar, embenà el cap del rei.

Jaume respirava alleugerit, amb els ulls tancats i prement amb la força de mil gegants les mans de la seva esposa, que plorava de dolor davant les urpes que li amenaçaven de trencar-li tots els artells.

—Hem acabat —digué Nahman, i ordenà deslliurar Jaume.

—Això sí que és un bon mal de cap —xiuxiuejà Jaume, mentre afluixava la pressió de les mans de Violant—. Ni la fletxa em va fer tal de mal —es queixà. Les seves galtes encara no havien recuperat el color.

S'incorporà lleugerament i es fregà els canells. Salà s'hi havia abonat amb els nusos.

Nahman li mostrà la petita bola blanca.

—Aquesta misèria és la que em feia tant de mal? —demanà el rei.

—No —somrigué el mestre, i amb l'ajut d'un ganivet l'obrí i li va mostrar un minúscul gra negre—. Aquesta, n'és la causa. Aquest petit tros de ferro que vau escapçar de la punta de la fletxa.

—Si és ridícul.

—En les vostres escriptures parleu del gra de mostassa, que és la llavor més petita del món, però després esdevé arbre. No és així? —es va tombar cap al bisbe.

Però Vidal de Canyelles no el podia escoltar. Estava estirat al terra tan llarg com era. S'havia desmaiat. Nahman va riure.

—Estimat Salà, ajudeu monsenyor —ordenà. Després es tombà cap el rei i li explicà—: Doncs aquest gra de mostassa és tan poderós que bé pot matar un rei que és un conqueridor. La natura és tan sabia que l'ha envoltat i us ha protegit tot creant una cuirassa al seu voltant. Tanmateix, anava creixent lentament. Per això cada cop eren més freqüents els mals de cap i, si no haguéssim intervingut, tard o d'hora us hauria mort.

—Al pas que anava, hauria estat ben tard —somrigué Jaume.

—Mai no se sap —negà Nahman—. Allò que puc dir és que, si enlloc de quedar-se enganxat a l'os, hagués entrat més endins i s'hagués mogut amb entera llibertat, ja faria dies que seríeu mort.

*** ***

Mosse ben Nahman encara s'hi va quedar un parell de setmanes, a Barcelona, fins que el rei ja no sentia cap mal de cap i la ferida es començava a tancar.

—Què voleu per a vós? —li va preguntar Jaume, el dia que s'acomiadaven.

—Que no oblideu mai que dos pobles que conviuen no han de lluitar —respongué Nahman—. Que no oblideu que, malgrat que les nostres creences són diferents de les vostres i que els cristians sempre ens han fet responsables de la mort de Jesús, som homes de pau que servim el nostre rei.

—No patiu —va respondre la reina—. Ja li faré memòria, si algun dia se n'oblida. Us en dono la meva paraula.

El mestre va abandonar el palau custodiat per una escorta que el protegiria fins a Girona.

Jaume es mirà la reina. I tant que li faria memòria! Sempre ho havia dit, que Violant era molt més que una reina i, ara, n'estava més que segur.

—Nahman no va venir a Barcelona per casualitat —digué, tot dirigint els seus ulls cap a Vidal de Canyelles.

—No, senyor —respongué el bisbe—. Va venir per portar-vos un regal

—Un gran regal —somrigué Violant.

—Sí. Una talla de fusta i... un gra de mostassa —afirmà Jaume—. Només que jo diria que la idea no ha estat pas seva i que vós hi heu tingut molt a veure.

—Jo, senyor? —posà cara de babau el bisbe.

—Què voleu per a vós?

Vidal de Canyelles es quedà pensarós. Que què volia?

—Sé que heu dictat unes memòries, senyor, i... —dubtà.

—I...?

—Les he llegides i trobo que potser van ser escrites en un moment no gaire indicat.

—I què em suggeriu?

—Un rei ha d'explicar els fets, que és allò que li atorga la glòria, però no pas les seves intimitats —respongué el bisbe—. A més, s'hauria de canviar el llenguatge i fer-lo més adient amb l'alta persona que les ha dictades. Tothom ho acceptaria millor i el vostre poble se sentiria orgullós.

—Ho deixo a les vostres mans i us dono llibertat per tal que traieu tot allò que penseu que no és adient —somrigué el rei—. Però deixeu-hi alguna cosa.

257

—No quedareu decebut, senyor —s'inclinà el bisbe, i marxà.

—És el primer cop que ningú no demana terres ni honors per un favor. I això que han salvat la vida del rei —digué Jaume a Violant—. Recordo un home que, a canvi de salvar-me la vida, només va demanar que mai no esmentés el seu nom.

—Estranya petició —se sorprengué la reina— Qui va ser?

—No puc respondre. Vaig jurar que mai no pronunciaria el seu nom davant de ningú —rigué Jaume.

—Encara tens secrets per a mi? —simulà estar enfadada.

—Aquesta nit t'explicaré la seva història. A canvi d'una bona frega a les temples, naturalment.

—Només a les temples? —féu la reina amb un posat picardiós, es tombà i se n'anà.

15.- LA PENITÈNCIA PELS PECATS

—No hi haurà canvis —havia dit Jaume a Guillem Bernat d'Entença, quan la reina li va comunicar que renunciava a demanar més regnes per als seus fills—. Aragó serà per a Alfons, València i Catalunya per a Pere i Mallorca i Montpeller per a Jaume, però no trencaré més el regne. Ja n'hi ha hagut prou de disbauxes.

Guillem Bernat va respirar alleugerit. Havia estudiat amb molta cura totes les possibilitats i no trobava cap sortida. Per tant, allò era una bona notícia, malgrat que ell, des d'un bon començament, havia estat en contra de qualsevol repartiment. No obstant això, encara va gosar:

—Si la reina hi està d'acord, potser es podria unificar el regne que us va llegar el vostre pare. Tothom entendria que féssiu un nou testament...

—Sí —afirmà Jaume, amb un cop de cap—. Tots els nobles acceptarien que fes un nou repartiment a gust d'ells, però no puc fer-me enrere. El meu fill Jaume ja no és cap marrec que no entén res i, malgrat que encara és un infant, ja se sent rei. No sé com ho faré, però haig d'aconseguir que ell i Alfons siguin bons germans. Jaume no tindrà cap mena de problema. Mallorca no té fronteres amb cap dels altres dos. Hi ha aigua pel mig i ningú les bellugarà —va guardar un instant de silenci, i afegí, enfadat—: A més, s'ho mereixen, els nobles del regne? En els moments més delicats m'han deixat sol. He hagut de lluitar contra els sarraïns i contra ells mateixos i ara, que he recuperat el seny, tampoc no m'ajuden gaire. L'Urgell va com vol, la Provença fa i desfà a la seva conveniència, el comte de Foix juga amb el rei de França i amb mi, Montpeller demana més d'allò que li pertoca, Catalunya i Aragó es disputen la supremacia... —sospirà.

—És que...

—És que què?

—Perdoneu que us ho digui, però les vostres darreres decisions no han estat gaire encertades.

Jaume se'l mirà. Tenia raó.

—Aquells maleïts mals de cap m'infringien més dolor a l'ànima que no pas al cos —digué—. Ara fa mesos que no sento un timbal al cervell i m'adono dels errors. Tanmateix, els nobles també han comès errades importants i no volen disculpar-me. No hi haurà canvis

—negà amb forts cops de cap—. Alfons i Pere hauran d'aprendre a conviure, a respectar-se i a ajudar-se.

Però, els desigs del rei no es van complir i l'infant Alfons va exigir que es complís el primer testament, el que Jaume havia signat i jurat quan es va separar d'Elionor. I les discussions es multiplicaren fins al punt que cada cop que es veien acabaven amb un cop de puny damunt de la taula, mentre els nobles estaven dividits i Guillem Bernat feia mans i mànigues per posar-hi pau i aportar un xic de seny als incomptables enfrontaments verbals que amenaçaven d'acabar amb les espases fora de les beines.

—Què és tot això? El càstig per als meus pecats? —cridava el rei—. La penitència per haver trencat una fletxa?

Mesos després, Jaume, embargat pel dolor de veure com s'aixecava un mur entre els seus fills, que cada dia era més gran, i com les seves boges decisions havien malmès un futur que ell havia somiat ple de pau i de concòrdia, va prendre una decisió i va parlar amb Violant.

—Aquest afer del repartiment del regne dura massa i ho haig de tallar. No puc suportar que Alfons em miri com si jo fos un lladre —li va dir.

—Canviaràs el testament?

—Ho sotmetré a la decisió de les corts. Que siguin ells que trobin la solució. No és això el que volen?

—Els coneixes prou bé i saps que cercaran el seu profit —respongué Violant—. Jo tenia el dret de reclamar terres per als meus altres fills i hi he renunciat. Bé podrien ells renunciar a alguna cosa.

—És possible, però, si més no, tothom hi estarà d'acord. O millor dit: no es podran queixar perquè serà la seva decisió. Em sembla que és una manera prou justa de pagar les meves culpes. No creus?

—I ells, com pagaran les seves culpes? —preguntà Violant, que també recordava totes les discussions durant la campanya de València i com, per culpa dels nobles, havien ferit Jaume—. Ets massa noble, ells se n'aprofitaran i els nostres fills sortiran malmesos.

—No ho tindran tan fàcil. Imposaré unes normes que s'hauran de respectar. Alfons, Pere i Jaume han de ser reis. Tots tres.

—Si és així, jo no m'hi oposaré. Però, vols dir que Alfons acceptarà?

—No ho sé pas —mogué el cap a dreta i esquerra—. Si més no, ho haig d'intentar. A ell li dec una disculpa. O, potser, més d'una, perquè darrerament l'he tingut molt oblidat.

*** ***

Un per un, els nobles i els prelats, van pujar al Puig de Pinós, damunt del qual s'alçava el majestuós castell envoltat per l'ampli meandre del riu Guadalop que sortejava aquelles terres amb respecte, com si la presència dels cavallers de Calatrava li infonguessin temor.

Alcanyís, punt estratègic, situat gairebé a la frontera entre els tres regnes d'Aragó, de Catalunya i de València, havia estat escollit pel rei amb el desig que des de la torre més alta tothom pogués contemplar la confluència de tres terres que havien de ser un regne fort i poderós i que, malauradament, havia esdevingut motiu d'enfrontament entre germans. Sí, desitjava que, en descobrir que els quatre punts cardinals no tenen frontera, entenguessin que la mirada pot viatjar lliurement cap a l'horitzó, tal com havia fet el seu avi Alfons quan va lliurar aquelles terres a uns cavallers i a uns monjos que havien abraçat la regla del Cister i que havien rebut l'encàrrec de defensar-les dels sarraïns. Allà, des de la torre de l'homenatge la vista es perdia i l'aire era net i pur.

Un per un, els nobles i els prelats que havien estat cridats, van anar entrant al claustre. Feia bo, amb un cel clar i seré. Els presents es saludaven i parlaven. L'infant Alfons havia arribat feia estona i es trobava envoltat dels seus seguidors. A cada racó hi havia una capelleta de nobles que mormolaven paraules i es llençaven mirades de recel.

El rei va esperar que tothom hi fos i, llavors, va entrar acompanyat de l'infant Pere, un noi prim i àgil, més alt d'allò que li correspondria per la seva edat, amb uns ulls negres que deien que havia heretat del seu avi Pere.

Tothom guardà silenci.

—Fill, he comès errors, però no vull que puguis dir que no t'he estimat tant com a qualsevol dels meus altres fills —digué Jaume a Alfons, en presència dels nobles i prelats—. És per això que em sotmeto a la decisió d'aquestes corts i que, si hi ets d'acord, allò que ells dictaminin serà llei.

Un discurs curt, però que va copsar tota l'atenció dels que s'havien reunit per escoltar-lo.

Es va fer el silenci i tots els ulls es van dirigir cap al primogènit del rei Jaume.

Alfons es va aixecar i va mirar Guillem Bernat. Amb ell havia parlat molts cops durant els darrers mesos i havia escoltat totes i cadascuna de les seves paraules. Ara era el seu torn. El d'Entença no havia escatimat cap esforç per convèncer Alfons que el rei anava de bona fe i volia trobar una solució justa i equilibrada. Errors, n'havia comès. Sens dubte. Tanmateix, era noble i estava penedit de moltes de les decisions que l'afectaven directament. No va ser senzill. Alfons ni tan sols volia viatjar a Alcanyís, però Guillem Bernat era tenaç i va vèncer la seva resistència. Ara tot depenia d'ells dos.

—Conec el vostre sentiment pels fills que us ha donat la reina Violant, conec el vostre amor per ella i les circumstàncies que ens han envoltat durant tots aquests anys. Sé que m'heu estimat i recordo els dies que vam passar a Osca, quan sortíem a caçar —digué Alfons—. No m'hi oposaré si els meus germans reben terres, fins i tot un regne, però heu d'entendre que sóc el vostre primogènit i, com a tal, haig d'heretar el regne més ric i més fort. Així ha estat sempre i així ha de continuar.

—He reconegut els meus errors i vull esmenar-los —contestà Jaume—. Per això, tot i que deixo en mans de les corts la decisió final, vull posar-hi condicions. Hi estic d'acord que tu, com el meu primogènit, has de ser el més gran. Hi estic d'acord i així ho vull, per tot l'amor i la devoció que sento per tu. No obstant això, penso que hi ha prou terres com per a què els teus germans també siguin reis. Si es compleixen les meves peticions, acceptaré el veredicte de les corts com si fos llei —mirà tots els presents, lentament, un per un, i, després, fixà els seus ulls en els d'Alfons. Tothom havia d'entendre el que significava aquella petició i la sinceritat de les seves paraules—. També ho faràs, tu? —demanà Jaume.

—Veig la vostra generositat i la grandesa del vostre cor, veig el vostre amor i el vostre sincer desig de fer justícia. Per tant, allò que les corts aprovin, si ells també compleixen les vostres condicions, serà llei i jo l'acceptaré. I en prova de la meva bona disposició, no parlaré amb ningú més ni demanaré res. Ho juro —afirmà Alfons.

—Que així es faci —ordenà el rei—. Proposo que Guillem Bernat d'Entença sigui el secretari durant tot el temps que duri el procés. Ell recollirà i escriurà el resultat de les deliberacions i ell ens les comunicarà.

Tothom acceptà i un per un, tots els nobles i els prelats abandonaren el claustre amb la sensació que s'encetava una nova etapa en la qual se'ls escoltaria més i podrien prendre una part més important de les decisions que afectaven al govern del regne.

Alfons va ser el darrer de sortir. Es va atansar al rei i a l'infant Pere, els abraçà i marxà.

*** ***

Els repartiments mai no són senzills. Durant mesos i mesos els nobles i els prelats van estar discutint, mentre Guillem Bernat d'Entença viatjava d'un costat a l'altre per negociar amb uns i altres.

Els senyors d'Aragó es queixaven perquè molts tenien terres a València; els senyors de Catalunya feien el mateix i afegien que el problema s'estenia a Mallorca. I, per si encara no n'hi havia prou, Alfons era fill d'Elionor de Castella, germana del rei Ferran, i aquell regne podia reclamar, tard o d'hora, els seus drets sobre el comptat de Barcelona, si el primogènit del rei heretava Catalunya, cosa que no agradava als comtats d'aquelles terres que havien aconseguit que Barcelona fos la seu de les corts permanents i havien obtingut el monopoli del mar. Per tant, dependre de Toledo, encara que només representés una possibilitat remota, mai no seria acceptat. L'experiència ensenya i la vida dóna moltes voltes. D'altra banda, Aragó no veia amb mals ulls una possible aliança amb Castella, perquè Osca havia perdut bona part del seu poder enfront de la ciutat que volia conquerir el mar. Tot i així, es queixava que el seu regne no tenia sortida al Mediterrani, mentre que Catalunya sí, i Castella també.

Durant aquells dies Guillem Bernat va treballar de valent. Havia estat nomenat secretari, però, amb subtilesa, anava molt més enllà i temperava els enfrontaments i suggeria solucions a situacions gairebé insostenibles i mirava d'equilibrar les forces i es movia d'un costat a l'altre del regne sense defallir en cap moment.

Va ser un estira i arronsa llarg i complicat, però, finalment, es posaren d'acord i al mes de març de l'any 1251 de Nostre Senyor, tingueren lloc unes noves corts a Barcelona.

Alfons va arribar d'Osca. Havia complert la seva paraula i havia romàs callat i reclòs, sense demanar res i sense parlar amb ningú. Jaume havia seguit el procés rebent els comentaris del secretari i havia fet algunes concessions a algun noble per apaivagar el resultat d'alguna ofensa encara no perdonada.

La sala era plena de gom a gom. Davant de tot, enlairat de la resta dels presents per una tarima, seien Jaume i Violant. I al seu costat havien cridat Alfons, Pere i, aquest cop sí, l'altre fill, el petit Jaume, que mirava embadalit amb els seus ulls blaus.

Guillem Bernat d'Entença, com a secretari i en nom de tots els nobles i prelats, s'alçà i parlà.

—Senyor, és difícil acontentar tothom, quan s'ha encetat el camí de la repartició —digué—. Però comprenem la vostra postura i sabem que també és difícil desfer allò que és fet i treure la corona a qui se li ha promès. Som conscients que la nostra reina Violant reclama uns drets que vós li vau atorgar i que ha fet el sacrifici de renunciar al repartiment total entre tots els seus fills barons —i va dedicar una reverència a la reina —. Ens heu traslladat la responsabilitat d'una decisió que afecta directament les terres que vau heretar i les que heu conquerit, i nosaltres l'hem acceptada perquè sabem que vós voleu ser just i generós, Pensem també que les peticions de l'Aragó, de tenir sortida al mar, són legítimes i que les de Catalunya, que tem pel seu futur, representen el neguit de bona part dels nobles. No és el mateix el matrimoni d'Alfons de Castella amb la vostra filla que el parentiu que lliga el seu regne a la vostra primera esposa Elionor. L'un és de sang i l'altre és de llei, i la sang sempre és més poderosa. I no hem descuidat les paraules de l'infant Alfons. Com podeu veure, hem tingut en compte les vostres peticions i totes les possibilitats.

—Em complau escoltar les vostres paraules i sé que no ha estat senzill. Esmenar sense destruir és més difícil que construir —digué Jaume—. Heu arribat a alguna conclusió?

—Sí, senyor —respongué Guillem Bernat i desplegà el document que duia a les mans—. Hem decidit que el vostre primogènit ha de ser el rei del regne més gran i que ha d'heretar Aragó i València. D'aquesta manera els nobles aragonesos tindran sortida al Mediterrani. El vostre segon fill, Pere, serà el rei de Catalunya. A més, se li atorgaran els drets sobre el Rosselló, el Conflent i el comtat de Ribagorça. D'aquesta manera Castella no podrà pretendre cap dret de successió sobre unes terres que tenen una vocació clara i inequívoca. I, finalment, el vostre tercer fill, tot tenint en compte el desig de la reina, heretarà el regne de Mallorca, al qual se li afegirà Montpeller, lloc on va néixer i feu que vau atorgar a la reina per matrimoni. Ell és l'únic dels vostres fills que ha nascut a la mateixa ciutat que vós i creiem que la petició és justa.

Jaume va mirar Violant, que va afirmar amb el cap. Després dirigí els seus ulls cap a Alfons.

—Fill, què hi dius tu? —demanà.

—Les corts han complert les condicions que els vau imposar i jo vaig jurar que, en aquestes circumstàncies, acceptaria la seva decisió. Per tant, accepto. No hi haurà cap més reclamació.

Molts nobles i prelats van respirar. Allò era el final d'una etapa que hauria valgut més no haver encetat.

Guillem Bernat d'Entença somrigué. Havien pagat la pena tots els viatges que havia realitzat durant tots aquells mesos i les llargues converses amb l'infant Alfons, que, tot i que va costar, va acceptar que les seves peticions, malgrat que no recuperava Catalunya, s'havien complert. El seu regne era el més gran i tenia sortida al mar. A més, les seves terres feien frontera amb Castella i Lleó, el regne que el seu homònim i amic Alfons de Castella heretaria.

I, finalment, arribà la pau.

*** ***

La notícia va colpir el cor de Jaume. Elionor de Castella havia mort al monestir de Las Huelgas després d'una ràpida malaltia. No s'havien tornat a veure d'ençà que es van separar. Tampoc havia tingut cap notícia d'ella ni havia mantingut cap més lligam ni contacte, però li va saber greu. La recordava com la noia freda que no volia plegar-se als seus desigs de marit, que sempre hi posava excuses, que sempre el defugia. No obstant això, algun moment bo va existir. A Saragossa, quan sostenia en braços el seu fill, va haver un instant que la va contemplar amb uns ulls diferents. Llàstima que no va anar més enllà d'un petit somni en el qual s'imaginava que ells tres podien formar una família.

Alfons va vetllar el seu darrer sospir. Es trobava a Osca quan li havia arribat la notícia de la malaltia de la seva mare i havia corregut fins a la seva cambra. Allà havien parlat de moltes coses, perquè una persona en el llit de mort sap allò que ha de dir. Alfons, en veure la gravetat de la malaltia i que els metges no eren capaços de trobar-hi remei, va voler enviar un missatge al seu pare, però Elionor li ho va prohibir. No el volia veure i no van haver bones paraules ni cap record amable per a ell. Ni per a Violant, a la que la primera esposa del rei d'Aragó i de Catalunya feia responsable de la trencadissa d'un regne i de l'incompliment d'un jurament.

—Espero que algun dia sàpiga què és el dolor d'una mare —havia dit Elionor a Alfons—. I tu, fill meu, lluita per recuperar allò que només havia de ser teu. Catalunya és teva.

—Mare, vaig jurar davant de les corts que acceptaria...

—I el teu pare va jurar dues vegades i va trencar la seva paraula dues més. La primera davant l'altar, quan em va prendre per esposa i després em va repudiar; la segona quan va signar el seu testament i després el va esquinçar. Si ell no és capaç de mantenir la seva paraula, per què ho ha de fer el seu fill?

—Havia estat ferit i...

—No, fill. Això no és cap excusa —negà Elionor—. El teu pare no estava ferit quan compartia el llit amb aquella puta d'Aurembiaix, que va tenir el seu càstig i va morir sense parir cap fill. Ha estat enterrada i ningú no tindrà cura de la seva tomba ni el seu record perdurarà en cap ment que dugui la seva mateixa sang. El teu pare tampoc no estava ferit quan Violant em va venir a veure i em va prometre que vetllaria per tu, i després et va arraconar i va lluitar només pels seus fills. Me la vaig creure i ja veus. Moro enmig del dolor que em produeix contemplar com el meu fill ha estat menyspreat, ofès i apartat. Moro amb tristor, però amb l'esperança que

Alfons de Castella, que és més assenyat que el seu pare, el meu germà Ferran, que també m'abandonà i acceptà les paraules de Jaume, t'ajudarà a ser el rei que per dret et correspon.

Alfons va acotar el cap i no va contestar. La seva mare respirava pesant. Les forces se li exhaurien per moments.

Elionor va tancar els ulls per sempre més dos dies després i el seu cos va rebre sepultura en una cerimònia íntima, a la que només hi assistiren el seu fill Alfons i les monges del convent. Allà quedava enterrada qui havia estat reina d'Aragó i de Catalunya.

Violant va voler marxar per assistir al funeral, però el seu fill petit Ferran havia emmalaltit de febres dies abans i s'hi va quedar. Salà havia mort feia uns mesos i els metges deien que no entenien el mal que afectava aquell infant. Estranyes febres el mantenien postrat al llit, sense ni l'esma de bellugar-se. De tant en tant cridava la seva mare.

Els dies van anar passant i Ferran no millorava. Al contrari, la seva debilitat augmentava. Jaume havia hagut d'anar a Osca i va tornar només conèixer la notícia que el seu fill petit havia empitjorat.

—Vull que vingui Mosse ben Nahman —ordenà.

Aquell mateix dia un missatger va sortir camí de Girona, però no va trobar Nahman. El rabí feia dues setmanes que havia marxat a Terra Santa i ningú no el podia localitzar. Un viatge llarg, li havien dit, i no tornaria fins d'aquí uns mesos.

Nits i més nits en vetlla, sobresalt darrere de sobresalt, perquè les herbes no aconseguien aturar la febre, i Violant va perdre el color de les galtes i el palau s'omplí de tristor i de plors apagats. Semblava talment que la maledicció d'Elionor havia estat escoltada per les poderoses forces de l'univers.

—La reina hauria de descansar —va dir Gertrudis al rei, un dia—. No menja ni dorm. Tot el dia s'està vora el llit i temo per ella.

Jaume va mirar de parlar amb Violant, però no hi va haver res a fer.

—Com vols que dormi, si el meu fill s'està morint? —li contestà ella.

—No és cert —va fer ell, però no gaire convençut. Volia creure de totes totes que aquell infant, que lluitava aferrissadament per conservar les forces, se'n sortiria, però quan mirava els metges, aquests abaixaven la mirada i no deien res.

I la va deixar estar.

Poc després, una matinada, tot just quan el sol despuntava per l'horitzó, el crit esgarrifós de Violant s'escampà per tots els passadissos de palau i va despertar tots els seus estadants. Ferran era mort.

—Només m'he adormit un instant —plorava ella quan va entrar Jaume. S'arrapava al seu fill i estrenyia el petit cadàver entre els seus braços—. Només un instant i ell ha mort —no parava de repetir i la ràbia i el dolor impedien que el rei la pogués apartar.

Finalment, Violant va deixar anar el cos del seu fill i es cobejà als braços del seu marit.

—Déu meu! —va fer Jaume, mentre abraçava Violant i acollia totes les llàgrimes al seu pit—. Això és el càstig pels meus pecats —mormolà.

—Pels teus i pels meus —digué Violant.

—No hi ha res pitjor per a un pare que descobrir que els seus fills poden morir —xiuxiuejà ell—. Mai no m'hauria pogut ni imaginar que les lleis de la natura es poguessin trencar amb tanta facilitat.

El funeral va ser multitudinari i trist. Violant caminava com una ànima en pena. Envoltada per tots els seus altres fills, poc pensava en Alfons, que no hi va assistir. I poc pensava en ningú, perquè el seu cor l'amenaçava d'aturar-se d'un moment a l'altre.

La cerimònia no va ser llarga, però Violant va haver de fer un gran esforç per suportar-la. Les cames li feien figa i la pal·lidesa del seu rostre inundat de llàgrimes feia patir Jaume. Gertrudis ja li havia advertit sobre la debilitat de la reina, però aquell rostre, amb unes ulleres enfosquides i uns ulls que havien perdut la brillantor, li indicaven que el mal era molt més gran. Se la mirava, mentre la seva filla gran li sostenia la mà. Ella d'aquí poc marxaria cap a Castella per lliurar-se al seu espòs Alfons, al que només havia vist en una ocasió. Nefasta manera d'encetar una relació.

En acabar el funeral, quan el cos de l'infant, que només comptava tres anys, va desaparèixer darrera de la pedra amb la qual van cobrir el petit sarcòfag, Violant va caure al terra.

Jaume es va agenollar i la replegà, mentre els seus fills l'envoltaven espantats.

—Em temo que s'ha contagiat de les mateixes febres que el vostre fill —va dir un dels metges—. Li ho vam advertir, però no va voler escoltar-nos.

—Ja he perdut un tros de l'ànima i no vull perdre'n cap més —gairebé cridà Jaume—. Si vosaltres no en sabeu més, Nahman la salvarà. —s'aixecà dempeus i cridà—: Sortiu per tots els camins, busqueu Nahman i porteu-me'l aquí, ara mateix. Mentre, jo vetllaré per la reina.

—Senyor, si la reina es va contagiar del vostre fill, vós...

—Deixeu-me en pau. Si aquesta és la voluntat de Déu, així sia —contestà ell.

El quart dia, Violant obrí els ulls i va veure Jaume al seu costat, vora el llit. El pobre tenia el cap damunt dels llençols i dormia. Violant va acaronar els seus cabells i ell es despertà.

—Dormies?

—No. Només descansava, però vetllava per tu —li respongué ell amb un somriure, i va prendre el pany, el mullà a l'aigua i l'hi posà al front.

—No —va fer ella, i li apartà la mà. Respirava a cops per causa de la febre, que era molt alta—. Estic bé —va dir, mentre descobria el llençol.

—Més val que no prenguis fred —va dir Jaume, i la va tornar a cobrir.

—Vull un sacerdot —demanà ella.

El rei ordenà que vingués el capellà i els va deixar sols. Va sortir al passadís i es va seure en una cadira. Instants després els ulls se li aclucaren i es va quedar adormit.

Força estona després, el sacerdot va sortir i un soldat el va despertar. Jaume obrí les parpelles. Havia tingut un somni, en el qual Violant i ell passejaven agafats de la mà. Li va costar tornar a la realitat, però, de sobte, s'aixecà i entrà a la cambra de la reina. Gertrudis, la fidel Gertrudis, arreglava la roba del llit.

—Vols una mica de brou? —demanà Jaume, i ella va fer que sí, amb el cap—. Porta brou calent —ordenà a Gertrudis.

Quan la donzella va sortir, ell s'agenollà al costat del llit.

—No tinc fam, però volia estar a soles amb tu —somrigué Violant—. Necessito parlar i demanar-te un favor.

—Tot el que vulguis —li agafà la mà ell—. Ja saps que mai no t'he negat res i ara t'haig de consentir, perquè t'has de guarir. Queden tantes coses per fer.

—Vull ser enterrada…

—No diguis bajanades —rigué Jaume, nerviós, i va apartar la cara per tal que Violant no copsés les llàgrimes que se li escapaven—. A què treu cap pensar on vols ser enterrada, quan queden tantes coses per fer? —féu. Repetia les paraules, perquè no sabia què dir.

—Deixa'm parlar, si us plau —digué Violant, tancà els ulls, i Jaume callà—. El monestir de Vallbona de les Monges serà un bon lloc. No creus? Sança tindrà cura del meu descans, perquè m'ha dit que vol ser monja i vol

viure allà. Així no estaré sola —obrí de nou les parpelles
—. Quin dia fa avui?

—Un sol meravellós, com el dia que ens van casar.

—Obre la finestra.

—Els metges han dit que és millor…

—Obre la finestra, si us plau.

Jaume s'aixecà i obrí els cortinatges per tal que la
llum del dia inundés l'estança. Després tornà al costat
d'ella i de nou s'agenollà per prendre-li la mà.

—He estat molt feliç amb tu —va dir Violant.
Llavors, en veure el rostre trist del seu marit, va
somriure—: Malgrat que tens una titola que mai no para
quieta.

—Jo…

—No, no et disculpis. A mi m'has fet feliç i sempre
que he volgut t'he tingut.

—Sempre m'has tingut tot per a tu. Encara que fos
amb una altra dona, els meus pensaments eren per a tu.

—Saps? Ets el mentider més gran d'aquest món,
però agraeixo les teves paraules. És molt més del que la
major de les dones obtenen —li acaronà la galta—.
Tingues cura dels nostres fills —es va quedar un instant
en silenci, mentre Jaume afirmava amb el cap, i afegí—:
I de tots els teus fills. Vigila que Alfons, Pere i Jaume
siguin capaços de redreçar allò que tu i jo hem torçat.

—Jo ho he torçat. Tot és culpa meva —se li
escaparen les llàgrimes a Jaume.

—Si així fos, no marxaria tranquil·la, perquè sempre
ho hem compartit tot i no he volgut deixar que carreguis
tu sol amb aquest farcell tan pesant —de sobte li agafà
un tremolí.

—Millor tanco la finestra —va fer ell, espantat.

—No. M'estimo més que estigui oberta. Saps que sempre m'han agradat els espais oberts i vull que la meva ànima, quan arribi el moment, pugui escapar-se d'aquest cos i no trobi cap impediment per volar lliurement —sospirà—. He confessat els meus pecats i m'han estat perdonats, perquè suposo que Déu ha entès que vaig sucumbir a l'amor de mare —digué—. Ara puc marxar en pau.

Gertrudis va obrir la porta amb sigil, per no destorbar la reina. Havia trigat més del compte perquè els cuiners van haver d'escalfar l'olla. El soldat va tancar la porta i ella va veure el rei amb el cap plegat damunt la mà de Violant, que semblava dormida. Potser ambdós dormien.

Es va atansar lentament, de puntetes, i va deixar la tassa de brou a la tauleta que hi havia al costat del llit.

Llavors, va mirar la reina i un crit se li ofegà a la gola.

16.- QUÈ QUEDA PER FER?

Guillem Bernat d'Entença va pujar les escales. Anava capficat. Des que havien enterrat Violant, el rei no era el mateix. Feia dies i dies que es passejava tot sol pel jardí, que recorria els passadissos amb tristor, que no sortia a cavalcar ni gairebé parlava amb ningú. Tothom, a palau, estava preocupat. Alfons, finalment, havia vingut a Barcelona, havia assistit al funeral i havia parlat amb ell.

—Va ser una gran reina —havia dit l'infant.

—La reina hongaresa —havia respost Jaume.

—La reina Violant, la reina d'Aragó, de Catalunya, de Mallorca i de València, senyora de Montpeller, senyora del Rosselló, senyora de Provença i mare dels fills del rei.

—No pas de tots. Tu no la vas acceptar —li havia retret Jaume.

—Perquè ja tenia mare —havia respost Alfons.

I Jaume va callar.

Ara, tot el palau de Barcelona romania trist.

—On és el rei? —va demanar Guillem Bernat a la guàrdia.

—Al seu despatx —contestà l'oficial—. S'ha tancat sol i ha ordenat que ningú no el molesti.

—Fa molt que hi és?

—No gaire. Tot just acaba d'arribar —va dir l'oficial.

Guillem Bernat afirmà amb un cop de cap i es dirigí a la sala on els fills del rei rebien la instrucció. Ho feia cada matí, per controlar que tot estava en ordre, tasca que havia pres de mans de la reina. Així li havia demanat ella, quan estava malalta.

—Ajudeu el rei, bon Guillem Bernat. Tingueu cura dels seus fills. De tots —havia dit Violant.

—Tindré cura dels vostres fills mentre esteu malalta —havia respost el d'Entença—. No patiu, que quan us lleveu els trobareu tan bé com sempre. Però, no trigueu gaire, que és una tasca molt difícil per a un home —havia somrigut.

—No trigaré gaire a deixar aquest llit —li havia tornat el somrís la reina—. Tingueu cura d'ells —repetí.

Quan va obrir la porta pensava en aquella conversa. No trigaré gaire a deixar aquest llit, li havia dit la reina. I va complir la seva paraula. La reina hongaresa havia estat una gran senyora.

El petit Jaume es va aixecar i va venir cap a ell. Sentia devoció per aquell home que li explicava històries del seu pare, de com havien lluitat a València i com havien conquerit places sarraïnes.

—Quin dia podré anar a Mallorca? —preguntà el nen. Tenia els ulls grans i blaus, com la seva mare i com el seu pare, que es van inundar de llàgrimes el dia que li van dir que Violant se n'havia anat i que no tornaria, però que tenia cura d'ell des del cel, asseguda entre àngels.

—Abans d'anar-hi, encara us queden moltes coses per fer —respongué Guillem Bernat amb un somriure.

—Quines?

Pere va esclafir a riure. Els seus ulls negres contrastaven poderosament amb la resta de fills. Era l'únic que havia heretat aquest detall del seu avi.

—Has de créixer i t'has de convertir en rei —digué entre riallades.

—Tu ja ets al teu regne, però jo encara no conec el meu —va fer Jaume. Es tombà cap a Guillem Bernat—. El vull conèixer.

—El vostre germà té raó. Queden moltes coses per fer —somrigué el noble—. I la primera de totes és estudiar de valent, perquè un rei ha de saber molt més que els súbdits.

—Per què? —demanà el nen.

—Com els voleu manar, si no esteu per damunt d'ells?

280

L'infant Jaume va remugar, però tornà al seu lloc. Llavors, Guillem Bernat va sortir per l'altra porta.

Portava caminades unes passes quan es va trobar amb Gertrudis. La pobra encara tenia els ulls enrogits, perquè cada nit se la sentia plorar. El rei havia donat ordre per tal que aquella donzella, fidel donzella, continués a palau i seguís fent-se càrrec de les mateixes tasques.

—Com s'ha llevat avui, el rei? —va demanar Guillem Bernat.

—Com sempre. No hi ha manera que recuperi el somriure —informà ella—. Ni tan sols ha esmorzat, sinó que s'ha dirigit a la cambra de la reina, s'hi ha estat una estona i, després, ha sortit amb un cofre a les mans.

Guillem Bernat es va quedar pensarós. Un cofre...?

—Com era, aquest cofre?

—No gaire gran, una quarta i mitja, i tenia ornaments sarraïns.

Amb ornaments sarraïns...? N'havia sentit a parlar, a Guillem de Cervera, feia anys. L'antic conseller del rei, ara mort, havia gaudit de la confiança del monarca i havia rebut confidències que a ningú més se li podien concedir. Després, l'amistat entre els dos nobles havia permès que Guillem Bernat accedís a algunes anècdotes de joventut del rei. Per això coneixia el contingut del cofre i el seu significat.

—Verge Santíssima! —cridà Guillem Bernat, i sortí cuita-corrents cap al despatx del rei.

No va trucar, sinó que hi entrà sense demanar permís, malgrat totes les protestes de l'oficial.

Dins l'estança, Jaume s'estava dempeus davant la taula, d'esquenes a la porta. El cofre romania obert, a un costat.

—Senyor... —va fer l'oficial.

Jaume es tombà lleugerament i es mirà Guillem Bernat.

—Una daga sarraïna —somrigué el cavaller.

El rei obrí lleugerament la mà i contemplà l'arma que, un instant abans que s'obrís la porta, havia apuntat al seu pit, però que, en escoltar l'enrenou i la discussió entre Guillem Bernat i l'oficial, havia enretirat. Tenia la fulla corbada i una pedra al puny. Ben pensada per entrar i escapçar-li el cor. Un cor que ja no bategava per ningú.

—He ordenat que ningú no em molesti —digué amb veu apagada.

—No he tingut altre remei, senyor —respongué Guillem Bernat—. El vostre fill Jaume m'ha fet una petició important i urgent, i us havia de consultar.

—Endavant.

—M'ha demanat de visitar Ses Illes i jo li he dit que, abans, encara queden moltes coses per aprendre. Ha de créixer i s'ha de convertir en un rei. Però ell ha insistit. No sé si he fet bé.

—Sí, encara li queden moltes coses per aprendre —digué el rei.

—I ell m'ha dit que les aprendria de vós —mentí Guillem Bernat.

Jaume es va quedar callat.

—I jo li he dit que necessitaria temps, perquè allò que li heu d'ensenyar és molt i que la reina vetlla per tots nosaltres des del cel —afegí Guillem Bernat.

Jaume va somriure, i afirmà amb el cap.

—La meva reina hongaresa ens vigila. Oi que sí? —va preguntar.

—La nostra reina d'Aragó, de Catalunya, de Mallorca, de València, senyora de Montpeller, de Provença i del Rosselló, ens protegeix des del cel. És tan bona reina, tan intel·ligent i tan bona diplomàtica, que ha triat el millor lloc, al costat de Déu. Segur que sap com obtenir bones influències i com convèncer l'Altíssim per a què ens permeti prendre decisions assenyades i ens impedeixi cometre errors que podrien ser fatals per a un regne que ha costat tant d'esforç.

Els ulls del rei romanien fixes en el punyal. Dubtava.

—Sabeu què em va dir un bon amic? —féu Guillem Bernat—. Que ningú no pot abandonar aquest món fins que no ha enllestit tot allò que ha vingut a fer —va dir, recordant les paraules que Guillem de Cervera li havia explicat que Lluís d'Estemariu li va dir al rei, quan encara era un jove que havia de pujar els darrers graons que condueixen al tron.

La mà de Jaume es dirigí cap al cofre, hi diposità el punyal i el va tancar.

—Teniu raó, bon amic. Jaume encara ha de fer moltes coses —va dir el rei, prengué el cofre i abandonà el despatx amb pas ferm i decidit.

Guillem Bernat va respirar alleugerit. Jaume havia de fer moltes coses.

Jaume fill i, sobretot, Jaume pare.

ALTRES OBRES D'ALBERT SALVADÓ

Si heu gaudit amb la lectura, potser us interessi conèixer altres obres d'Albert Salvadó, totes disponibles en format de llibre electrònic.

PARLEU O MATEU-ME

(Tercera part de la trilogia JAUME I EL CONQUERIDOR)

PARLEU O MATEU-ME és la tercera i última entrega de la trilogia de JAUME I EL CONQUERIDOR, la gran aventura en l'Europa del segle XIII, una de les obres més aclamades d'Albert Salvadó, sens dubte. Més de quatre mesos a les llistes dels més venuts.

El rei Jaume ja ha conquerit Mallorca i València, però els seus enemics són cada vegada més poderosos. Ara s'enfronta a l'Església, a les enveges i intrigues dels nobles i a les lluites dels seus fills per conquerir el poder. Els regnes de Castella i Lleó s'enfronten amb Aragó i Catalunya i hi ha revoltes i aixecaments en la Corona.

En aquesta tercera part, Jaume I el Conqueridor, el rei que va conquerir terres i cors, ens ofereix el seu llegat ideològic i en ella descobrirem el desenllaç de la trilogia i com utilitzar l'última vocal de l'Escola dels

285

Sons, la que Lluís d'Estemariu, el cavaller proscrit, no va poder ensenyar-li i que obre la porta de l'esperit.

L'INFORME PHAETON

Aquesta no és una novel·la normal. Si la comenceu, heu d'acabar-la. No perquè ho digui l'autor, sinó perquè, potser, no podreu deixar-la fins a tancar l'última pàgina.

A través d'un relat ple de misteri, un escriptor troba una explicació alternativa a tot el que ens han explicat, que mou el seu interior i li obre les portes d'un món fascinant, fins a conduir-lo a un descobriment demolidor que ho canvia tot: el Diluvi Universal el vam provocar nosaltres mateixos, l'ésser humà. No va haver-hi cap intervenció divina. I ho demostra.

Diu la llegenda dels indis Hopi: «L'explosió demogràfica, la multiplicació de les mega-polis i dels transports aeris van fer que l'Home no es conformés únicament amb la creació... sempre desitjava més i més. No deixava de produir fins i tot el que no necessitava i com més tenia, més en reclamava.»

De quines «mega-polis» i de quins «transports aeris» parlaven? Perquè la llegenda Hopi té segles i segles d'antiguitat.

Per altra banda, hi ha un mínim de 83 relats i llegendes que parlen d'un gran cataclisme i de muntanyes d'aigua que ens van caure al damunt. I tots aquests relats parlen d'un home previsor, que en el nostre cas va ser Noè. Però cada regió té el seu salvador particular: Nata, Ouassou, Montezuma, Manu, Bergelmir, Yima, Nan-Choung i molts més Noè repartits per tota la geografia mundial.

La piràmide de Kheops... Només és una tomba per a un faraó? Realment va ser construïda per Kheops?

I, per si fos poc, hi ha un llibre silenciat i apartat de la Bíblia, anomenat el Llibre d'Enoc (un dels patriarques bíblics) que parla sense embuts d'experiments genètics, naus, estacions orbitals...

Davant de tot aquest desplegament d'informació silenciada, el protagonista d'aquesta misteriosa història es demana: El que ens han explicat és la veritat? I el que és més interessant: Les llegendes són només llegendes o són crits d'un passat que ens implora que no l'oblidem?

LA GRAN CONCUBINA D'EGIPTE

Obra guanyadora del IX Premi Néstor Luján de Novel·la Històrica (2005)

L'any 1100 aC governa el faraó Ramsès XI, els camins no són segurs, els comerciants estan espantats, les nacions veïnes no respecten Egipte, la nació es trenca... Herihor, general de l'exèrcit del faraó, viatja a Tebes per salvar l'imperi de les urpes de Penehasy, usurpador nubi.

Després de la gran victòria, rep una revelació dels Déus i ocupa el lloc de Summe Sacerdot. Ell serà el primer membre d'una nova dinastia: la dinastia dels sacerdots. I pacta amb l'altre gran general, Smendes, que Ramsès XI continuarà sent el faraó, però ara hi haurà dos reis: Smendes regnarà al nord i Herihor regnarà en el sud. Ells pacten la divisió de poders i prenen totes les decisions. No obstant això, la mort d'Herihor esdevé un misteri que amenaça amb desencadenar la pitjor de totes les crisis. El seu cos ha desaparegut i si no poden enterrar-lo el seu successor no pot accedir al tron. Llavors Ramsès podrà reclamar de nou el regne de Tebes. On està el cos d'Herihor?, es demana tothom i el misteri creix, mentre la seva esposa Nodyme, la Gran Concubina d'Egipte, mou els fils amb una subtilesa digna del millor dels governants i decideix per damunt de tots.

L'ENIGMA DE CONSTANTÍ EL GRAN

L'emperador Constantí el Gran és una de les figures més impressionants i controvertides de la història universal.

Les seves decisions són un vertader enigma que aquesta obra desvela magistralment. La seva vida és una infinitat de lluites i conquestes, amistats i odis, amors i desamors, grandeses i misèries, nobleses i crims, enganys i traïcions. I ell, des de la humilitat de l'home que s'enfronta a la seva mort, fa balanç de tot.

Va ser l'últim dels grans emperadors. Fill bastard de Constanci Clor, va unificar l'Imperi romà per última vegada, va concedir la llibertat als cristians, va crear el primer exèrcit mòbil, va instituir la moneda única (el Solidus, vertader precursor de l'Euro), va fundar Constantinople, va assassinar amb les seves pròpies mans... i va viure un gran amor amb Minervina, la seva primera esposa.

Submergir-se en la vida de Constantí és reviure una època increïble i descobrir el gran misteri de les seves decisions, aparentment absurdes i contradictòries i, malgrat tot, carregades d'una lògica sorprenent i implacable que Albert Salvadó ens dibuixa amb pols ferm i mà mestra. Una obra que mai s'oblida i que va merèixer ser finalista en el I Premi Néstor Luján de Novel·la Històrica.

L'ANELL D'ÀTILA

Obra guanyadora del Premi Fiter i Rossell del Cercle de les Arts i les Lletres.

En ple segle V, Constantinople i Roma contemplen amb preocupació com totes les terres entre el Rin, el Danuvi, el Volga i el mar Bàltic rendeixen homenatge al nou emperador dels huns, com es fa dir Àtila.

I la preocupació es converteix en pànic quan comença a circular la llegenda que parla d'un home que està per damunt dels altres mortals, perquè ha rebut de mans dels déus l'espasa de Mart.

Sever Antoni Brauli Teodosi, general, ambaixador i senador, viurà una vida sencera per descobrir que som els homes que aixequem els imperis i, també som nosaltres, els qui els esfondrem.

Mentre tot l'Imperi cau al seu voltant, ell, des de la seva vila de Tarraco, relata al seu amic Pau Orosi, que va escriure la història d'aquells dies, els seus records, els d'una època increïble, en la que l'aparició d'un home irrepetible, el gran Àtila, es va aplegar a una altra figura que va marcar el final absolut de l'Imperi Romà d'Occident: Gal·la Placídia. Néta, filla, germanastra, esposa i mare d'emperadors, es va asseure durant trenta anys a la cadira imperial.

El gran Sever, espectador privilegiat pels càrrecs que va ocupar, crida: «Mai, en tota la història, va haver-hi una dona tan predestinada!» I relata amb tots els detalls com Gal·la Placídia va enfrontar els millors generals de Roma entre si, va impulsar Àtila a atacar un Imperi debilitat i ofegat per la corrupció, la traïció, la cobdícia i el vici, i va deixar al tron al seu fill Valentinià, un vertader monstre.

El resultat no podia ser un altre, i la història ha fet justícia.

EL MESTRE DE KHEOPS

Obra guanyadora del PREMI NÉSTOR LUJÁN DE NOVEL·LA HISTÒRICA.

Aquesta és la història de l'època del faraó Snefrú i de la reina Heteferes, pares de Kheops, el constructor de la major i més impressionant de les piràmides. També és la història de Sedum (un esclau que va arribar a ser el mestre de Kheops), del summe sacerdot Ramosi i del naixement de la primera piràmide.

Sebekhotep, el gran savi d'aquells temps, deia: «Tot està escrit a les estrelles. La major part de nosaltres vivim sense ser conscients d'això; alguns són capaços de llegir en elles i veure-hi el destí; però molt pocs aprenen a escriure sobre elles i poden canviar el destí».

Ramosi i Sedum van aprendre a escriure i van intentar canviar els seus destins, però la seva sort va ser molt desigual. Vet aquí el relat de l'enfrontament de dues intel·ligències: una lluitava pel poder i l'altra per la llibertat.

EL RELAT DE GÜNTER PSARRIS

Els que l'han llegit diuen que es tracta d'un relat dur, però que és, al mateix temps, el més tendre i humà que ha escrit Albert Salvadó.

En una cabanya en meitat dels Pirineus, tres homes troben el cadàver d'un pastor, la fotografia d'un oficial nazi i un manuscrit.

Aquesta és l'apassionant història de Günter Psarris, a qui el món va convertir en assassí, malgrat que ell mai va deixar de ser una gran persona. Va viure durant la Segona Guerra mundial, a l'Alemanya de la bogeria, va ser tancat al camp de Mauthausen i va sobreviure. No obstant això, el preu que va pagar per això va ser molt elevat.

Aquesta és també la història d'algú que va estimar amb bogeria, que va ser deportat i que el món, lluny de casa seva, el va tractar amb duresa i li va robar tot el que tenia. Fins i tot l'amor. I aquesta és una història plena d'esperança i de lliçons, d'un episodi recent de la humanitat que ha quedat marcat per la violència, la brutalitat, el salvatgisme i el menyspreu absolut per tot allò que és sagrat: la vida humana. No obstant això, Günter Psarris sap que la vida contínua i que l'amor és etern. I això ningú l'hi pot robar.

UN VOT PER L'ESPERANÇA

Segons les profecies de Sant Malaquies, Benet XVI, el papa actual, és el penúltim. El pròxim serà l'últim.

«Un vot per l'esperança» comença just quan acaba de morir el pontífex, el conclave s'ha reunit per triar el successor i, de sobte, a la plaça de Sant Pere s'alcen veus que criden «Fumata blanca, fumata blanca!». Entre la multitud, Mario Darino, periodista que creu dominar els amagatalls del Vaticà, es queda petrificat en conèixer el nom que ha triat el nou papa: Pere II. En vint segles, cap altre papa s'havia atrevit a adoptar-lo.

A partir d'aquest instant Mario Darino viu una experiència increïble. La seva vida fa un gir de cent vuitanta graus i es veu immers en una perillosa trama d'interessos polítics i econòmics a la que no són alienes les intrigues que s'alimenten darrere dels mateixos murs del Vaticà, on sovint l'afany de poder s'amaga sota un mantell de religiositat.

La història està infestada d'exemples, i tot es precipitarà quan comenci a prendre cos la profecia de sant Malaquies, que vaticina que l'últim papa tindrà per divisa Petrus Romanus, portarà per nom Pere II i durant el seu pontificat tindrà lloc el judici final.

ELS ULLS D'ANNÍBAL

Obra guanyadora del «PREMI CARLEMANY 2002»,

A la Roma dels primers temps la dona no tenia cap dret: era considerada una propietat i el matrimoni només era un contracte per tenir fills. Tot i així, en privat, la dona esdevingué el suport de l'home i el centre d'un poder silenciós i secret que va influir en les grans decisions.

Aquesta és la història d'Ariadna, una dona d'ulls foscos i misteriosos com la nit, i de Sinesi, el filòsof que era capaç de llegir als ulls dels altres i despullar les ànimes i que va descobrir que Ariadna guardava al seu interior tot un univers, ocult darrere del misteri de la seva mirada.

Una història en què l'amor amb majúscules s'uneix a les quatre derrotes consecutives, també amb majúscules, que Roma va patir a les mans del gran Anníbal. I tot per causa d'uns ulls.

També és la història de Publi Corneli Escipió, que esdevindrà el més gran dels generals romans, que va

293

aprendre que els ulls són la porta que ens permet contemplar l'ànima i atrapar els sentiments de qualsevol.

El nom d'Anníbal ha passat a la història de la mà dels elefants, però un cop hagueu llegit aquesta obra, és possible que substituïu els paquiderms per alguna cosa molt més petita i infinitament més poderosa.

www.ingramcontent.com/pod-product-compliance
Lightning Source LLC
Chambersburg PA
CBHW070835280626
47161CB00015B/679